아이가 눈을 뜨기 전에

以我爲器

엄마의 기쁨과 슬픔

» 리신룬 지음 | 우디 옮김

아이가 눈을 뜨기 전에

원더박스

이 책을 읽기 시작한 그날 밤, 오래도록 아프지 않았던 제왕절개 상처 부위가 다시 아프기 시작했다. 깊은 밤 아이 젖을 먹이느라 욱신거린 것이었을 수도 있지만, 어쩌면 이 통증도 리신룬의 환상적이고 은유적인 글에 의해 소환되어 나와, 내 몸에서 말을 하고 춤을 추고 싶었던 것인지도, 나를 악기로 삼아 연주하고 싶었던 것인지도 모른다. 이 통증은 리신룬의 펜 끝에서 그려지는 죽음에 가까운, 그러면서도 모든 것을 잉태하는 출산의 고통에 대한 호응이었고, 글 쓰는 시간을 박탈당하고 자아가 박탈된 엄마의 고통에 대한 응답이었다. 하지만 진통과 아기의 울음소리가 가득한 연이은 글 사이사이에 여전히 자잘하게 나부끼는 시간이 있다. 아이의 웃음소리가, 행복한 순간이, 깊은 밤 아기방의 작은 등불처럼 엄마이자 여성인 작가에게 형용할 수 없는 위로가 되어 주고, 남루한 시간 속에서 계속해서 글을 써 내려가게 해 준다. 역시나 엄마이고 글을 쓰는 사람인 나 역시 생활의 틈새가 낳은 이 글들을 읽으며 형용할 수 없는 위로를 받았다.

― 린웨이윈(林蔚昀), 작가

신룬은 사람 자체가 순수하고 맑고 선량하다. 그의 산문도 소란스럽고 조급한 것들을 고요히 잠재운다. 그 풍요롭고 함치르르하고 정감 있는 응시(凝視) 덕에 납작하고 평평한 세계가 순간 충만해지기 시작한다. 신룬의 원고를 읽고 있던 무렵, 난 원고를 한 반 정도까지 읽다가 뭔가 생각에 잠긴 듯 잠시 원고를 내려놓고 아이에게 이리로 와서 꼭 안아 달라고 했다. 신룬의 글은 내가 좋아하지만 오랫동안 잊고 있었던 것을, 일상의 평범한 순간을 되찾게 해 주었다. 신룬의 글 덕에 갑작스레 온갖 온화한 감정이, 세밀한 감정이 용솟음친다.

— 린완위(林婉瑜), 시인

이 책은 불붙은 횃불이 안과 밖의 날줄과 씨줄을 환히 비추듯, 더할 나위 없이 섬세한 텍스트의 눈금으로 한 엄마가 아이를 키우고 가르친 경험을 돌아보고, 여기서 더 나아가 일상생활과 소녀 시절의 기억까지 더듬어 올라간다. 아이를 낳은 그릇만이 아닌 감정으로 가득한 도체(導體)로서, 여성의 육체는 사랑과 교양으로 다음 세대를 먹이고 키우며, 닥쳐올 상처를 넘어간다. 내가 예전에 알았던, 거친 들판의 마녀 같던 리신룬이 오늘 불빛 비치는 작은 집으로 돌아가 하늘이 선사한 작은 생명을 데리고 왔다. 『아이가 눈을 뜨기 전에』는 한 엄마의 온도를 보여 주는, 절대로 그냥 놓쳐서는 안 될 좋은 작품이다.

— 간야오밍(甘耀明), 소설가

남성 독자인 나는 전부터 신체 감각이 무뎠다. 이론으로 밝혀졌듯, 남성의 신체관과 쾌감은 획일적이어서, 느낌이 좋고 나쁘고, 아프고 혹은 아프지 않고 이 정도에 불과하다. 하지만 여성의 몸은 사춘기, 성징(性徵), 임신, 수유(授乳) 등 시시때때로 변신을 거듭한다. 신룬이 이 책에서 암시했듯, 몸은 공적이고 정치적이다. 매번의 통과의례가 살갗을 파고들고 뼈를 뚫고 들어온다. 요 몇 년 각성의 물결이 불길처럼 곳곳을 휩쓸면서 결혼과 몸 혹은 성별과 성적 지향이 공격을 피하기 어려운 상황이 되었지만, 나는 아무리 양성(兩性)이 견고한 장벽을 허물고 유동적이 된다 해도, 둘 사이에는 결국 넘어가기 어려운 경계선이 있다고 생각한다. 『아이가 눈을 뜨기 전에』는 아마도 몸에 대한 신룬의 글쓰기가 궁극적으로 관심을 기울이는 지점에 있는 작품일 것이다.

– **치리펑**(祁立峰), **중싱대학**(中興大學) **중국문학과 부교수 겸 작가**

혼란과 고통의 시간 속에서 신룬은 한때 우울증에 빠져들었다. 우울증을 극복하기 위해 할 수 있는 건 오로지 글쓰기뿐이었다. 글을 써야만, 한 건 아무것도 없으면서 완벽한 엄마도 되지 못했다는 좌절감에 쓰러지지 않을 수 있었고, 비로소 '무지몽매하고 잡다한 깊은 바다에서 철저하게 해방될' 수 있었다. 리신룬은 말한다. '글쓰기가 나를 살게 했다'고.
신룬은 산후조리원에서 논문 수정을 마쳤다. 무질서한 일상의 모든 틈새를 찾아 책을 읽고, 글을 썼다. 신룬은 말한다. '보이는 모든 틈새 시간을 이용하는 건 대략 요 몇 년 사이 단련해서 획득한 기량'이라고. 그렇다. 사람들이 나한테 어떻게 일과 육아를 병행할 수 있냐고, 글 쓰는 걸 포기하지 않을 수 있었느냐고 물을 때마다, 글쓰기를 포기한다니, 나는 '우리 같은 사람'은 절대 그걸 견딜 수 없을 거라고 생각하곤 한다. 우리에게 그건 전면적인 무장 해제와 같아서, 언어를 잃은 사람이 되는 것과 다를 바 없으니까. '보이는 모든 틈새 시간을 이용하는 게' 이 사면초가의 전장에서 살아 돌아올 수 있는 유일한 방법인 것을! 이런 시간의 틈새에서 똑똑 떨어지는 즙을 우습게 보지 마시길. 항상 고강도 스트레스 속에서

고농도로 추출되어 눌리고 짜이면, 용암이 분출될 수도 있으니.

이 작품은 여성의 성장을 담은 책이고, 감당할 수 있는 육체적 고통의 극한과 생의 기쁨에 대한 더할 나위 없이 아름다운 고백이다. 더욱더 값진 건 '자신'에게 지지 않겠다는 신룬의 단호한 의지이다. 먹고사는 자질구레한 일들이 아무리 쌓이고 쌓인다 해도 작고 어여쁜 신룬 '자신'을 매몰시킬 수는 없다. 신룬은 인생의 전장에서 승리하고 돌아왔다. 굳건하고 아름답게.

– **위원정**(宇文正), **연합부간**(聯合副刊) **주임**

목차

추천사 | 4
프롤로그: 오늘은 네 인생에서 중요한 날이란다 | 11

1장 어떻게 이렇게 아플 수 있어

태동 ———————————————————————— 34
후각은 마치 ———————————————————— 40
대기실 여성들의 언어 ——————————————— 50
내 고통을 밟고 나아가네 ————————————— 70
산후조리원의 밤과 낮 —————————————— 98
오래된 창파오 ——————————————————— 115
떨어지는 머리칼 ————————————————— 117
새 생명의 탄생 곁에는 죽음이 —————————— 119

2장 아이가 눈을 뜨기 전에

하루 ———————————————————————— 128
남루한 시간 속에서 나는 계속 글을 써 내려가네 —— 151
다시 책상으로 돌아간 그 여성들처럼 —————— 158
순수의 시대 ——————————————————— 185
버려진 것들에 부처 ——————————————— 187
정전기 —————————————————————— 197

3장 그해 여름의 흉터

나중에 일어나는 일 ──────────── 230

여행이 아니다 ──────────── 241

하얀 거짓말 ──────────── 262

엄마에게 보내는 편지 ──────────── 268

4장 나의 엄마 이야기

장대비 ──────────── 292

종종 그 두 손이 생각난다 ──────────── 297

이제 엄마가 여행을 떠날 차례 ──────────── 302

엄마가 오는 시간 ──────────── 314

에필로그 | 324

오늘은 네 인생에서 중요한 날이란다

그날, 새벽 네 시 반도 되지 않아 잠에서 깼다. 릴리안이 집에 오기로 한 때까지 한 시간가량 남아 있었지만 그래도 일어나서 이를 닦고 세수를 했고, 그 김에 전날 밤 다섯 시로 맞춰 놓은 시계 알람도 꺼 버렸다.

난 거울 속의 나를 보며 생각에 잠겼다. '오늘은 나한테 중요한 날이야.' 모든 주변 사람이 이렇게 말했다. "오늘이 네 인생에서 중요한 날이란다." 특히 나를 '아가씨'라고 즐겨 부르시는 고모, 작은아버지, 숙모들이 더 그러셨다. "아가씨, 국수 언제 먹여 줄 거야?" 툭하면 놀림조로 이렇게 말씀하셨던 이분들 눈에서 기쁨과 안도, 납득의 빛이 풍겨 나왔다. 서른한 살이 되도록 공부만 하던(도대체 무슨 공부를 하기에 공부를 이리 오래

하는지, 결혼은 하지 않고 꾸물거리고 있으니 당연히 아이 젖 먹일 일도 없던) 조카딸이 드디어 정상이 되는 날이었다. 하얀 면사포를 쓰고 한 남자와 결혼해 그의 아내가 되는 날.

아가씨, 오늘이 인생에서 중요한 날이라우.

전날, 숙모 두 분이 도와주러 집에 오셨다. 두 분은 작고 귀여운 상자에 시탕(喜糖)[1]을 나눠 담느라, 다음 날 새알심 넣고 끓일 탕 재료를 준비하느라, 이것저것 사들이느라 바쁘셨다. 결혼에 필요한 물건은 사고 또 사도 끝이 없어서, 두 분은 갑자기 '정말 중요한 물건'이 아직도 잡화점에서, 백화점에서 배송되지 않았다는 사실을 떠올리기 일쑤였다. 또 온 집 안을 빨갛게, 밝고 환하게 꾸미느라 바빴음에도 두 분에게서 피곤한 기색은 조금도 느껴지지 않았다. 엄마와 마찬가지로 숙모들의 얼굴에는 희색이 가득했는데, 다만 모두들 가까운 사이이기는 해도 이제 곧 다른 집안 사람이 될 사람을 바라보는 마음이 담긴 모호한 표정을 지어 보이곤 했다.

"아가씨, 긴장되서?" 숙모들이 물으셨다.

"긴장되세요?" 릴리안이 얼굴에 파운데이션을 발라 주며 내게 물었다. 릴리안과 신부 도우미는 다섯 시 반 정각에 집에 도

---

1   약혼식이나 결혼식 때 하객에게 선물하는 사탕.

착했다. 릴리안은 내가 인터넷에서 찾은 신부 메이크업 아티스트로, 호탕한 기운이 넘치는 여성이었다. 나보다 어렸지만 이미 세 아이의 엄마이기도 했다. 원래 결혼식은 그냥 간단하게 하고 싶었다. 웨딩 촬영도 하지 않고 신부 메이크업 아티스트도 부르지 않고 꽃장식도 하지 않고, 그 돈 아껴서 신혼여행 경비로 충당할 생각이었다. 하지만 막판이 되자 결과적으로는 촬영도 하고 메이크업 아티스트도 부르고 심지어 밴드도 부르고 전문 음향기기까지 설치했으며, 급기야 SY가 본인의 러시아 여성 친구에게 결혼식에서 축가를 불러 달라고 부탁하는 지경에 이르고 말았다. 그렇긴 하지만 신혼여행 경비 역시 조금도 아끼지 않았다. 심지어 신혼여행은 결혼식 전에 다녀왔다. 내 사전에 나를 푸대접한다는 건 있을 수 없는 일이었다. 특히 여행이라면 더더욱.

다섯 시 반이었지만 하늘은 아직 어두컴컴했고, 릴리안이 열어젖힌 메이크업 박스에는 없는 것이 없었다. 작고 가는 것부터 거대한 것까지 온갖 크기의 브러시와 저마다 다른 빛깔의 아이섀도가 담긴 팔레트, 나로서는 구분도 못 하겠고 한 번도 써 본 적 없는 물건이 가득했는데, 이를테면 인조 속눈썹과 쌍꺼풀 테이프 같은 것들이었다. 인조 속눈썹과 쌍꺼풀 테이프를 붙이는 건 기묘한 체험이었다. 그냥 티나 좀 내는 정도면 된다 싶어 일부러 그렇게 빽빽하지 않은 인조 속눈썹을 골랐건만, 릴리안은 두 겹짜리를 붙여 주겠다고 고집을 부렸다. "저 믿으세요. 이걸 붙이고 사진을 찍어야 또렷하게 나와요." 권위가 물씬 느껴지는 말투였다. 마음의 준비를 해 두었는데도 숨을 헉하고 들이켜고 말았다. 당장이라도 무대에 올라가서 경극이라도 할 수 있을 듯한 그 자태라니. 인조 속눈썹과 쌍꺼풀 테이프를 붙이고 나니 정상 상태일 때보다 시야가 4분의 1은 좁아졌다. 눈꺼풀은 무거웠지만 위쪽으로 적잖이 들어 올려진 덕분에 눈이 확실히 커지기는 했다. "신부는 이래야 한다니까요." 릴리안이 말했다.

릴리안은 전문적인 화장술을 무기 삼아 나를 세 시간 자고 일어난 사람으로는 보이지 않을 모습으로 한 발 한 발 바꾸어 나갔다. 지난 몇 개월 결혼을 준비하면서 흥분, 실망, 낙담, 분노, 초조 등 온갖 감정이 복잡하게 교차하던 나를 지난주에 갓 태어난 아기처럼 단장해 놓았다. 바깥 불빛이 한 점 한 점 밝아옴에 따라, 피곤으로 물들어 있던 얼굴에도 점차 신부 얼굴에 깃들어야 할 광채가 더해졌다. 마스크팩을 하고 파운데이션과 파우더를 바르고 눈꼬리와 얼굴의 세세한 잡티를 가리고 쌍꺼풀 테이프와 두 겹짜리 인조 속눈썹을 붙이고 눈썹을 그리고 볼 터치를 하고 립스틱을 칠하고 몸에 수분 팩트까지 바른 다음, 거울 속의 여자를 바라보았다. 거울 속 또렷한 눈빛에 하얗고 매끄러운 얼굴을 한, 투명한 입술의 여자가 말했다. '이봐, 아가씨, 그거 알아? 오늘이 네 인생에서 중요한 날이야.' 그랬다. 결혼은 태어나서 지금까지 내가 해 본 적 없는, 유일무이한 성대한 공연임이 분명했다. 당황하고 있느니 신부 체험이나 제대로 하면서 예전에 내 눈에 꼭두각시로, 피동적인 존재로 비쳤던 신부가 되면 도대체 어떤 기분이 드는지 만끽해 보는 게 나았다.

예전에 부모님과 함께 친척이나 부모님 친구분들의 자녀 결혼식에 자주 참석하곤 했다. 대부분 작은 시골 마을에서 열린 결혼식이었는데, 한 집이 온 거리와 골목을 다 막고 호기롭게 천막을 친 가운데 붉은색 비닐을 뒤집어쓴 탁자 수십 개가 아무렇게나 늘어서 있었고, 천막 밖에서는 아주머니 여러 분이 정신없이 그릇을 닦고 큰 들통에 든 채소를 잘라 커다란 솥에 넣고 커다란 화로에 올려 조리를 하면, 연기가 피어오르고 열기가 후끈 달아올랐다. 식장 안 단상에서는 지방 촌장이나 의원들이 (대략 출중한 신랑과 아름다운 신부가 얼른 자식 낳고 백년해로하기 바란다는 내용의) 축사를 했고, 젖가슴과 허벅지를 내놓은 무용수들의 공연이 펼쳐졌다. 객가산가(客家山歌)[2]가 끝도 없이 이어졌고 하객들은 이별과 배신으로 가득한 민남어

---

2 한족(漢族)의 일파인 객가인들이 부르는 사랑과 구애 등 다양한 주제의 노래.

노래[3]를 신청해서 불렀다. 단상에 오른 신랑과 신부는 알지도 못하는 어르신들과 공직자들이 분위기에 취해 떠드는 속된 농담과 우아함과는 거리가 있는 야한 우스갯소리를 듣고 있었다. 두 사람의 인생에서 중요한 날이었지만, 둘은 침묵과 미소로 일관했다. 기쁜지 괴로운지 말도 꺼내지 못한 채로.

석사 과정을 졸업하고 인도에 갔다 돌아온 그해, 한 친척의 결혼식에 참석했다. 우리 가족은 봉차 의식(奉茶儀式)[4] 전에 황급히 도착했는데, 도착하고 나서야 베트남에서 온 신부가 나보다 어리다는 사실을 알게 되었다. 짙은 화장에 차림새도 화려했지만 이제 갓 만 스무 살 정도밖에 되지 않은 듯한 앳된 얼굴이 가려지지는 않았다. 반짝이는 붉은 드레스에 휘감긴 몸은 이제 막 다 자란 것만 같았고, 목에는 묵직한 금목걸이가 한 줄, 또 한 줄 걸려 있었다. 신부가 아직 중국어에 서툴다 보니, 대가족 중 누가 연배 높은 어르신인지도 헷갈려 해서 작은할머니가 신부를 데리고 다니면서 큰아버지, 작은아버지, 고모, 숙모를 한 명 한 명 부르셨다. 나는 그 신부 나이에 하고 싶은 대로 하면서

---

3 민남어(閩南語)는 중국의 푸젠성과 타이완에서 주로 쓰이는 방언 중 하나로, 민남어 노래는 한국의 전통 가요와 비슷한 느낌을 준다.

4 결혼 피로연의 일종으로 신부가 하객 한 사람 한 사람에게 차를 따르고 권하는 의식.

미친 듯이 살았던 내 모습을, 키스, 시, 봄의 풍경, 시시덕거리며 놀던 모습, 무단 결석, 야간 여행, 모험 등 온갖 비밀스러웠던 그 시절의 행동들을 떠올리지 않을 수 없었다. 나는 친구들과 여성주의를, 신역사주의를, 푸코를 공부했고, 이론에 몸으로 하는 실천을 덧붙여 그야말로 날개라도 단 듯 신나게 살았다. 나보다 어린 눈앞의 여성은 차 쟁반을 든 채 어떻게 웃는 게 이 상황에 맞는 적절한 웃음인지 모르겠다는 듯 웃고 있었다. 차 쟁반 위의 빨간 축의금 봉투에서는 짙은 향료 냄새가, 신부의 하얀 장갑에서는 새 장갑에서 나는 낯선 냄새가 새어 나왔다. 길고 예쁜 속눈썹은 그의 얼굴에 깃털 같은 그림자를, 금빛 찬란한 목걸이는 그의 몸에 납덩이 같은 어두운 그림자를 드리웠다. 옆에 서 있던 중년의 신랑은 시종 웃음을 머금고 있었다. 빳빳하게 선 짙은 남색의 양복바지가 그의 절름발을 적당하고도 은밀하게 숨겨 주고 있었다. 나는 고개를 돌려 버렸다. 오늘은 그에게 중요한 날이었지만, 신부에게도 그런 날인지는 알 수 없었다.

신랑인지 신부인지 아니면 다른 누구인지, 누군가의 가슴에 달린 브로치의 가장자리 한쪽이 가느다란 검은 반점에 파 먹혀 있었다. 썩은 내가 났다.

어린 시절 결혼이라는 것에 몹시 불쾌한 인상을 받은 탓에, 거기다 대학 시절 결혼을 가혹하고 날카롭게 비판한 소설을 적잖이 읽은 탓에, 나는 또래의 친척 여자아이들처럼 일찌감치 상대를 골라 결혼을 하지도, 남산처럼 배가 부른 채로 이 아이 저아이에게 젖을 먹이며 살지도 않았다. 연애 상대를 하나 또 하나 바꿔 가며 그 사람들 사이를 떠다녔으니, 큰아버지와 작은아버지에게, 고모와 이모에게, 나는 그야말로 누군가 입양해 갔으면 하는 유기 동물이었다. 작은아버지와 큰아버지, 고모와 이모는 내 실패한 연애를, 결혼을 망설이는 나를, 관록이 묻어나는 '한마디로 딱 잘라' 정리하셨다. "공부를 해도 너무 많이 했어."

진정 내가 앞으로 나서지 못하고 주저하게 한 것은 한 차례 또 한 차례 이어진 그 난감하고 잔혹한 결혼 피로연들을 통해 너무 일찌감치 목도한, 아마도 진실일 무언가라는 사실을 나는 잘 알고 있었다. 아마도 진실일 무언가란 '내 몸이 내 마음대로 되지 않는 상태'였다. 옷차림은 화려할지 몰라도 하얀 면사포와 드레스 안에서 안절부절 어쩔 줄 몰라 하고 있을 신부의 몸은, 자주적일 수 없는 여성의 몸은 시종일관 소리 없이 외쳐 댔다. 음식과 적이 된 다이어트 계획에, 길고 번잡한 결혼식에, 따분한 농담과 축사 속에, 끝도 없이 이어지는 기나긴 구매 목록에 두렵고 당혹스럽고 지쳐 버렸노라고.

그러다 내 차례가 오고 말았다. 오늘은 내 인생의 중요한 날이었다. 소위 이 '중요한 날'이란 몸에 관한 논의와 저작, 몸을 통한 실천이 직접 서로를 맞대면한 때를 말한다. 예전에 읽은,

전통 여성이 가부장제에 지배당했다는, 여성이 물화(物化)되었다는, 고도로 발전한 자본주의에 길들었다는 종류의 논의들이 결국 이날이 되자 더는 공허한 수사가 아니게 되었다. 나는 내가 뭔가를 머리에 인 채, 매달은 채, 전신에 칠한 채, 이목을 사로잡는 싸구려 광채에 단단히 속박당한 채 여러 시대의 영혼이 증류해 낸 키워드 속으로 걸어 들어가는 모습을, 과거 내가 연민하고 조롱했던 바비 인형 속으로 걸어 들어가는 모습을 바라보았다. 나는 진실하게 나를, 내 눈을 바라봤다(만약 인조 속눈썹이 그렇게 거대하고 무거워서 시선을 완전히 가려 버릴 정도가 아니었다면 말이다). 내 눈에 기쁨이 서려 있는지, 혹은 고통스러운 쓰라림이 깃들어 있는지, 그것도 아니면 고통스러운 기쁨이 깃들어 있는지(이랬을 가능성을 부인하지는 못하겠다) 살펴보았다.

화장으로 시작해 드레스를 입고 의식을 치르고 차를 타고 이동하고 이벤트를 하고 하객을 맞이해 피로연을 열기까지, 시선을 집중해 나 자신을 응시하자 긴장은 차차 사라졌고, 점차 알 수 없는 것에 대한 호기심과 흥분이 온도를 더해 갔다. 몸에서 빠져나온 영혼이 상공으로 올라가 나를 주시하기라도 하는 것처럼, 나는 이 상황과 절실하게 관련되어 있으면서도 아무 관련이 없는 내 몸을 자세히 관찰했다. 새벽에 일어나 전신 거울 앞에 앉아 있던 내가 초췌한 얼굴에서 혈기가 도는 얼굴로 변해 가는 과정을 지켜보았고, 반짝이는 귀걸이와 목걸이를 주렁주렁 층층이 달고 있는 나를 바라보았다. 흡사 젤리 겔 같은 브래지어를 입고는 배에 힘을 주고 엉덩이를 바짝 올리고 숨을 깊이 들이쉰 채 레이스와 반짝이 장식이 잔뜩 달린 드레스를 비집고 들어가는 나를 바라보았다.

거울 속 여자에게 말했다. 오늘은 네게 중요한 날이라고. 하얀 드레스를 입고, 메이크업 아티스트가 네 얼굴에 화장을 해 주고, 팔에 필을 뿌리고 분을 두텁게 발라 주고, 그렇게 마치 다른 사람의 오관과 피부 속으로 꼼꼼히 비집고 들어가기라도 한 듯, 넌 너를 닮았으면서도 그다지 닮지 않은 여자가 되었다고. 하얀 드레스를 끌고 하이힐을 신고 힘들게 레드카펫을 걸어가면, 아마 어머니와 아버지, 친척과 친구 들이 고개를 살짝 기울인 채, '어머, 이 아가씨 누구야?' 이런 생각에 잠길 거라고.

바로 이날, 나는 경건하고 엄숙하기는 하지만 이제 와 생각하면 정말이지 웃음이 나오는 온갖 의식을 치렀고, 아는 사람과 알지도 못하는 사람이 건네는 축하는 모두 자잘한 가루와 먼지처럼 사방팔방에서 피부 위로 떨어져 설명할 수 없는 가벼운 떨림이 되어 버렸다. 이런 의식과 과정이 정말 몸을 마음대로 놀릴 수 없게 하는지 느껴 보는 것도 새로운 삶의 체험이다. 창조를 할 때처럼, 창작을 할 때처럼, 이 체험은 전에 느껴 본 적 없는 미묘한 감정을 불러온다. 피로하기는 하지만 그건 전혀 새로운 피로이다. 산도(産道)에서 갓 쥐어 짜내진 그런 피로라고나 할까?

화장을 시작해 전신 단장을 마치기까지 대략 두 시간이 걸렸고, 이어서 엄마와 여동생이 화장할 차례가 되었다. 화장을 마친 둘은 차분하고 침착한 모습으로 변신했고, 다들 광이 나는 매끄러운 그 얼굴들 앞에서 쇼에 걸맞은 신선한 모습을 보여 주었다. 여덟 시가 되기 전, 아래층에서 폭죽 소리가 들려왔고, SY와 가족들이 예정보다 일찍 도착했다. 하지만 난 내려갈 수 없었다. 고모와 숙모, 이모할머니가 신부는 늦게 데려갈수록 좋다고 하셔서, 나는 방 안에서 이것저것 만지작거리면서 언니, 동생 들과 있는 말 없는 말 늘어놓으며 수다를 떨었다. 도란도란 말소리와 맑고 낭랑한 웃음소리를 듣자 꼭 옛날로 돌아가서 관광버스를 타고 멀리 놀러 나가던 때의 흥분이 되살아났다. 그러나 결국 도저히 더는 못 기다리겠다 싶어 도대체 뭘 기다리고 있는 거냐고 물었더니, 내 손을 잡고 나갈 아주머니가 손목시계를 가리키며 시진(時辰)[5]이 되기를 기다리고 있다고 하셨는데, 과연 시진이 되자 바로 나를 데리고 내려가셨다. 지난주

---

5 하루를 열두 시진으로 나눈 옛날의 시간 단위로, 한 시진은 지금의 두 시간이다.

에 산 굽이 가느다란 하이힐이 충실히 책임을 다해 내 발걸음을 묶어 두는 바람에 나는 보폭에 유의할 수밖에 없었고, 걷는 속도가 느려지니 오히려 우아한 자태가 나왔다. 아마 엄마가 흐뭇하게 보고 있을 장면이기도 했으리라. 평상시에 습관적으로 걸어 다니는 편이고, 걸음걸이도 아주 빠른 편인데, 오늘만큼은 '빨리'가 금기였다. 엄마는 나이 서른이 넘은 딸을 어서 시집보내지 못해 안달복달하곤 했지만, 정작 신랑이 와서 데려갈 시각이 되니 딸을 될 수 있는 한 천천히 보내려 했다.

봉차, 수차(收茶)[6], 반지 끼기에 이어 신랑과 가족들이 문밖으로 나가 우리 집 근처를 상징적으로 몇 바퀴 돈 뒤 나를 데리러 돌아왔다. 이때 나는 위층에서 하얀 드레스로 갈아입었다. 면사포를 쓰고 드레스를 입는 건 한 번쯤 해 볼 만한 경험이었다. 드레스를 지탱하려면 먼저 보드랍고 탄성이 있는 와이어부터 입어야 하는데, 덕분에 입는 사람 몸에 옷감이 닿지 않게 되어 옷을 입지 않은 것 같은 착각이 든다. 특히 드레스를 입은 채 화장실 가는 게 그야말로 고역이어서, 들러리가 이 크기만 했지 속에는 별거 없는 드레스 끝단을 잡고 들어 줘야 했다. 특히 나중에 결혼 피로연을 연 식당의 그 좁아 터진 화장실을 비집고 들

---

6 신부가 따라 준 차를 하객이 다 마시면 신부가 다시 그 찻잔을 받아 오는 의식.

어갈 때는 들어 올린 드레스가 거의 내 전신을 다 휘감을 판이어서, 나는 딱 장식용 반짝이를 잔뜩 붙여 놓은, 흡사 진주 목걸이가 걸린 대형 택배 상자 같았다. 중간이 텅 빈, 그 더부룩한 스커트가 몸을 미묘한 균형 속에 매달아 놓았다. 흰 드레스가 나를 안정적으로 휘감아 주고 있는 것처럼 보였지만, 두 다리는 처음부터 끝까지 차가운 옷감의 감촉을 느끼지 못했고 그냥 텅 빈 느낌만 들었다. 나는 웨딩드레스를 입었지만, 내 몸은 옷감과 단절되었다. 마치 세상과 단절된 것만 같았다. 현실에 가까우면서도 현실과 멀리 떨어져 있었고, 먼 듯하면서도 또 가까운 것이 하나의 은유 같았다. 나는 몸에 은유를 걸치고 SY의 집으로 걸어 들어갔고, 레드카펫을 따라 식당으로 들어가 마침내 무대에 올랐다. 그랬다. 이 대량의 거품 같은 흰색이, 비대한 흰색이 들어가 있을 만한 곳은 단 한 군데도 없었다. 형형색색의 조명이 켜지고 드라이아이스가 간헐적으로 뿜어져 나오는 무대를 빼고는.

　나와 여섯 살 먹은 화동(花童), 이 하얗고 거대한 택배 보따리 둘이 식당으로 배송되었을 즈음에야 이 하얀 웨딩드레스를 살펴볼 기회가 찾아왔다. 가슴께에는 주름이 잡혀 있었고, 그 아래에서 허리에 이르는 부분은 반짝이가 꽃과 덩굴 도안을 장식하고 있었으며, 긴 실크 스커트의 꽃과 덩굴 역시 반짝이와 진주 덕에 돋보였다. 한편 허리춤 뒷부분에는 귀여운 나비 리본

이 묶여 있었다. 단순하고 우아했다. 장식이 과하게 많지도 않고 불필요한 장식도 없어서 흡사 하얀 종이에 간결하지만 의미심장하게 쓰인 글귀 같았다. 하얀 드레스가 나를 싸매고 있었고, 옆에 바짝 붙어 있는 화동 역시 끝도 없이 이어지는 새하얀 빛깔에 싸여 있었다. 차가 움직이자 아이는 바로 잠에 빠져들었다. 하얀 드레스에 싸인 아이는 천사 같았고, 몸은 티 없이 작고 어여뻤다. 새하야면서도 발그레한 피부와 위로 동글게 말려 올라간 속눈썹은 아이가 화장 같은 건 할 필요도 없이, 힘 하나 들이지 않고 원래부터 제 것으로 갖고 있던 것들이었다. 얼굴, 팔뚝, 목, 드러나 보이는 모든 곳이 다 새것이었다. 하늘이 선사한 은전(恩典) 같기도, 시(詩) 같기도, 예찬 같기도 했다. 아이가 손에 쥐고 있던, 웨딩드레스 숍에서 준비해 준 옅은 오렌지색 장미와 흰 장미가 섞인 꽃다발은 아이가 잠들면서 조금씩 조금씩 한쪽으로 기울어졌다. 이렇게 어여쁜 꽃다발은 이 새하얀 꼬마 숙녀의 것이어야만 했다.

이토록 성대하고 화려했다. 하얀 드레스와 봄 풍경에 싸여 있었을 뿐 아니라 활짝 핀 장미와 꽃봉오리와 꽃향기, 그리고 셀 수 없이 많은 레이스와 컬러풀한 리본에 빼곡히 둘러싸여 있었다(비록 이 중요한 날이 지나고 나면 모두 쓰레기가 되어 버릴 터였지만). 차 안에서는 어느 여자 가수가 리메이크했는지 모르겠는 〈예스터데이〉가 빠르게 흘러나왔다. '지난날, 모든 근심

멀리 사라진 듯 보였는데 이제는 바로 곁에 있는 것만 같아. 아, 지난날로 돌아가고 싶어.(Yesterday, all my troubles seemed so far away. Now it looks as though they're here to stay. Oh I believe in yesterday.)' 소리 없이 나른하게 다가오는 파도 같은 목소리가 고요한 차 안에서 은밀하게 하나로 모여 무언가를 미는 힘이 되더니 내 얼굴에, 내 귓가에 부드럽게 와 닿았다. 지난날, 지난날. 나는 온통 지난 날 생각에 빠져들었다.

　지난날, 그러니까 어제 나는 결혼 다음 날 무슨 옷을 입고 친정에 가야 할지를 놓고 엄마와 으르렁거렸다. 나는 평상시에 입는 셔츠와 청바지 차림이면 된다고 했고, 엄마는 그날이 어떤 날인데 그렇게 대충 입느냐고 했다. 지난날, 지난날. 나는 이 중요한 날이 오기 전 내가 쏟아부은 모든 노력을 떠올렸다. 웨딩드레스 숍 고르기, 웨딩 사진 촬영하기, 결혼 피로연 열 식당 물색하기, 인터넷에서 신부 화장을 맡길 메이크업 아티스트 찾기, 친구에게 청첩장 디자인 부탁하기, 너무 낯간지럽지 않은 초대 말과 축복의 문구 쓰기 등 이런저런 일들을. 당연히 피해갈 수 없었던 싸움과 심한 말과 눈물, 이 모든 것에 진절머리가 났던 이런저런 일들을. 이 모든 것의 모든 것들이 나를 이 차 안으로 데려와, 이 여자아이와 이 아이가 꾸고 있을 꿈 옆에, 옷감의 감촉을 느낄 수 없는 몽환적인 하얀 드레스 속에 앉혀 놓았다. 햇빛이 차 안으로 비춰 들어오더니, 자연광이 우리를, 새로운 우리를, 아름다운 우리를 아낌없이 클로즈업해 주었다. 이 모든 것이 얼마나 아름다운지, 그렇지 않은가. 그런데 오늘이 지나면, 오늘이 지난날이 되면, 난 어떻게 되려나?

눈을 감았다. 방금 부모님과 작별 인사를 나눈 순간을 떠올리지 않을 수 없었다. 차가 시동을 걸고, 상징적인 의미가 넘치는 쥘부채를 차창 밖으로 던졌던 그 순간을 잊을 수 없었다.[7] 희끗희끗한 머리칼에 등은 굽고 허리는 꾸부정해진 큰아버지와 작은아버지, 고모와 뭐라고 칭해야 할지 모를 많은 집안 어른들과 아이들이 서로에게 기댄 채 문 앞에 서서 나를 바라보았다. 이 많은 친척을 마지막으로 본 때가 언제였더라? 아마 어린 시절 설날이었겠지. 그 뒤에는 설이 되어도 늘 누군가 사정이 있어 빠지곤 했는데, 이번에는 얼굴 안 보려고 피하는 사람도 없었고, 나이 들어 병든 몸을 이끌고 온 사람은 물론 서로 미워하는 사람들까지, 집안사람들 거의 모두가 모였다. 실제의 그들은 고통과 기대를 안고, 결함과 어리석음과 유치함을 간직한 채 눈으

---

7   타이완에서는 신부가 식장으로 가는 차에 오른 뒤, 차가 출발하면 차창을 세 번 두드리고 쥘부채를 차창 밖으로 던지는 풍습이 있다. 좋지 않았던 모든 기억과 못된 성질머리를 쥘부채에 담아 버리고 간다는 의미로, 가족 중 한 사람이 떨어진 부채를 주워 옷깃에 넣어 두고 있다가 부모의 침대 아래, 쌀독, 찬장에 보관한다.

로 나를 배웅했다. 다들 가장 좋은 옷을, 아주 밝고 화려한 색감의 편안한 옷을 입고 오려고 노력했지만, 실밥 터진 옷깃과 치맛단에서 노쇠함과 의혹과 두려움이 새어 나오지 않을 방법은 없었다. 그 모든 것이 마치 그 순간의 나와는, 하얀 드레스 위의 진주 목걸이와 레이스와는, 동글게 말려 올라간 내 인조 속눈썹과는 아무런 상관이 없는 듯했다. 그 사람들의, 그리고 나의 고통은 새하얗다 못해 두 눈을 시리도록 자극하는 이 화려한 드레스와는 아무런 상관이 없는 듯했다.

깊은 밤, 바퀴벌레가 깊고 깊은 배수구에서 계속 솟구쳐 나와 이들이 가져다 둔 약을 삼키고, 계속해서 옷장에, 찬장과 서랍에 과한 욕망과 헤픈 아쉬움을 잔뜩 쑤셔 넣었다. 상처가 너무 깊어지고 근심거리가 너무 많아지자 난해한 수학 문제 앞에서 그러하듯, 사람들은 아예 모든 걸 포기하기에 이르렀다. 지난날, 아, 지난날, 너무나 많은 더러움과 결함이 쌓인 지난날. 그런데 오늘의 나는 나 자신을 이 하얗고 쓸데없는 대형 택배 상자에 넣어 놓은 참이었다.

결혼 피로연이 끝나고 드레스를 반납하고 집으로 돌아와 화장을 지웠다. 진짜 내 얼굴이 짙은 화장 속에서 조금씩 조금씩 떠오르는 모습을 지켜보았다. 눈가 주름과 다크서클은 그대로였다. 샤워기의 쏟아지는 물줄기 아래 서서 헤어스프레이 범벅인 머리를 힘겹게 문질러 감았다. 헤어스프레이가 완고한 집념 덩어리처럼 머리칼 하나하나를 휘감고 있었다. 머리를 감고 나니 머리칼이 시적인 감흥이라고는 전혀 없이 떨어져 나갔다. 힘을 줄 대로 준 머리 감기의 뒤끝이었다. 린스 한 통을 3분의 1이나 쓰고 나서야 평정이 됐다. 그야말로 악몽이었다.

촬영 기사가 오늘 찍은 사진을 전송해 왔다. 담황색과 짙은 붉은색의 드레스를 입은 내가 아주 행복하게 웃고 있었다. 조금 전에 일어난 일인데도 너무나 멀게만 느껴졌다. 방 안 곳곳에 친구들이 보내온 선물, 축복을 전하는 카드, 이불과 베개, 새 옷 등 경사스러운 날이라는 명목으로 추가된 수많은 물품이 쌓여 있었다. 선물 상자 밖에는 전부 붉은색 쌍희자(囍)[8]가 붙어 있었다. 문발에 들어간 것까지 합쳐서 세어 보니 크고 작은 '囍'가 총 열여섯 개였다. 빨간 얼굴 하나하나가 눈을 휘둥그레 뜨고 입을 크게 벌린 채 이곳저곳에 숨어 나를 주시하고 있는 것만 같았다. 오늘 밤에는 꼭 새 이불을 덮고 자야 한다던 엄마의 특별 당부가 떠올라 비닐 포장을 대충대충 뜯어 이불을 꺼냈다. 이불 커버에 100위안짜리 지폐를 접어서 만든 꽃이 봉제되어

---

8 기쁠 희(喜) 자를 겹쳐서 만든 글자로, 행운이 겹쳐 온다는 의미를 담고 있어 결혼식 등에서 흔히 볼 수 있다. 중화권에서는 이 글자를 주로 빨간색으로 쓰거나 빨간 바탕에 노란색으로 쓴다.

있었다.[9] 그 종이꽃 두 송이를 오려 낼 힘도 없을 정도로 지쳐 있던 나는 자질구레한 문양과 장식이 가득한 이불 위로 쓰러져 버렸다.

두 다리가 실크 재질의 새 잠옷에 닿자 다시금 실체감이 느껴졌고, 솜이불 무게의 윤곽이 더 깊어졌다. 눈을 감으니, 낮의 색감과 목소리가 앞다투어 찾아왔다. 색채 덩어리와 음향이 점차 사그라지더니 여가수가 귓가에서 조용히 읊조렸다. '갑자기 나는 예전의 내가 아니게 되었네. 어두운 그림자가 나를 뒤덮었지. 아, 지난날이 갑자기 사라져 버렸어.(Suddenly, I'm not half the man I used to be. There's a shadow hanging over me. Oh, yesterday came suddenly.)'

오늘은 네 인생에서 중요한 날이란다. 아, 그게 이미 어제 일이 되어 버렸구나.

---

9 신혼부부가 경제적으로 여유롭게 잘 살길 바란다는 뜻으로 실제 지폐로 종이꽃을 접어 이불에 봉제하는 풍습이 있다.

1장

어떻게 이렇게 아플 수 있어

임신한 뒤 사람을 보는 방식도 함께 달라졌다. 매번 산전 검사를 마치고 나면, 머릿속에는 방금 그 여자아이를 보던 순간의 따뜻하면서도 이질적인 현기증의 감각이 여전히 남아 있었다. 혼돈 그리고 쌀알만 한 크기를 거쳐 이목구비와 사지와 오장이 점차 온전하게 갖춰지는 기이한 형상이 눈앞에 드러났다.

그 뒤, 내 얼굴을 향해 다가오는 모든 사람의 윤곽이 달라졌다. 청순한 여중생이 구멍가게 주인장 아주머니에게 더우화(豆花)•를 한 그릇 사고 있었다. 두 사람 다 한때는 야금야금 양수를 홀짝거렸겠지. 한 젊은 커플이 버스 정거장 앞에서 다정하게 서로를 어루만지고 있었다. 이 둘도 한때는 엄마 배 속에서 발을 마구 걷어찼을 거야. 우울한 모습으로 담배를 태우는 남자는(나는 그 사람에게서 멀찍이 떨어져 있어야 했다) 한때 온전히 새것인, 보드라운 폐를 갖고 있었을 테고.

나 같은 임산부, 붉은 빈랑(檳榔)••즙을 뱉고 있는 택시 기사, 한쪽 팔 없이 통로에 기대어 선 걸인, 정지 신호를 무시하고 지나가려 했던 차 때문에 깜짝 놀랐다며 큰 소리로 욕을 퍼부어 대는 뚱뚱한 여자, 그 욕설에 아랑곳하지 않는 얼굴에 얽은 자국이 가득한 운전자, 그 옆에 검은색 푸들 한 마리를 품에 안고 앉아 있는 짙은 화장을 한 여인, 이 남자들과 여자들, 노인들과 아이들, 이들이 뭘 좋아하든 싫어하든 상관없고, 이들의 감정과 신체 기관이 여전히 매끈하고 깨끗한지도 상관없다. 하지만 상상이 가는가? 아, 이들이 한때는 손발이 아직 다 자라지도 않은 초음파 속의 무언가였고, 한때는 반딧불 같은 속눈썹을 갖고 별처럼 잠들던, 맑게 갠 날씨처럼 웃는 자그마한 육신이었다는 사실이. 순정하고 쉽게 부서지는 이슬 같고 유리 같은 존재였다는 사실이.

생각이 여기에 미치니 나도 모르게 눈물이 흘러내렸다.

* 두부 푸딩에 가까운 중국 전통 디저트.
** 동남아 일대에서 운전기사들이 껌처럼 씹는 열매로 각성 효과가 있다.

태동

태동이 점점 더 또렷해졌다. 그는 내 배 속에서 손을 뻗고 발을 폈다. 때론 놀이를 하거나 그곳에 깃들어서 잠을 잤다. 움직이는 것 같기도 했고 정지해 있는 것 같기도 했다. 가볍다가도 무거워졌고, 날쌔게 도약했다가 사라져 버리는 영감 같기도 했으며, 질질 끌려가며 빛을 내는 꼬리 같기도 했다. 또 어떤 때는 끝도 없이 이어지는 밀물과 썰물 같았고, 해와 달의 리듬과 규칙적인 움직임을 따르는 것 같았다. 그것은 언어를 넘어서야 형용할 수 있는 것이었다. 태동은 늘 어기(漁期)를, 등불을, 혹은 다른 것들을 떠오르게 했지만, 올 때도 갈 때도 빨랐기에 그 가볍고 민첩한 속도를 언어로는 따라잡을 수 없었다.

밤잠을 자다가 깨면 태동이 일어났다. 나는 아이가 깨어 있었는지 아니면 내가 몸을 일으키는 바람에 방해를 받아 깨어났는지 알 수 있었다. 그것은 모종의 연결이었고, 흔히 말하는 전달이었다. 그 함의를 읽어 내지는 못했지만, 어쩌면 나 혼자만의 생각이었을지도 모르지만, 나는 우리가 감정적으로 서로를 의지하고 있다고 느꼈다. 태동은 내가 아직 얼굴도 마주하지 못한 아이를 느끼는 방식이었다.

그가 발차기를 하거나 놀이를 하고 있다고 상상했다. 나는 침대에 누워 조용히 표류하는 나무판 같은 이 자세를 느껴 보았다. 옆 사람과 말로는 나눌 도리가 없는 느낌이었다. 아이 아빠가 두 손을 뱃가죽에 가져다 대면, 내가 말했다. 아이가 발로 차고 있어, 느껴져? 아이 아빠는 말했다. 아니, 전혀.

다른 사람은 좀 더 강한 움직임이 일어나야만 느낄 수 있었으므로, 그들은 제한적이고 일상적인 감각으로 한 생명의 첫 열정을 탐지했다. 그는 양수의 완벽한 포옹 속에서 뒹굴고 힘차게 움직였지만, 대부분의 경우 다른 사람이(또 다른 육신이) 처음으로 생겨난 육체를 헤아리기란 어려운 일이었다. 다른 사람이 볼 수 있는 것은 점차 부풀어 오르는 배, 그러니까 아이가 아닌 엄마의 몸뿐이었다. 아이는 여전히 하나의 개념이었다. 심지어 아이 아빠에게도 그랬다.

그래서 SY는 배 속 아이에게 거의 말을 걸지 않았다. 산모 수첩에서는 아이 아빠가 태아에게 말을 걸 것을 권했지만, 그에게 커다란 배에 대고(게다가 윗부분으로 갈수록 색이 점차 진해지는, 구불구불 기어가는 임신선이 생긴 배에 대고) 말을 하는 것은 사과에 대고 말을 하는 것만큼 난감한 일이었다. 심지어 나조차도 배 속 아이에게 말을 거의 걸지 않았다. 아마도 상상력이 너무 부족한 탓이었겠지만, 그래도 태동이 느껴질 때만큼은 배를 응시했다. 나는 그가 그곳에, 깊고 고요하며 따뜻한 자궁 속에 있다는 사실을 알고 있었다.

출산을 3개월 앞둔 무렵, 아이의 태동이 심해졌다. 밤에 잠에서 깨면 그도 따라서 뒹굴고 걷어차고 다리를 뻗었다. 어떤 때는 연속적인 움직임이 한동안 계속 이어졌는데, 꼭 유쾌하게 리듬을 타는 듯 느껴졌다. 물론 이는 내 상상에서 비롯된 것이고, 그건 어쩌면 고통스러운 느낌이었을지도 모른다. 머릿속에서 나도 모르게 단어 하나가 떠올랐다. 생물. 그는 당연히 생물이었다. 1센티미터도 되지 않던 태아였을 때부터 이미 생명이었고 생물이었다. 텅 빈 껍데기나 의미 없는 단어가 아니었다. 미미한 의식은 이미 얇은 그릇으로 들어가 감각했고 이를 피로, 뼈로, 피부로, 털로 이어 갔다. 그는 살아 있었다. 유리처럼 투명한 그릇에 복잡해지기 시작한 신경과 조직이 담겨 있었다. 아니면 생명이라고 해도 좋을 것이다. 그는 빈 껍데기가, 의미를 다 소진하고 하마터면 도태될 뻔했던 과거의 언어가 아니었다.

내 몸은 그릇이었다. 나는 이를 임신하고 나서 의식하기 시작했는데, 심지어 두 번째 임신을 하고 난 뒤에야 구체적으로 의식하기 시작했다. 나는 또 다른 육신을 담고 있었다. 그 안에는 따뜻한 선홍빛 피가 담겨 있었고, 신경원(神經元)과 세포가, 골격과 점액이 들어 있었다. 정밀하고 복잡한, 표현하기 어려운 것들이 담겨 있었다. 뒤따라온 의식, 사랑과 고통, 꿈과 잠꼬대, 집착과 미련이, 미약하고 미묘하며 불가사의한 것들이 모두 체내에서 무성한 숲이 되었고, 불어나고 늘어나고 퍼져 바다가 되었다.

체중은 다달이 늘어났다. 산부인과 간호사는 체중계 수치를 보며 임신부 수첩에 숫자를 적어 주었고, 다음 임신부 차례가 되면 똑같이 무표정한 얼굴로 같은 행동을 반복했다. 임신부들이 종이컵과 리트머스 종이를 받아 들고 소변 검사를 하러 가고 체중계 위에 올라서고 텔레비전이나 휴대폰을 보며 진료를 기다리는 일들이 의례적으로 이루어지긴 했지만, 이따금 의례적인 검사가 일깨워 주는 것들이 있었다. 설사 그저 체중을 재는 일이라 해도, 늘어난 무게는 아이가 지금 이 순간 자라면서 생긴 것일 뿐 아니라 점차 생명이 형태를 갖추어 가고 있다는, 차차 의식이 농밀해지고 있다는 증거였다. 나날이 자라나고 있는 것에는 나의 사랑과 집착도 있었고(결국 나는 사냥감을 꽉 휘감아 그 숨통을 끊어 놓는 뱀의 처지가 될까), 나의 갈망도 있었다. 그가 드디어 내 품에 당도해 그 맑고 투명한 두 눈으로 나와 마주하게 되기를 기다렸다. 그가 입을 열어 말을 하기를, 달콤한 목소리로 나를 부르기를 기다렸다. '엄마' 하고. 그러므로 나는 그 눈과 그 목소리에서 벗어날 수 없도록 운명 지워졌다. 그에게서 벗어나는 것은 몸이 찢어지는 것과 같을 터였다. 사랑과 근심이 덩굴식물처럼 구불구불 이어져 올라와 나라는 이 부서지기 쉬운 그릇을 동여맸다.

여성의 몸은 그릇이다. 애욕이 질주하며 불타오르는 순간, 남성이 들어와 그 뜨거운 욕망을 그릇에 부어 놓는다. 휘감긴 욕망이 순조롭게 생명의 시초로 구현되어 여성의 육신을 비집고 들어가면 그 뒤 여성은 또 다른 육신을 길러 내기 시작한다.

어떤 때는 이런 생각을 금할 수 없다. 몸이 거의 다 자란, 의식이 차차 농밀해진 아이는 자신이 한 여자의 몸속에 있다는 사실을 알까? 생기 있고 싱싱한 어휘처럼, 어리고 여린 이미지처럼, 나이 들어 가는 텍스트 속에 포함되어 있는 걸까? 그는 자신이 온기가 있는 또 다른 그릇에 담겨 있다는 사실을 알까?

태동은 여전히 계속되었고 격렬해졌다. 임신 33주차가 된 지금, 이미 배 전체가 가득 채워졌다. 부풀어 오른 돛이 상하좌우 두 곳 혹은 세 곳에서 동시에 규칙적으로 움직인다. 음악적으로, 갓 탄생한 소나타처럼.

읽던 책을 배에 올려 두면 태동을 따라 책이 위아래로 오르락내리락하며 왼쪽에서 오른쪽으로 옮겨 간다. 마치 장난꾸러기 바람이 하얀 테이블보 속을 뚫고 들어와 춤을 추듯 잔잔한 물결을 일으킨다.

후각은 마치

임신 초기에는 후각이 엄청 예민해져서 너무나 가늘고 너무도 가벼운, 마치 깃털 같은 냄새를 늘 맡곤 했다. 놀라운 기쁨과 축복으로 다가올 때도 이따금 있었지만, 대부분은 저주일 가능성이 높았다.

후각이 민감해지자 순식간에 집이 낯설어지기 시작했다. 익숙했던 물건이 돌연 단단한 위화감을 조성했다. 예전에는 형체만 보이던 일상의 집기가 이제는 모두 구체적인 냄새가 되어 모습을 드러냈다. 나무 마룻바닥 무늬의 냄새가 느껴졌고, 마르지 않은 수건에는 여전히 세밀한 습기가 달라붙어 있었으며, 알고 보니 종이봉투 속 섬유질은 수수하고 고요한 냄새를 풍기는 반면 치약은 숲의 색감을 간직하고 있었다. 세탁 세제의 향은 순식간에 격렬하고 강렬해지기 일쑤였고, 하물며 비닐봉지에서도 냄새가 났다. 이 모든 게 당장 위장을 뒤집어 놓았다.

제일 좋아하는 향은 역시 햇볕에 말린 옷에서 나는 향이었는데, 그것은 햇볕과 세제의 흔적이, 그리고 아마도 흩날리며 날아왔을 잎사귀와 벌레의 흔적이 남은 향이었다. 3월 햇빛의 보살핌을 받은 것에서는, 하다못해 양말에서도 다정하고 깨끗한 품격이 느껴졌다.

가장 끔찍한 냄새로는 음식물 쓰레기를 능가할 게 없었다. 비닐봉지 안에서 검게 변한 바나나 껍질, 채소 줄기, 버섯 대가리, 사과 씨, 너무 오래 방치한 국수는 구역질이 올라오는 냄새를 빚어냈다. 초저녁이 되어 옆집 이웃이 생선을 굽기 시작하면, 창백한 생선이 기름 팬에 정박해서 내는 치익치익 소리를 들을 수는 없어도, 머릿속에서는 나도 모르게 위쪽을 자욱하게 채운 기름기와 수증기를 똑바로 쳐다보고 있는 생선의 모습이 떠올랐다. 그럴 때면 현기증과 함께 구역질이 올라왔다. 임신을 하고 나니 생선 굽는 냄새가 더 지독해져서 나는 이 틈을 타 산책을 나서곤 했다. 집 밖의 거리와 공원, 가로수와 오래된 그네, 철제 의자 옆의 자잘한 장식물에서 나는 냄새가 새로운 산소를 공급해 주었다.

거리로 나서는 이유는 산책을 위해서만이 아니라 공기를 바꾸기 위해서이기도 했다. 어떤 음악을 듣든 어떤 일을 하든 생선의 냄새는 악의적인 상처처럼 내 콧속을 점유했다. 하지만 거리로 나갔다고 해서 위험하지 않은 건 아니었다. 일단 인도에 모여 담배를 태우는 몇몇 남녀는 당연히 피해야 했다. 옷은 잘 차려입었음에도 피곤에 찌들어 있던 젊은 남녀들은(대부분은 부동산 중개업자와 부근의 직장인, 작고 예쁜 패션숍을 운영하는 젊은 부부들이었다) 나와 내 커다란 배를 보고는 알아서 담배를 끄거나 빠른 속도로 걸음을 옮기곤 했다. 나는 그 점에 마음으로 감사했다.

거리에서는 정말 많은, 정말이지 수많은 냄새가 풍겼다. 가장 좋은 때는 막 비가 내리고 난 뒤였다. 그중에서도 짧게 온 힘을 다 쏟아 집중적으로 내린 것 같은 장대비, 지하에 숨어 있던 여름의 열기나 더러운 것들을 모두 해방시키고 깨끗이 씻어 주는, 그런 관용과 자비의 장대비가 내리고 난 뒤가 제일 좋았다. 이때 거리를 걸으면 청량감은 물론이거니와 머나면, 흡사 태곳적 유물이 출토될 때와 같은 정감 어린 기억의 향기를 한껏 세세히 맛볼 수 있었지만, 그래도 걸을 땐 조심해야 했다.

가장 좋은 것 중에는 아이도 있었다. 방금 엄마 손에 이끌려 공원에서 돌아온 아이나 온몸이 땀에 흠뻑 젖은 아이, 아니면 막 목욕을 하고 나와서 몸에서 보디클렌저 향이 나는 아이. 또는 장난치고 놀다 온 것도 아니고 목욕을 하고 온 것도 아닌 아기들은 그냥 유아차에 조용히 앉아 아무런 걱정 없이 나를 뚫어지게 바라보거나, 마음의 힘을 집중해 풀기 어려운 수학 문제를 상대하고 있기라도 한 것처럼 본인의 자그마한 손을, 옷에 달린 단추를 연구하고 있었다. 그런 아기들에게선 은은한 젖내나 갓 태어난 아기 특유의 향이 났다. 희미하게, 그런 것만 같았다.

아이들이 미래의 내 아이에 대한 상상을 불러일으켜 주어서 그랬는지는 모르겠지만, 나는 심지어 아기들의 목소리에서, 웃음소리와 울음소리에서, 그리고 오직 아기들에게만 허락된, 어른들은 구별도 할 수 없는 옹알이에서도 냄새를 맡았다. 나는 아이들의 느슨하게 풀어진, 혹은 바짝 긴장한—사랑 가득한 눈으로 자기를 응시하는 부모를 마주 볼 때의, 혹은 냉정하게 야단을 치는 엄마 아빠를 바라볼 때의—몸의 냄새를 맡았고, 아이가 과연 용감하게 나올지 나약하게 굴지, 만족할지 아니면 뭔가 부족하다고 느낄지를 구성하는 온갖 것들의 냄새를 맡았다. 난 맡을 수 있을 것만 같았다. 바람이 불면, 옅은 햇빛이 비치면, 중양목의 잎사귀가 서로를 가벼이 매만지는 가냘픈 소리가 들리면, 그 냄새를 맡을 수 있을 거라는 생각이 들었다.

피해야 하는 것도 아주 많았다. 특히 향수가 그랬다. 나는 원래 향수를 뿌리지 않는다. 여러 해 전에 친구가 고급 향수를 한 병 선물해 주었는데, 지금도 여전히 수납장 신세여서 한 번도 제 역할을 한 적이 없고 그럴 수도 없다. 꽤 괜찮은 은은한 과일향 향수이기는 하지만 점점 더 꾸미는 일에 게을러지는 나로서는 스카프 하나 두르는 것만 해도 어디냐 싶은 상황이니 향수가 웬 말인가 싶다. 하지만 향수를 쓰지 않는 가장 큰 원인은 향수는 조심스럽게 사용해야 한다는 내 생각에 있다. 향수가 사람들의 성격과 취향을 표현하는 데 효과적이기도 하고, 누군가는 향수 때문에 더 안전감을 느낄 수도 있으며(향수가 일종의 투명한 옷 같은 거다. 화장을 하지 않으면 문밖으로 나가지 못하는 여자들이 있듯이), 사람 사귀는 데 편한 피부나 얼굴이 한 겹 새로 자라나는 데 도움을 주기도 하지만, 적절하지 않은, 어울리지 않는 향수가 순식간에 한 사람과 그 사람이 애써 만들어 온 인간관계를 망쳐 버리는 경우가 많은 탓이다.

아무튼 나는 길거리를 걷거나 식당에 앉아 있을 때 옆 사람에게서 향수 향이 나면 늘 주의가 산만해진다. 임신하기 전에 그다지 잘 견디지 못했던 냄새는 임신을 하고 난 뒤에는 더 난폭하게 날뛰기 시작했다. 향수는 그야말로 등 뒤에 붙은 귀신처럼, 아니면 흡혈 거머리처럼 내 콧구멍과 코털을 꽉 붙들어 버렸다. 내 기억까지도.

그렇다. 가장 끔찍한 건 냄새가 내 감각기관을 공략한 뒤 빠른 속도로 구체적인 형상을 갖추면서 머릿속에 들러붙기 시작한다는 것이었다. 싫어하는 냄새에서 이미 멀어졌건만, 향수든, 커다란 검은 비닐봉지에서 야금야금 흘러나오는 악취 나는 물이든, 아니면 아주 강한 톤으로 인공 향을 발산하는 화장실 방향제든, 이런 형체 없는 냄새는 고집스럽게 기억을 기어 올라갔고, 그에 상응하는 형상이 돋아났다. 그래서 알 수 없는 향수를 뿌린 사람이나 대형 쓰레기에서 멀어졌는데도, 그 냄새는 완강하게 세 블록이나 더 나를 따라왔고 생각이라는 걸 할 수 없게 했다. 심지어 어떤 사람이나 무언가를 생각하고 있을 때에도 내 상상 속 그 사람 혹은 그 무언가는 예외 없이 고약한 냄새에 뒤덮여 있었다.

그래서 임신 기간 중 나는 늘 구토를 했고, 강박적인 상상과 기억의 찌꺼기가 이를 더 악화시켰다.

잠을 자지 않으면 구토를 하던 기간이 있었다. 잠에서 깨어 있을 때는 늘 구역질을 하며 보냈다. 그렇다고 정말로 무언가를 토한 것은 아니었지만, 메스꺼운 느낌은 시시때때로 올라왔다. 잠을 잘 때에만 잠시나마 벗어날 수 있었다. 이럴 때는 정말 조금이나마 메스꺼움을 완화해 줄 수 있는 시큼한 음식이 구세주였다. 그렇다 보니 나는 시큼한 음식을 한없이 갈망했다. 뭘 먹든 레몬을 짜 넣거나 식초를 쳤고, 온종일 매실을 찾아 먹었다. 정신을 맑게 해 주는 그 지독하고도 강렬한 신맛이 아니었으면 나는 인생이 온통 절망적으로 느껴질 정도로 구토를 하며 지냈을 것이다.

어느 날, 신맛을 갈망하는 욕망이 꿈틀거리자, 나는 독충에 물리기라도 한 것처럼 가장 가까이 있던 맥도날드에 들어갔다. '신 걸 마셔야 해. 신 걸 마셔야 해.' 몸이 지령을 내리자 나는 주문 데스크에서 오렌지 주스를 주문했다. 캡 모자를 쓰고 갈색 머리를 올려 묶은 여자 점원이 나를 주시하고 있었다. "오렌지 주스가 없는데요." 무슨 말인지 이해가 가지 않았다. "지금 오렌지 주스가 없다고요." 점원은 화를 애써 억누르는 듯한 말투로 덧붙였다. "오렌지 착즙기를 수리하는 중입니다." 나는 몇 초가 지난 뒤에야 점원의 '오렌지 주스가 없다'는 말뜻을 이해했다.

그 순간, 몸이 항의를 한 건지 그냥 습관대로 나온 건지는 모르겠지만, 나는 그 점원 앞에서 입을 틀어막은 채 구역질을 하고 말았고, 놀란 점원은 눈살을 찌푸렸다. 아마 맥도날드에서 아르바이트를 시작한 이래 지금까지 주문이 순조롭게 진행되지 않았다고 구역질을 하는 손님은 본 적이 없었을 것이다. 나는 일파만파 올라오는 메스꺼움을 애써 억눌러 가며 예전의 예의와 우아함을 되살리려 노력했다. "그럼 레몬차 주세요." 차를 마셔서는 안 되는 거였지만, 당시엔 별다른 수가 없었다. 나와 내 표면적인 교양과 예의를 구원해 줄 건 하다못해 귀에 시큼하게 들리기라도 하는 것뿐이었으니. "그리고 해시 브라운 하나 주세요." 나는 이런 말을 하는 나를 보고 깜짝 놀라고 말았다. 사실 배는 조금도 고프지 않았다. 게다가 끊임없이 구토를 하는 판에 설마 해시 브라운이 필요할 리가. 나를 더 놀라게 한 건 그 뒤에 벌어진 일이었다. 점원이 애써 미소를 쥐어짜내며 지금 해시 브라운 하나 사시면 하나를 더 드리는 행사를 하고 있다고 하자, 나는 거의 생각하고 자시고 할 것도 없이 고개를 끄덕이며 알겠다고 했고, 동시에 하나는 SY에게 가져다주면 되겠다는 계산을 했다.

레몬차와 하나를 샀더니 하나가 더 딸려 온 해시 브라운을 받아 들고 자리로 돌아가 앉아 매장 안 사람들을 둘러보았다. 교과서를 보면서(실은 보는 척하면서) 이성 친구와 시시덕거리는 중학생, 태블릿 PC를 뚫어지게 바라보고 있는 젊은 남자, 이어폰을 낀 채 어학책을 들여다보고 있는 단발의 여성, 커피를 홀짝거리며 신문을 뒤적이는 중년 남성까지. 나는 이런 생각을 하지 않을 수 없었다. 이 사람들도 이런 메스꺼움을 느낀 적이 있을까? 정부 관료가 하는 말에 밀려드는 추상적인 메스꺼움이 아닌, 사회와 번잡한 일에 염증이 나고 분노가 치밀어 올라서 밀려드는 상징적인 메스꺼움도 아닌, 정말이지 몸속 깊은 곳에서 더러운 물이 연거푸 뒤섞이고 뒤섞이는 듯한, 야물고 비옥한 메스꺼움을 느껴 본 적이 있을까? 없다면, 부러워하지 않을 수 없었다. 생각은 꼬리를 물고 이어져, 어쩌면 이들이 비만이라든가 호르몬 문제, 불면, 치질이나 암, 아니면 1년 내내 두껍게 쌓인 눈에 뒤덮인 것만 같은 심각한 피로와 강렬한 두통 같은 몸 안팎의 어떤 사적인 문제에 맞닥뜨린 상태일지도 모른다는 데 생각이 미쳤다. 이들은 대항했을까 아니면 투항했을까? 한때는 힘껏 대항하다가 결국 투항하고 말았을까? 어떻게 말해도 하나같이 다 고생스러운 인생, 우리 모두 이렇게 자신을 마주한 채 애써 자신에 대항하며 살고 있는 사람들 아닌가?

정신이 돌아왔을 때는 이미 해시 브라운 두 개를 다 먹어 치운 참이었다.

이 망할 놈의, 마음대로 안 되는 몸뚱아리.

이 두 개의 해시 브라운은 흡사 어떤 시대의 종료를 선고한 것인 듯했다. 이날 이후 메스꺼운 느낌은 사라졌고, 식욕이 마치 겨울잠에서 깬 곰처럼 이상할 정도로 왕성해졌다. 갑자기 어떤 음식을 먹고 싶다는 강렬한 갈망이 밀려오면 어떻게 해서든 그걸 구해 왔다. 물론 깊은 밤이라면 그냥 상상이나 하고 있을 수밖에 없었고, 아내가 자는 남편을 흔들어 깨워서 골목길 노점에 가서 뭐라도 사 오라고 명령하면 남편이 집으로 사 들고 와서 먹는 드라마 속 장면은 재현되지 않았다.

깊은 밤, 잠에서 깨면 생각했다. 기름기 반지르르하게 볶은 완두콩을 입에 넣으면 그 작은 알맹이들이 입에 들어가자마자 안에서 흩어지겠지. 한 손으로 김을 집어 들고 깔끔하게 맛이

든 수래청사(水來靑舍)[1]의 김치와 흑미밥을 함께 싸 먹으면 그야 말로 꿀맛일 거야. 엄마가 만든 차유몐셴(茶油麵線)[2]에 셀러리를 다져서 곁들이면 입맛이 돌고 눈에 생기가 돌 텐데. 그리고 부모님댁 근처 작은 채소 가게의 등 굽은 할머니가 끓여 주는 겅탕(羹汤)[3]과, 네팔 포카라로 가던 길에 10위안 주고 사 먹었던 수학 시험지로 만든 삼각뿔 모양 포장지 안에 가득 들어 있던 빨갛고 까맣고 노랗고 푸르렀던 현지 콩 간식, 그리고 카트만두 어느 가게의 콩과 감자를 넣은 수프까지…… 나는 간절하게 생각했다. 거의 잊고 있었던 이 음식들을 차례대로 생각하다 깊은 밤 침실로 돌아오면, 음식 생각에 눈물이 다 흐를 지경이었다.

이즈음, 메스꺼움은 그야말로 상상도 할 수 없는 옛이야기가 되어 있었다. 그냥 이렇게, 입에는 왕성한 침이 가득 고인 채, 머릿속으로는 온통 일본 라면과 취두부와 마늘 양배추 볶음과 간장 소스에 삶은 쫄깃한 바이예두부(百葉豆腐)의 맛을 생각하면서 억지로 잠을 청하곤 했다.

---

1   타이완 중부 지방에 있는 채식 식당으로 한국식 김치 메뉴를 제공한다.

2   얇은 쌀국수 면을 차 열매를 짜서 낸 기름에 간을 한 소스로 비벼서 만드는 요리.

3   각종 고기와 채소를 넣고 끓인 걸쭉한 탕.

대기실 여성들의 언어

1.

나는 기다리고 있었다. 대기실에는 아직 십여 명이 기다리고 있었고 대부분은 부부였는데, 여기 있는 여자들에게는 한 가지 공통점이 있었다. 배가 부풀어 올랐다는 것. 우리의 공통된 이름은 임신부였다. 헐렁한 상의로 배를 가리려고 한, 적어도 최소한 장식의 효과를 노린 임신부들이 있는가 하면, 상대적으로 배가 도드라지도록 몸에 좀 붙는 임부복을 입은 임신부들도 있었다.

대기 시간은 통상 길고도 길었다. 특히 주치의가 아이를 받으러 간 경우는 더했다. 다음 차례는 나인 줄 알았는데 의사가 급히 아이를 받으러 가면 40분을, 혹은 더 긴 시간을 기다려야 했다. 하지만 지루해 죽겠다는 표정을 짓는 임신부는 거의 보기 힘들었다. 다수의 임신부는 오래도록 휴대전화나 (대부분 뉴스가 방영 중이던) 텔레비전 화면을 뚫어지게 바라보았고, 그들 옆자리의 남편들도 그랬다. 서로 그다지 이야기를 나누지도 않았다. 휴대전화와 뉴스가 이들을 조용히 시켰고 기다리는 시간을 소모해 주었다.

임신부, 출산을 기다리는(expecting) 여자들.

"주류 문화에서는 임신을 조용한 기다림의 시간으로 표현한다." 아이리스 매리언 영이 한 말인데, 영은 유머를 잃는 법 없이 이를 비웃는다. 이는 마치 "새 생명은 저쪽 별에서 날아오는데, 여자는 창가 흔들의자에 앉아 이따금 커튼을 한쪽으로 젖히면서 우주선이 곧 도착하는지 지켜보고 있는 것과 같다."라면서. 영은 사회가 조용한 기다림과 임신을 연결하는 것이 임신과 관련된 논의에서 여성의 주체성이 어떻게 배제되는지 보여 주는 것이라 생각했다. 나는 창가에 앉아 우주선이 도착하기를 기다릴 인내심도 없거니와 휴대전화를 한참 들여다보고 있을 수도 없었고, 심지어 텔레비전도 보지 않는다. 다행히도 우리 집에는 끊임없이 야단법석의 거품을 만들어 내는 텔레비전이 없다. 나는 조용히 기다리는 여자였던 적이 없다. 책이 있을 때를 빼고는.

경험이 없었던 첫 산전 검사 때는 늘 휴대하고 다니는 부풀어 오른 배와 그 안에 있는 땅콩만 한 태아 말고는 건강 보험 카드와 잔돈만 가져갔다. 책은 깜빡 잊고 책장에 두고 갔다. 진료를 기다리는 동안 책과 신문이 꽂힌 거치대에 있던 잡지를 뒤적일 수밖에 없었는데, 내용은 엄마와 아기에 관한 정보뿐이었다. 표지에서는 늘 배가 남산만큼 부풀어 오른 아름다운 여성 스타와 여성 모델이 달콤한 미소를 지으며 아무것도 걸치지 않은 탄탄한 배를 드러내 놓고 있었다. 아니면 아름답게 화장을 한 여성 스타가 얼굴이 발그레한 어여쁜 아기를 안고 아기의 손을 잡고 있거나. 이들의 몸은 만족스러운 빛에 뒤덮인 채 순결한 낙원에서 기념일을 보내고 있는 것 같았다.

이 잡지들의 풍부한 내용은 대략 두 가지로 귀납할 수 있는데, 복부 통증 완화법, 수유 요령, 아니면 출산 이후 살을 빠르게 빼 주는 운동 등 출산 전후에 맞닥뜨리는 곤란한 난제가 그중 하나였고, 아이가 울고불고하며 잠을 자지 않으려 할 때 혹은 밥을 먹지 않으려 할 때 아이와 잘 지내는 방법과 같이 아이를 교육하는 법에 관한 내용이 다른 하나였다. 어떤 유형이든 몇 쪽에 걸친 전문가의 문제 파헤치기 코너가 끝나면 그 뒤에는 무언가를 강렬하게 암시하는 관련 상품 광고가 뒤따랐다. 각양각색의 복대, 살이 빠져 보이는 배와 허리를 조여 주는 최고급 코르셋 조끼, 분유, 자외선 젖병 소독기, 벤츠급 유아 카시트, 전동 유축기, 아기가 내일 아침까지 쌔근쌔근 잘 자게 해 주는 전동 요람, 심지어 물티슈가 따뜻한 상태를 유지하게 해 주는 기계까지(겨울에 아기 엉덩이와 피부에 한기가 들까 봐 걱정돼서 쓴다). 빠른 속도로 산모와 갓난아기에 관한 여러 잡지를 읽고 나면 두 가지 결론에 다다를 수 있었다. 일단 출산 전후의 골치 아픈 문제들은 이런 상품을 구매함으로써 완화할 수 있다는 것이었고, 그다음은 초보 엄마 아빠가 허둥지둥 갈피를 잡지 못하는, 아기와 관련된 문제 역시 이런 것들을 사서 기나긴 낮과 밤을 보내면 된다는 것이었다.

결국 사면 된다는 거였다.

2.

출산의 피비린내와 울부짖음, 아이를 낳은 후에 찾아오는 어두운 밤의 나 홀로 수유와 심각한 수면 박탈의 고통은, 단편적인 몇 마디 말 외에는 가능한 한 혹은 무지하다 싶을 정도로 희미해지고 희석된다. 그 단순한 단어들과 여과된 화면들은 배가 불룩한 여성들이 불필요한 삶의 무게를 감당하지 않아도 되도록 해 주고(경고: 임산부는 무거운 걸 들면 안 된다. 육체적으로든 정신적으로든) 임산부의 불안과 근심을 어느 정도 달래 주며, 사탕발림을 두른 어떤 가치를 다정하고 치밀하게 전해 준다. 삶은 더할 나위 없이 복잡하다. 특히 몸 안에 또 다른 몸이 있을 때에는 그 어떤 말도 허언에 불과하고, 그게 아니라면 적어도 언어에 구멍이 수백 개는 생긴다. 대부분의 순화된 임신 경험은 그 구멍 중에서도 가장 섬세하고 불가사의한 부분을 피해 간다. 하라는 대로 하기만 하면 혹은 상품을 사기만 하면 출산 전후의 평범해 보이는, 실상은 거칠고 험한 파도가 휘몰아치는 그 시기를 잠시 넘길 수 있다고 임산부가 착각하도록.

그래서 나는 이런 잡지들을 읽을 수 없었다. 나는 책을 읽었다. 그중에서도 여성의 언어가, 특히 여성의 몸의 경험을 논하는 말들이, 부드럽지만 강한 그 관점들이 수없는 기다림의 시간을 함께해 주었다. 당연히 임신한 몸과 수유하는 몸을 다룬 영의 저작이 1순위였다. 임신을 하기 전, 엄마가 되기 전에도 영의 우아하고 아름다운 글을 통해 지성과 감성이 한데 어우러진 몸의 경험을 이해할 수는 있었지만, 배가 남산만큼 부른 상태에서 그 글을 다시 읽고 나서야 그전에는 어쩔 수 없이 한 층의 막이 씌워진 상태에서 그 글을 읽었다는 사실을 비로소 깨달았다. 이전에도 텍스트가 전하려는 바를 반복해서 헤아려 보았지만, 실제 몸의 경험은 부족했던 것이다.

생생한 몸의 경험은 몸으로 생생히 실천을 해 봐야만 얻어진다.

나처럼 살 한 덩이를 밴 채 오가는 여자는, 배가 점차 불러 오기 시작하면 타인의 관찰 지점이 되고, 시선의 초점이 된다. 나는 이 부풀어 오른 배에 정말이지 놀라움을 금치 못했다. 부른 배는 또 다른 생명을 충분히 품을 수 있을 정도로 단단하면서도 부드러웠고, 나에게 전혀 새로운 몸의 경험을 선사해 주었다. 영은 배(腹)의 이름으로 말한다. 신이 당신 앞에서 문을 하나 닫아 버리면 반드시 또 다른 창이 하나 열리듯, 한계를 느끼면서도 그와 동시에 어쩌면 그로 인해 어떤 초월을 경험하게 된다고.

그랬다. 나는 전처럼 무심결에 책상과 의자 사이의 틈을 넘어갈 수도, 슬쩍 지나갈 수도 없었다. 이 거대한 몸은 타인에게 더 많은 공간을 양보하도록 요구했다. 나는 더는 자전거를 타지 않았다. 페달을 밟으면 무릎이 끊임없이 뱃가죽과 마찰을 일으켜 앞으로 나가기가 힘들었다. 무거운 물건을 드는 건 둘째 치더라도(휴대하는 책의 두께에도 제약이 뒤따랐고, 노트북은 가지고 다닐 수 없었다), 웅크리고 앉아 발을 씻고, 발톱을 깎는 당연한 일들도 할 수 없었다. 이는 임신한 몸이 여성에게 보내는 놀랍고도 기이한 피드백이었다. 잠시 과거의 몸의 경험과 단절되어, 언뜻 보기에 겹겹이 이어지는 장애와 기능 상실을 경험하는 이 상황에서는 상상력을 동원해야만 차분하면서도 시적으로 이 시기를 넘어갈 수 있다.

영의 경험이 나를 위로해 준 셈이었다. 사상가들이 착각한 순간, 즉 인간이 몸을 지각하면(특히 몸이 병든 경우) 몸이 무거운 육체로 변한다고 착각한 순간, 내가 몸과 분리되기 시작했을 그 즈음, 나는 영의 글을 읽었다. 영은 샐리 개도우의 관점을 인용해 자신의 몸의 한계와 장애를 지각하는 것이 어떤 미학적 양식을 체현하는 것이 될 수 있는 때가 있다며, 임신이 바로 하나의 사례라고 했다. 영은 이어서 예를 든다. 본인이 임신해서 배가 부른 상태로 도서관 서가를 돌아다니며 장 폴 사르트르의 『변증법적 이성 비판』을 찾아다녔다고―이렇게 이해하기 어렵고 두꺼운 책을 읽는 임신부 영을 보며, 옆 사람은 그러다 태교에 영향이 가지는 않을지 걱정했을까? 설령 영의 등을 오그라뜨리고 잡아당겨 늘린다 한들, 계속해서 텍스트를 쫓아가는 영의 시선을 결코 방해할 수는 없었을 것이다. 영은 또 펍에서 재즈를 들으면서 리듬을 따라가는 배 속 태아의 발길질을 더 관조하게 되었고, 엄마로서 흥미진진하게 이런 경계와 음향에 주의를 기울이게 되었다고도 했다. 영은 몸이 소외되었다는 느낌을 받지 않았다. 병들었을 때의 그런 무기력한 상태가 아니었던 것이다. 영은 이 신선한 몸의 감각을 즐겼다.

　그래서 나는 어미 곰이 숲속을 거니는 듯한 리듬에 점차 익숙해졌다. 별다를 바 없이 시가지를 지나다녔고 장을 보러 갔으며 버스를 타고 영화를 보았다. 진찰을 받았고 부풀어 오른 배로 다른 이의 몸과 접촉하거나 책상 모서리에 닿기도 했다. 유쾌한 느낌이었다고 할 수는 없지만, 이는 어쨌든 독특한 놀라움과 기이함을 전해 주었고, 몸의 판도를 넓혀 주었다. 첫째 아이를 가졌을 때 거울 속의 내 몸을 응시하곤 했는데, 늘 이 팽창 가능한, 확장되고 뻗어 나갈 수 있는 팽팽한 뱃가죽에 경탄하곤 했다─정말이지 이 안에 한 생명이 숨어 있다는 사실이 상상이 되지 않았다. 배꼽을 벌리면 그 안에 숨어 있던 주름이 밖으로 펼쳐지면서 결국은 뱃가죽과 하나로 연결되었고 배꼽은 형태도 없이 사라지는 듯했다. 출산을 한 달 앞둔 시점에서, 배는 무지막지하게 커진 상태였고 여전히 어떤 강인함과 탄성을 유지하고 있었다. 샤워를 하기 전에 거울 속 나를 응시하고 있으면, 꼭 특수한 생물을 보고 있는 것 같았다. 특히 부풀어 오르다가 아래로 늘어지기 시작한 복부를 볼 때면 말이다.

둘째 아이를 가졌을 때에는 신선감은 이미 사라진 뒤였고, 태아가 나날이 무거워짐에 따라, 특히 태아의 머리가 아래를 향하게 되면서 더는 그 안에서 경계가 사라진 이동을 음미하고 읽어 낼 수 없었으며, 더는 그 사이사이의 음악성에 귀 기울일 수 없었다. 특히 임신 후기에 접어들어 발등이 부어오르자 나는 그야말로 공격성 강한 어미 곰처럼 보였다. 몸은 거대했고 걸음걸이는 휘청거렸으며, 심지어 걸으면 발바닥이 쿡쿡 쑤셨다. 거기에 허리 통증과 얕은 잠까지 더해져 우울감과 싫증을 피하려야 피할 수 없게 되자, 내가 꼭 쓰다가 망친 한 편의 시와 같다는 느낌이 들었다.

3.

대기실에 있던 대부분의 임신부와 이들의 남편 들은 텔레비전 화면을 뚫어지게 쳐다보거나 그게 아니면 고개를 숙인 채 휴대전화 화면을 넘기고 있었고, 어떤 사람은 꼼짝도 하지 않은 채 허공을 응시하기도 했다. 텔레비전에서는 뉴스나 각양각색의 토크쇼를 방영하고 있었다. 하지만 대기실의 조용한 분위기를 유지할 목적으로, 또 쾌적하면서도 우아한 실내장식(아마 태교를 고려해서 그렇게 했을 텐데, 왁자지껄하게 떠들기 적합한 곳은 아니었다)과의 조화를 위해, 텔레비전 음향이 친절하게도 무음 상태로 바뀌어 있었으므로, 텔레비전 화면 속 출연진들의 끊임없이 달싹거리는 입술이 차곡차곡 언어의 성첩(城堞)을 쌓아 가는 모습만 눈에 들어왔다. 쉼 없이 말을 술술 쏟아 내는 사회자나 입심 좋은 유명 방송인에 비하면 대기 중인 부부들은 오히려 조용한 양 떼처럼 말이라고는 거의 하는 법이 없이 각자 화면을 응시하면서 침묵했다.

간혹 임신부 몇몇이 각종 정보가 가득한 안내 게시판으로 다가갈 때가 있었는데, 안내 게시판은 모자(母子)예방접종과 모유 수유 방법, 산통 완화 운동, 그리고 기업에서 후원하는 제대혈 관련 정보로 가득했다. 사실적인 수유 방법 교육 영상을 빼면, 포스터 속 아기는 금발에 푸른 눈을 가진, 거의 티 하나 없이 예쁜, 순수하고 무해하기 이를 데 없는, 슈크림 빵에 들어 있는 보들보들한 크림처럼 천진한, 전형적인 서양 아기였다. 옆에 있는 엄마는 자애로운 모습으로 뽀얗고 토실토실한 아기를 안고 있었는데, 그야말로 현대판 성모화(聖母畵)라 할 만했다. 예비 엄마들이 앞날을 동경하게 하는 이런 부류의 사진은 육아 잡지와 기저귀, 크고 작은 육아 관련 상품 포장지에 찍혀 있었다. 이 사진 속 모든 것이 핑크빛 빛무리로 가득했고, 이 빛무리가 엄마와 아이의 속눈썹과 웃음소리 그리고 깃털 질감의 꿈을 장식하고 있었다. 모든 것이 순조로워 보였으며, 깨끗한 아기는 시종일관 미소 짓고 있는 엄마 옆에 누워 천사처럼 잠을 자거나 엄마 젖을 빨고 있었다. 실로 아름다운 최면이었다.

　이렇다 보니 정말로 엄마가 되어 첫날을 맞이하면, 그제야 그건 정말 꿈이었다는 사실을 깨닫는다. 실상은 대부분 이러하다. 두 눈에서 생기가 사라진 채로 헝클어진 머리와 부스스한 얼굴을 한 엄마와 도대체 왜 계속 울어 대는지 모르겠는 아기, 혹은 심각한 수면 박탈로 거의 무너지기 일보 직전인 엄마와 도대체 왜 계속 울어 대는지 모르겠는 아기, 그게 아니면 심각한 우울감에 빠져 쉴 없이 눈물을 흘리며 기도하는 엄마와 도대체 왜 계속 울어 대는지 모르겠는 아기, 그것도 아니면 내내 점차 어두워지는 방에 있던―정확하게 말하면 극도로 지친 엄마의 심신 탓에 무척이나 환했다가 돌연 어두컴컴해진 방에 있던―엄마와 여전히 쉬지 않고 우는 아기. 얘가 도대체 왜 이러지? 배가 고픈가? 방금 젖 먹었는데? 어디가 불편한가? 방금 깨끗한 기저귀로 갈아 줬잖아. 어쨌거나 아기는 이유도 없이 쉬지도 않고 울어 댄다.

첫째 아이를 낳은 다음 날, 나는 엄마와 아기가 한나절 동안 같은 방을 쓰는 서비스를 신청했다. 아이가 달콤한 디저트처럼 투명한 상자 안에 담겨 내 방에 당도했을 때, 나는 흥분을 금치 못했고 모성애는 충만하다 못해 넘쳐 흘러나올 지경이었으나, 젖샘은 불타오르는 모성애를 따라오지 못했다. 젖이 거의 나오지 않자 딸아이는 한 20분 힘껏 젖을 빨다가 젖을 찾으며 울어 대기 시작했고, 10분도 채 못 먹고는 또 잠이 들어 버렸다. 거듭 되풀이된 이 시달림으로 딸아이는 달콤한 디저트가 아니라는 사실을 확인한 나는, 극도의 피로 속에 분노를 터뜨릴 준비를 하고 있는 엄마가 되어 버렸고, 엄마와 아기가 같은 방에서 보내는 따스하고 아늑한 시간이 아직 끝나지도 않았건만, 아기를 한 시간이나 앞서 서둘러 신생아실로 보내겠다며 간호사에게 강제로 떠넘겼다. 안도의 한숨을 내쉬었지만 아무래도 걱정스러웠다. 세상에, 이제 겨우 첫날인데, 앞으로 어떻게 하지?

그래서 책을 읽었다. 책에는 실상이 있었다. 사진으로는 단 한 번도 증명되지 않았지만. 누가 사진에 실상이 있다고 했던가, 대부분은 사진이 실상을 감추고 실상을 미화하는 것을.

4.

한번은 애니 딜라드의 『현세(For The Time Being)』를 읽었는데, 작가는 탄생에서부터 이 책을 시작한다. 우주의 심오함을 엿보게 해 주는 것 같은 이 기이한 책은 탄생, 모래, 중국, 구름, 숫자, 이스라엘, 사상가, 사악함, 그리고 현재, 이 몇 가지 주제로 파고들어 다양한 생명의 형태로 인간과 중생(衆生), 신성(神性)을 끊임없이 돌아가며 살피고 사색한다. 나한테 읽기 쉬운 책은 아니었지만, 확실히 기다리는 시간에 읽기에는 아주 적절한 책이었다. 장(章)들이 길이가 길지는 않지만, 고농도의, 정제된, 시처럼 반짝이는 아우라가 가득한 글이어서 한 토막 읽은 뒤 바로 읽기를 멈추고 생각에 빠져들었고, 작가가 이야기하는 고고학, 구름의 형상, 모래 덮기, 생물 교배 등 복잡다단한 현상 사이의 상호 관계와 궁극적인 지향의 의미를 추측해 보았다.

딜라드는 탄생의 장에서 장애가 있는 아기의 몸을 이야기하면서, 1988년에 출간된 『스미스의 인류 기형 인식 양상(Smith's Recognizable Patterns of Human Malformation)』의 4쇄를 열어젖힌다. 시클 증후군을 가진 아이, 헐러 증후군을 가진 아이, 평균 지능지수가 30에서 50 정도밖에 되지 않는 아이 등 장애를 가진 아이들의 사진이 실린 책이다. 그랬다. 나는 아름다운 엄마와 아기 사진으로 둘러싸인 대기실에서, 부드러운 조명을 발산하는, 미래에 대한 기대가 충만한 산부인과 대기실에서, 애니 딜라드가 텍스트를 통해 장애를 가진 육신이라는 감춰진 진실로 나를 데려가 살펴보게 하는 모습을 지켜보았다. 천사 같은 웃음을 가진 아이들이었지만, 그것이 아이들의 자라지 않는 이목구비, 왜곡된 팔과 다리, 낮은 지능지수를, 그리고 우리들이─스스로 건강하다고 생각하는 우리들이─불결하다고 보는, 금기로 여기는, 징벌로 생각하는, 저주로 간주하는, 낙인을 찍은, 각종 주석을 달아 놓은, 그 몸을 바꿔 주지는 못했다.

나도 모르게 숨을 훅 들이켰다. 내가 이 사진들을 찾아서 보는 일은 없을 것이다(사실 딜라드도 독자들에게 이 책을 읽어 보라고 권하지는 않는다. 기이하게 변형된 인간의 관절뼈 외관을 포착한 사진들이 과할 정도로 또렷한 탓이다. 물론, 이건 지극히 문학적인 수사일 것이다). 나는 내가 미신을 믿는다고 생각한다. 금기를 건드리는 게 두렵다. 나는 딜라드가 논하는 탄생을, 그가 논하는 인간의 장애를, 기대와 축복을 받았으나 주석이 달리게 된 첫 탄생을, 인간의 몸을 읽었다. 종이 위의 소박한 글귀를 어루만지니, 내 손이 소두증과 왜소증을 가진 아이와 어떤 장기가 없는 혹은 더 많은 아이에게 직접 닿는 것 같은 기분이 들었다. 나는 여러 해 전 인도 콜카타에서 돌보았던 아이 생각을 하지 않을 수 없었고, 그 아이들이 어떻게 짧디짧은 생을 살아 냈을지 생각했다.

첫째 아이를 가졌을 때는 다운 증후군 검사를 받았고, 둘째 아이를 가졌을 때는 의사의 권유로 양수천자 검사를 받았다. 내가 침상에 눕자, 의사는 일단 초음파로 태아의 위치를 살펴본 뒤 검사를 준비했다. 의사는 내게 숨을 가득 들이마시라고 하고는 기다란 바늘을 복부에 찔러 넣어 양수를 뽑았다. 의사는 긴장을 풀라고 했지만 나는 온몸이 굳은 채로 눈을 꼭 감았다. 나에게는 한 세기와 같이 길게 느껴지던 몇 분이 지나고 의사가 말했다. "좋습니다. 아이가 마음대로 움직이지도 않고 아주 얌전하네요. 사실 하나도 안 아프시잖아요. 그렇죠?" 나는 고개를 끄덕였다. 전혀 아프지 않았다. 하지만 왠지 모르게 소리 없이 눈물이 주르륵 흘러내렸다. 아이가 아주 협조를 잘 해 주었기 때문인지, 아니면 불필요한 침입이 아이에게 끼칠 영향 때문인지는 알 수 없었다.

의사는 계속 말했다. 검사 결과가 몇 주 뒤에 나올 테니, 다음 검진 때는 받아 볼 수 있을 거라고. 하지만 결과가 정상으로 나온다고 해서 아이가 백 퍼센트 정상이라는 의미는 아니며, 절대다수의 확률로 정상일 거라는 의미라고밖에 말할 수 없다고. 다만 내 나이를 생각했을 때 양수천자 검사를 해야 그나마 좀 안심이 된다고. 의사가 자리를 뜨자 간호사가 옆에서 기구를 정리했고 다른 간호사가 나를 일으켜 세워 주었다(의사는 유산의 위험을 피하려면 사흘 동안은 손으로 침대 옆을 짚고 일어나야 한다고 특별히 당부했다). 나는 눈물을 흘리지 않으려고 조심하면서 의사가 한 말을 생각하며 진료실을 천천히 걸어 나왔다.

'결과가 정상으로 나와도 아이가 백 퍼센트 정상이라는 의미는 아닙니다.' 이게 무슨 뜻이지? 나는 신탁(神託)과도 같은 이 말을 반복해서 생각하고 또 생각했다.

아이가 정상이 아니라면, 나는 아이를 지우는 쪽을 선택하게 될까? 알 수 없었다. 곧 도살장으로 보내질, 거리에서 풍찬노숙하는 버려진 개와 고양이만 봐도 눈물을 흘리는 내가 어떻게 분명히 뛰고 있는 심장을 나 스스로 꺾어 버린단 말인가? 하지만 그런 아이를 낳는 게 그 아이에게 고통이 되지는 않을까? 내인생마저 함께 생매장되지 않을까? 그 어떤 선택권도 없는, 완벽한 약자인 생명을 앗아 버린다는 생각만으로도 등골이 서늘해지는데, 그렇다면 내가 구태여 양수천자 검사를 한 이유는 무엇이었을까? 태아를 검사한 걸까 아니면 나 자신을 테스트한 걸까? 정상이 아닌 생명에 대한 내 포용력을 시험한 걸까?

이런 실제 사연을 들은 적이 있다. 이 사연의 주인공은 말을해 준 사람의 친구인데, 우선 이 주인공을 A라고 칭하겠다. A의아내가 임신 몇 개월째에 접어들었을 무렵, 검사를 했는데 배속 아이가 다운 증후군일 확률이 아주 높다는 결과가 나왔다. 건강한 아이가 태어나기를 기대해 온 A와 아내에게는 청천벽력과 같았다. 생각하고 또 생각한 끝에, 신중하게 고려한 끝에 둘은 아이를 지우기로 했다. 얼굴을 본 적은 없지만, 둘이 아이와 몇 개월 동안 함께하며 느낀 감정과 기대가 있었기에, 아내는 아이를 지우기 전 마지막으로 초음파 검사를 해서 자신과는 인연이 닿지 않은 아이를 보고 싶어 했다.

둘은 회백색 그라데이션의 초음파 영상 속에서 아이를 보았다. 이미 기본적인 팔다리와 몸통은 대략 다 자란 상태였고, 또렷하게 보이지는 않았지만 그건 분명히 '사람'이었다. 그날 아이의 얼굴은 보지 못했다. 손에 막혀 버린 탓이었다. 정확히 말하자면 손바닥에 얼굴이 가려진 탓이었다. 다시 좀 더 정확히 말하자면, 천천히 흔들리는 손바닥에 가려진 탓이었다. 아이가 손을 흔들고 있었다. 손바닥이 왼쪽에서 오른쪽으로 흔들렸다. 극도로 미세한 동작이었지만, 자세히 관찰하니 작별을 고하는 것 같은 손동작이 눈에 들어왔다.

유심히 살피지 않았으면 알아채지도 못했을 작은 동작이었지만, 이 동작은 두 사람을 깊이 뒤흔들어 놓았다. 특히 A의 아내는 더 그랬다. 하지만 이미 결정을 내린 터였고, 수술도 예상했던 대로 순조롭게 끝났다. 물론 그 일이 있고 나서 A는 손을 흔들던 모습은 아마 우연의 일치였을 거라고 설명했다. 아직 다 자라지도 못한 아이가 얼마나 의식이 있겠는가? 그 아이가 부모의 결정을 어떻게 알 수 있겠는가? 혹은 죄책감과 불안 탓에 두 사람의 눈이 흐릿해졌을지도 모를 일이었다. 과하게 낭만적인 상상이 이어진 결과였을지도 모르고, 이런저런, 온갖 것들이 작용했을 것이다. 두 사람은 단 한 번도 그 결정을 후회하지 않았다. 온전하지 못한 아이를 낳는 건 본인에게든 아이에게든 고통이었다. 이런저런, 온갖 고통 말이다. 이들에게는 자신과 타인을 충분히 설득하고도 남을 확고한 이유가 있었다.

설사 그렇다 한들, 작별 인사로 해석된 이 손 흔드는 화면은 시종일관 A와 그 아내의 머릿속에서 사라지지 않았다. 아이가 손을 흔드는 화면은 꿈으로 잠입했고, 그 뒤에는 정신이 맑지 않을 때 1분 길이의 무성 영화처럼 돌연 꿈속에서, 대낮에 눈앞에서 재생되었다. 아이의 손, 가냘프다고 생각했으나 너무나 강인하고 거대한 손바닥이 거무스름한 그라데이션 화면 속에서 꿋꿋하게 좌우로 흔들렸다. 얼굴은 보이지 않는데, 흔히 말하는 표정과 윤곽 모두 보이지 않는데, 오직 손만 좌우로 흔들리고 있었다. 이 손동작은 시시때때로 이들의 낮과 밤을 끊어 버렸고, 막 처리하고 있던 이런저런 일들을 마비시켰다. 빈번하게 잔류하는 시각적 이미지는 지워 버릴 수 없는 몽마(夢魔)였다.

나로서는 이 이야기가 사실인지 판단할 방법이 없다. 나 역시 여러 차례 초음파를 찍어 보았고, 한정된 내 경험에 따르면 나는 정말이지 아이가 손을 흔드는 화면을 본 적은 없다. 아이가 다리를 꼬고 있는 모습, 손가락을 빠는 모습, 심지어 1~2초 정도 눈을 뜬 모습을 본 적은 있지만, 그 모습을 엄마의 바람을 만족시켜 주는 온갖 행동으로 낭만적으로 해석하기도 했지만 말이다. 어쨌거나 다른 이의 삶의 경험을 단호하게 부정할 수는 없는 노릇이다―생명이란 이토록 복잡다단하고, 우리가 할 수 있는 거라고는 그저 그중 한 가지 가능한 주석을 다는 것뿐이니까. 하지만 어쩐 일인지 그 손은 내 꿈도 뚫고 들어와 혼미한 찰나에 언뜻 나타났다. 영화 속 장면처럼, 거무스름한 데다 해상도도 높지 않은 화면 속으로 손바닥이 소리 없이 들어왔다. 아주 자그마할 줄 알았건만 실제로는 강인한 손바닥이, 흡사 예지 능력과 강렬한 의지를 가진 듯한 손이 그 자그마한 세상에 갇혀 있다가 별안간 흔들렸다. 스스로 운명의 향방을 결정하려는 완고한 제스처였다.

5.

그 외에도 수많은 기다림의 시간이 있었다. 나는 이탈리아 출신의 기자 오리아나 팔라치의 『태어나지 않은 아기에게 보내는 편지』를 가져갔고, 임신부에게는 너무 무거울 수 있는 수전 손택의 『의식은 육체의 굴레에 묶여』도 가져갔다. 육체가 의식을 지배할 수 있을까? 아니면 우위를 점하는 쪽은 언제나 의식일까?

팔라치와 배 속 아이 사이의 대화가 놀랍고도 기이하게 느껴질 때가 있었다. 팔라치는 아이에게 말한다. "애야, 우리를 하나로 연결해 주는 건 오직 한 가닥 탯줄뿐이란다. 우린 대등한 한 쌍이 아니야. 우리는 압제자와 피압제자지. 너는 압제자고, 나는 피압제자야. 너는 도둑처럼 조심스레 기어들어 와서 내 몸을 침입하고, 내 자궁과 내 피와 내 숨을 데려갔어. 이제 너는 내 온 존재를 훔쳐 가려 하는구나."

손택은 본인이 난산으로 태어난 아이였다고, 어머니를 무척이나 고통스럽게 했고, 어머니는 자신을 낳은 뒤에도 젖을 먹일 수 없어 한 달을 침대에 누워 있었노라고 썼다. 손택의 아들 데이비드도 마찬가지였다. 데이비드가 어머니로부터 물려받은 '거대한 체형' 탓에 산통은 깊어졌다. 손택은 이렇게 썼다. "나는 어서 빨리 기절하고만 싶었다. 아무것도 모르는 게 최선이었다. 아이에게 젖을 물려야겠다는 생각은 단 한 번도 들지 않았다. 이후 나는 침대에 한 달을 누워 있었다." 이 단락을 팔라치의 묘사와 대조해 가며 읽어 보는 것도 괜찮다. "한 여성이 어쩔 수 없이 침상에 누워 있어야 한다는 걸, 7~8개월을 계속 누워 있어야 한다는 걸 정말이지 상상할 수 없다. 그건 어떤 기분일까? 나는 도대체 이들이 여성인지 아니면 유충(幼蟲)인지 의심스러웠다."

임신부의, 어머니의 몸은 여성인 기자와 여성인 작가가 또 다른 모습으로 나타나게 했다. 그건 연약하면서도 완강한, 풍성하면서도 결핍된 육신이 과하게 단순화되고 미화된 '어머니의 몸'

에 노골적으로 행한 대항이었다. 이따금 이들의 글을 읽다가 고개를 들면 어디가 전장인지 모르겠는 착각이 들었다(팔라치는 종군 기자였다). 전장은 머나먼 타지에 있는 걸까 아니면 지척에 있는 걸까? 대기실 위 몇 층은 분만실이었고, 그곳은 피비린내 나는 실제 전장이었다. 너무나 많은 피와 너무나 많은 울부짖음이 난무했다(심지어 임산부가 힘을 주다가 쏟은 배설물도 있었다). 나와 이 임신부들은 에어컨이 적당히 켜진 우아하고 편안한 진료실에서, 아름다운 도화원(桃花源)에서 잠시 적절히 보호받고 있었다.

그래서 나는 여성의 언어가 담긴 책을 한 권, 또 한 권 가져갔다. 책 속 여성들은 웅변을 하기도 했고, 시끄럽게 외치기도 했으며, 복잡하게 얽힌 이야기를 풀어놓기도 했고, 장광설을 늘어놓기도 했다. 여성들의 언어 안에는 탄알처럼 난사하는 듯한 관점이 있는가 하면, 수렁 같은 혼탁함과 곤혹스러움이 느껴졌고, 미칠 듯한 기쁨도, 충동도, 극도로 침체된 우울함도 있었다. 이런저런 모든 것들이 경음악이 흘러나오는 진료실에서 내게 중얼거렸고, 낮은 소리로 하소연했다.

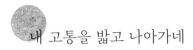 내 고통을 밟고 나아가네

1.

오른쪽 팔꿈치가 말도 못하게 아팠다. 처음에는 그냥 욱신거리는 정도여서 한나절 정도 신경 쓰지 않으면 저절로 낫겠지 했는데, 밤이 되니 통증이 더 심해졌다. 글을 쓸 때도, 문을 열 때도, 펜을 쥘 때도 다 방해가 될 지경이었으니 밥하고 빨래할 때야 말할 것도 없었다. 옷을 벗고 샤워를 할 때도 한 손에 의지해야 해서 결국 병원에 가서 접수를 했다. 의사는 손목건초염이라는 진단을 내리며 물었다. "최근에 무거운 물건을 든 적 있으신가요?" 나는 대답했다. 없는데요, 아마 아이를 안아서 그런 거겠죠. 나중에 이 이야기를 페이스북에 올렸다가 친구가 단 댓글을 보고, 이게 속칭 '엄마손'이라고 불리는 병이라는 사실을 알게 되었다.

붕대를 감기 전 간호사를 따라가서 물리 치료를 받았다. 간호사가 먼저 젤리 같은 질감의 연두색 연고를 환부에 발라 주고는 전동 면도기처럼 생긴 손잡이를 가져오더니 그걸로 천천히 환부를 마사지하라고 했다. 간호사 말로는 이게 초음파 자극기라는 건데, 세밀하고 속도가 빠른 진동을 통해 열에너지를 전달해서 약을 효과적으로 인체에 흡수시킨다고 했다. 간호사는 가장 낮은 단계로 진동을 맞춰 주면서 혹시 부족하다 싶으면 차차 단계를 높이면 된다고 했고, 나는 상관없다고, 지금 더 높은 단계로 올려 줘도 된다고 했다. 극심한 산통까지 겪어 본 마당에 무서운 거라고는 진즉에 사라진 터였다. 그래서 옅은 자주색 시트가 깔린 작은 침상에 앉아 구름 한 점 없는 파란 하늘을 떠올리며 초음파 자극기를 조작했다.

편안한 치료 과정이 될 줄 알았건만, 통증은 점차 극심해졌다. 원래 아팠던 부위의 통증에 진동의 열기까지 더해지면서 통증은 더 입체적으로 형태를 갖추어 갔다. 급기야 선생님 시선을 피해 딴짓을 하기 시작하는 초등학생이라도 된 듯 초음파 자극기를 치워 버려야 할 판이었다. 아파도 너무 아팠다. 표정 없이 모호한 둔통(鈍痛)이 아니라, 갈고 닦고 다듬은 과정을 거쳐 나온 세밀하고 정교한 통증 같았다. 교활한 자태로 모습을 드러낸 통증은 팔꿈치 위쪽에 조용히 자리를 잡고 앉아 세상만사 다

꿰뚫고 있기라도 한 듯 나를 곁눈질로 응시하고 있었다. 나는 간호사를 불렀고, 간호사는 살짝 웃더니 주파수를 낮춰 주었다.

과연 페르난두 페소아의 말이 맞았다. 아팠던 적이 있다는 것, 이게 바로 통증에 대한 우리의 느낌이라고 했던 말.

2.

그날 밤은 영원히 기억에 남을, 인생의 다이어리에 형광펜으로 강조할 만한, 그 위에 왕관이나 별 표시를 해 두어야 할 정도로 중요한 날이었다. 당시 나는 부풀어 오른 배를 지탱한 채 일찌감치 잠자리에 들었다. 잠에 굶주린 임신부의 체질 탓에, 나는 칼같이 밤 열 시 이전에 침대에 올라가 불을 끄고는 어둡고 달콤한 밤과 꿈에 전면 포위될 때를 기다렸다. 얼마 지나지 않아 잠에서 깼다. 하반신이 은근히 욱신거렸고 압박감이 느껴졌다. 잠에 취해 게슴츠레하게 눈을 뜨고 있기는 했지만, 그날이 왔음을 알 수 있었다. 나와 꼬박 아홉 달을 함께 보낸 딸아이가 곧 세상으로 나올 예정이었다. 기쁘면서도 흥분됐다. 처음 든 생각은 시계를 봐야 한다는 거였다. 새벽 한 시 오십칠 분. 형광 분침과 초침이 어둠 속에서 반짝였다. 시계를 들어 시간을 계산했다. 통증이 얼마에 한 번씩 찾아오는지 확실히 알아야 했다. 언제 산부인과로 들어가야 할지 파악해야 했다.

자궁이 수축하며 일어나는 미미한 통증은 뭘 딱히 참고 견딜 필요 없이 너그러이 받아들일 수 있었다―아, 나중에야 알았다. 이건 무슨 통증이라 할 수도 없는, 아주 보수적으로 말해도 그냥 좀 욱신거리고 얼얼한, 좀 불편한 그런 느낌에 불과했다는 것을. 나는 7분에서 8분마다 이어지는 밀당을 기다렸다. 딸아이를 맞이하게 되리라는 미칠 듯한 기쁨에 한껏 빠진 채, 심지어 이 통증에 은연중에 자제와 우호의 의미가 깃들어 있다고까지 생각했다. 그저 내게 늦잠을 자면 안 된다고, 얼른 침대에서 내려가 씻고 정리를 한 뒤 출산 가방을 들고 병원으로 뛰어가야 한다고 예의 바르게 알려 주는 것뿐이라고.

하지만 아직 결정적인 순간이 찾아오지 않았다는 사실을 잘 알고 있었기에 우아하게 침대에 사선으로 누워 희미한 불빛에 의존해 시간을 재고 통증 간격을 계산했다. 심지어 내 배가 이렇게 불러 오게 만든, 이 순간 시끄럽게 코를 골며 자고 있는 남자는 깨우지도 않았다. 무슨 사적인 비밀이라도 쥔 양, 나는 손바닥에 시계를 꼭 쥔 채 다른 한 손으로 펜을 들고 기록을 해 나갔다. 눈동자는 반짝였고, 온몸에 사랑의 전류가 가득 흐르기라도 하는 듯 연이어 찾아오는 자궁 수축을 견뎠다. 이는 기나긴 9개월여를 지나, 추운 겨울과 후텁지근한 여름을 지나 내가 딸아이와, 눈썹과 눈과 코와 입술을 셀 수도 없이 여러 번 상상해 보았던 딸아이와 드디어 만나게 될 거라는 의미였다.

3.

모르는 게 약일 때가 있다. 사람이 무지하다 못해 아주 뿌듯할 정도로 어리석어 용감해지는 때가 있는 법이다. 사실상 나는 곧 딸과 대면하게 되리라 착각했던, 흥분과 사랑의 전류가 흐르던 그 밤으로부터 거의 스물다섯 시간이 지나고 나서야 실제 그 아이의 소리를 들을 수 있었고, 아이를 볼 수 있었다. 아이의 맑고 깨끗한, 드디어 나를 해방해 준 울음소리를 들었고, 아이를 보았다. 밀어 누르는 거대한 힘을 거쳐 나온, 얼굴이 온통 시뻘건, 코는 일그러지고 입은 비뚤어진, 딸아이를.

영원할 것처럼 길고 길었던 스물일곱 시간은 돌이켜 보면 온통 피비린내와 축축한 땀, 그리고 형언하기 어려운 극심한 고통으로 가득한 시간이었다.

내 주치의는 무통분만은 하지 않을 예정이라고, 태아의 생명이 위협받는 등 필요한 상황이 아니면 제왕절개는 시행하지 않을 거라고 했다. 출산 예정일을 앞둔 마지막 검진 당시, 인형이 가득 놓인, 재즈 음악이 가볍게 흐르는 진료실에서 의사는 시종일관 홀가분한 모습으로 내 눈을 직시하며 말했다. "아픈 건 당연한 겁니다. 통증은 엄마와 아이의 연결고리에요. 통증이 없으면 어떻게 힘을 줘서 아이를 밀어내야 하는지 전혀 알 수 없거든요." 그는 무통분만 관련 설명서를 한쪽으로 치워 놓은 채, 온통 곤혹스러운 표정을 짓고 있는 나를 바라보며 계속 강조했다.

"무통분만은 하지 않을 겁니다. 통증은 기쁨이에요. 아이가 곧 나온다는 거니까요." 그날 밤, 침실에 누워 있던 나는 입소문이 아주 좋은 이 의사에 대한 신뢰로, 절대적인 믿음을 갖고 자궁 수축을 견뎠다. 그렇다. 나와 함께 분만대기실로 들어간 것은 세상 물정 모르는, 천진난만하고 무지한 기쁨이었다. 아침 열한 시 반이 되었다. 얼마 지나지 않아 통증의 윤곽은 깊어졌고 더 는 그렇게 우호적이지 않게 되었다. 날이 서고 각이 진 반항기 가 하복부에서 연이어 극심해졌다.

이 시각 분만대기실 밖에 나란히 앉아 기다리던 가족들은 그 들의 딸, 아내 혹은 이모, 고모가 수술실에서 혹은 분만실에서 나오기를, 자신들과 혈연관계를 맺게 될 아이가 품에 안겨 나오 기를 기다리고 있었다. 이 모든 일이 아직 일어나지 않은 지금 이 순간, 그들은 대부분 텔레비전을 뚫어지게 쳐다보고 있었고, 뉴스에서는 부패에 연루된 고위 관료 관련 최신 보도가 이어 지고 있었으며, 도시락을 먹으며 뉴스를 보는 이도 있었다. 얼 마 지나지 않아 엄마와 SY도 점심을 먹기 시작했다. 둘은 땅콩 소스 비빔국수를 한 그릇 사 왔다. "어찌 됐든 조금이라도 먹어 봐." 엄마는 내게 애써 권했지만, 빠른 속도로 허리와 엉덩이 쪽 으로 치닫는 간헐적인 통증은 번개처럼 깊고 정교했으며, 또렷 했다. 서 있든 앉아 있든 그 고통을 누그러뜨릴 방법이 없었다. 하반신은 통증에 뒤덮이고 말았고, 식욕은 깡그리 사라져 버렸다. 그저 막막하게 다시마와 말린 두부의 반지르르한 빛깔을, 옆 사람이 텔레비전을 쳐다보며 무심하게 음식물을 입속으로 가져가는 모습을, 음식이 식도와 이어지는 소화 과정을 거치는 모습을 지켜보고 있을 수밖에 없었다. 그들은 이토록 일상적인 모습이었다. 그들에게는 수건을 쥐어짜는 듯 허리와 엉덩이를 꽉 비트는 통증이 없었다. 지금 이 순간 몸속을 날뛰는, 벌레 떼가 뼈와 피와 거죽과 살과 골수를 미친 듯이 씹어 삼키는 것 같은 통증이 없었다. 아, 그들은 그렇게 무감각하게 음식을 먹으면서, 이 와중에도 서두르는 법 없이 여유롭게, 모른다 해도 딱히 생명에 위협이 되지 않을 뉴스를 보고 있었다. 뜻밖에도 그들은 그렇게 할 수 있었다.

눈을 감고 또 한 번의 자궁 수축을 견뎠다. 주먹을 꽉 쥔 채 웅크리고 앉았다. 아이를 맞이한다는 기쁨은 식욕과 함께 사라져 버렸다. 내 몸은 지금 막 고통에 식민 지배를 당하고 있었다.

4.

가슴에 산부인과 이름이 찍힌 암홍색의 원피스 가운(핏자국이 너무 튀어 보이지 않게 하려고 그런 걸까?)으로 갈아입고, 툭 튀어나온 배에 자궁 수축 측정 장치를 붙인 채 본격적으로 전투에 나서기 위해 쉼 없이 심호흡을 하고 있을 때, 의사가 격려의 미소를 띤 얼굴로 나타나더니 우아하게 선포했다. "일단 댁에 돌아가서 좀 더 지켜보시죠."

말인즉슨, 속된 말로 내가 빠꾸를 먹었다는 뜻이었다.

측정 장치 모니터에 따르면 자궁이 입원해도 될 만큼 충분히 규칙적으로 수축하지 않고 있었다. 게다가 간호사가 내진을 해 보니―그러니까 이 내진이라는 게 질에 손가락을 넣어 보는 것인데, 이 역시도 현기증이 날 정도로 고통스러웠다―자궁이 손가락 두 마디 정도밖에 열리지 않았다고 했다.

그럼 도대체 언제쯤 올 수 있는 건데? 마음속에서 이런 의문이 일어날 즈음, 의사가 미소를 지으며 당부했다. "잘 들으세요. 이 정도는 되었을 때 오셔야 합니다." 의사는 이웃한 침대에 누워 울부짖는 임신부를 가리켰다. 얼굴도 보이지 않는 그 낯선 여자는 고래고래 비명을 지르다가 흐느끼기를 반복했다. 울부짖으며 엄마를 부르더니 잠시 뒤 혼탁한 목소리로 욕지거리를 해 댔다. 성대가 잘려 나갔는데도 끝까지 버텨 가며 무섭게 울부짖는 짐승의 소리 같았다.

5.

작가 저우펀링(周芬伶)은 분만대기실을 도살장으로 묘사했다. 간이 작아 도살장 화면을 볼 용기는 없지만, 나에게 분만대기실을 묘사해 보라고 한다면, 아마 나 역시 도살장을 떠올릴 거다.

나와 해산(解産)을 앞둔 다른 임신부들은 두껍고 무거운 커튼으로 분리되어 있었지만, 목소리를, 울부짖음을, 저주와 욕지거리를, 통곡 소리를 완벽하게 차단할 수는 없는 노릇이었다. 그들의 얼굴은 볼 수 없었지만, 나는 소리를 통해 이들이 틀림없이 극심하게 비틀린 표정을 짓고 있으리라고, 그러니까 이목구비의 형태가 달라지고 몸은 뒤틀리고 있으리라고 판단했다. 너무나 날카로운 통증을 털어 내고 싶다는 듯, 그들은 죽어라 비명을 질렀다. 암만해 보아도 통증은 어떤 자비도 베풀지 않고 점점 더 극렬해졌지만.

오른쪽 침상의 여자는 애걸복걸하고 있었다. "어떻게 이렇게 아파. 어떻게, 어떻게, 이렇게 아플 수가 있어?" 마지막 목소리는 힘이 빠진 나머지 꼭 사죄하는 것처럼 들렸다. 왼쪽 여자는 온 힘을 다해 소리를 질렀다. "엄마, 엄마, 엄마." 맞은편 임신부 곁에는 그의 어머니와 남편이 함께 있었는데, 그 어머니가 딸에게 몸의 긴장을 풀라고 하자 딸로부터 거센 반박이 터져 나왔다. "어떻게 긴장을 풀라는 거야?" 그렇다. 출산 가이드북에서는 하나같이 몸의 긴장을 풀라고 하지만, 칼과 같고 죽음과 같은 극심한 이 고통 앞에서 모든 여자가 할 수 있는 일이라고는 이를 악물고 주먹을 꼭 쥐고 엉덩이를 오그리고 다리를 움켜쥐어서 강한 갑옷이 되는 것뿐이었다. 머리로야 이해가 간다지만,

긴장을 풀라니, 그건 사실상 불가능한 일이다.

이따금 남자 목소리가 들렸다. 남편들은, 여자들을 순조롭게 임신시키기는 했으나 여자들에게 고통까지 안겨 준 남자들은, 목소리를 낮추고 본분을 다해 아내를 격려했다. 그 남자들이 뭘 어떻게 했는지는 모르겠다. 아마 땀에 젖은 아내의 손을 꼭 잡아 주었을 것이고, 어쩌면 핏발이 가득 선, 공포에 질린 아내의 눈을 응시했을 것이다. 물론 공연히 두 손을 축 늘어뜨린 채 아내 옆에 서 있었을 수도 있고. 어쨌거나 나는 그들이 그 순간 하나같이 막막하고 어리석어 보였으리라고, 뭘 어찌해야 할지 몰라 쩔쩔맸으리라고 생각한다. 출산 교육 영상을 통해 아내에게 산처럼 믿음직스러운 비빌 언덕이 되어 주어야 한다고 배우기야 했겠지만, 타인이 고통을 겪는, 이를 옆에서 그저 바라보는 것밖에 할 수 없는 현장에 있으면 대부분의 남자들은 속이 뜨끔해서 무슨 대사를 읊듯 말을 하거나 침묵으로 일관한다. 하지만 대체로 가장 안전한 대응은 침묵으로, 과하게 혀를 놀렸다가는 오히려 아내의 화를 북돋는 꼴이 되기 쉽다.

출산 다음 날, 신생아실의 커다란 유리창 밖에서 아이를 뚫어지게 바라보고 있는데 한 젊은 부부 한 쌍이 내 옆으로 왔다. 소리 나는 쪽을 바라보니 '몸의 긴장을 풀 방법이 없다'고 소리를 지르던 그 여자였나. 피로에 지친 얼굴이었지만, 젊음의 왕성한 혈기 덕에 고통에 투항하지 않으려는 용감무쌍한 기운을 여전히 유지하고 있었다.

　어제 울고불고 난리를 치는 이 여자를 본 간호사는 무통분만 주사를 맞으라고 권했고, 여자는 하라는 대로 했다. 그래서 얼마 지나지 않아 온 가족이 코를 고는 소리가 여기저기서 들려왔을 때, 나는 전우 한 사람을 잃은 듯 홀로 외로이 하복부의 극심한 통증을 견딜 수밖에 없었다. 대략 한 시간 반 정도 지나자 여자는 또다시 날카로운 비명을 지르기 시작했다. 간호사가 마취약 용량을 늘려 주었지만 들려오는 건 여자가 계속 내지르는 고함뿐이었다. "소용없어요. 아파 죽겠다고요. 소용없다니까. 아직도 너무 아프다고." 그리고 이어진 말, "거짓말, 거짓말, 아프지 않을 거라고 했잖아." 체질 탓에 마취약이 예상한 효과를 발휘하지 못한 모양이었다. 당시 분만대기실에는 우리 둘만 남아 있었고, 나는 고통으로부터 사정없는 채찍질을 당하느라 목이 쉬어 소리도 낼 수 없는 지경이었다. 이렇게 피폐해질 대로 피폐해진 시기에 할 수 있는 건 끊임없이 숨을 몰아쉬는 것뿐이었다. 아프다고 계속 소리를 지르는 여자의 비명이 들려왔다. 그 소리는 커튼과 커튼 사이를 뚫고, 끊임없이 이동하는 분침과 초침을 뚫고, 형광등과 링거 거치대와 찻상과 찻상 위의 물컵을 뚫고, 수면 위에 동그랗고 정교한 파문을 하나 또 하나 파 넣었으며, 측정기에서 나는 규칙적인 소리를 뚫고, 완고하다 못해 난폭한 힘으로 벽을 뚫고 땅을 뚫고 시간을 침식해 들어갔다.

여자가 목청을 돋워 내지르는 고함을 들으며 나는 뜻밖에도 말로는 설명이 안 되는 위로를 받았다.

6.

이어진 여덟 시간, 나는 난생처음 몸이 비틀리고, 세게 부딪치고, 잘려 나가고, 갈려 나가는 경험을 했다. 생명의 내달리는 힘에는 완강한 의지가 깃들어 있었다. 점점 더 강렬해지는 자궁 수축을 통해 그 의지는 금강석처럼 견고하고 단단한 속성을 드러냈다.

엉덩이를 들었다가 내려놓아 보고, 자궁을 움츠려 보고, 하복부를 눌러 보고, 몸을 옆으로 돌려 보고, 자리에 앉아 보고, 무릎을 끌어안아 보고, 차가운 침대 틀에 닿도록 발바닥을 힘껏 쭉 뻗어 봐도, 그 어떤 자세를 취해도 고통은 조금도 사라지지 않았다. 고통은 그야말로 인내심을 잃은 듯 하체를 들쑤셨다. 고통은 그곳에서, 바로 그곳에서 재빠르게, 그러면서도 극렬하게 방대한 지진파를 확산시키고 있었다. 분쇄하고 짓이겼으며 찌르고 비틀었다. 상상할 수 있는 혹은 상상할 수 없는, 침략성을 띤 모든 동사가 하복부에서 산산이 조각났고, 조각난 문장을 열심히 완성해 나갔다.

사실 더는 안정적인 호흡을 유지할 방법이 없었다. 차가운 공기가 콧속과 폐엽(肺葉)을 뚫고 나가도록 온 힘을 다해 숨을 들이쉬어 몸이라는 강대한 공기주머니로 저항해 보려 했지만, 혹은 적어도 그 정교한 통증의 무장(武裝)을 무시해 보려 했지만, 불가능했다. 부족했다. 가능하지 않았다.

자궁 수축이 스무 시간 이어졌으나, 양수는 여전히 꿋꿋하게 태아를 지키며 아직도 터지지 않고 있었다. 의사가 왔다. 드디어 그 사람이 왔다. 그는 연민이 깃든 엄숙한 표정으로 날 내려다보았다. 나는 결국 그를 보고 울음을 터뜨렸다. 무기력하게 그의 손을 꼭 잡으며 도와 달라고 빌었다. 의사는 인공으로 양수를 터뜨려 분만 속도를 끌어 올릴 수 있으니까.

얼마 지나지 않아 소변을 지린 것 같은 느낌이 왔다. 두 넓적다리 사이로 따뜻한 양수가 콸콸 쏟아져 내렸다. 분명히 피도 섞여 있었을 것이고, 난잡하고 너저분하기도 했을 것이다. 틀림없이 죽음의 현장처럼. 손톱으로 가슴을 움켜쥐고 있었을 것이다.

생은 진정 죽음 가까이에 있었다. 아기에게도, 엄마에게도 모두 그러했다.

출산 현장은 언어가 사라지고 수사가 소멸한 황야였다. 있는 것이라고는 오직 실제의 피, 점막, 양수뿐이었고, 오로지 죽음 가까이 다가간 생의 고통과 비릿함뿐이었다. 이 단단하고 질긴 토양은 부드럽고 아름다운 언어의 꽃을 피워 내지 못했고, 시(詩)는 더더군다나 불가능했다. 내 하체는 피로 물들어 있었고,

머리로는 단 한 마디도 쥐어짜 낼 수 없었다. 모든 임신부가 혀가 잘려 나가기라도 한 듯 말할 수 있는 능력을 잃어버렸다. 커다랗게 벌린 입으로 할 수 있는 거라고는 오직 울부짖고 소리 지르는, 가장 원시적이면서도 가장 생존과 직결된 표현을 하는 것뿐이었다. 지나고 난 뒤에 정말 너무 아팠노라고, 무척이나 아팠노라고, 죽을 것처럼 아팠노라고 묘사할 수밖에 없는 게 이상하지 않을 정도로.

출산 2개월 전 고속철도를 탄 적이 있다. 옆 좌석에 젊은 엄마가 앉아 있었는데 생후 4개월 정도 된 아기를 가슴에 품고 있었다. 책을 열어 부풀어 오른 배 위에 안전하게 얹어 놓고 읽을 준비를 하는데, 아이가 뽀얗고 오동통한 작은 손으로 책장을 잡아당겼다. 엄마가 웃으며 아기를 제지했다. "안 돼요." 우리는 이렇게 해서 이야기를 나누기 시작했다. 낯선 사람끼리 깊은 말을 나누기는 어려웠지만, 그 여자가 눈을 크게 뜨고 내 눈동자를 바라보며 중요한 임무를 맡기기라도 하듯 신중하게 한 말이 잊히지 않았다. "엄청 아파요. 허리가 끊어질 것 같을 정도로, 곧 죽을 것 같을 정도로 아파요. 정말이에요."

7.

통증은 파도처럼 점점 더 조밀해졌다. 그야말로 무슨 결심이라도 한 듯, 바스러질 것 같은 이 몸을 연거푸 내려쳤고, 하반신은 고통의 조수(潮水)에 침식당했다. 몸에서 이토록 극렬한 통증이 발생할 수 있다니, 상상도 하지 못한 것이었다. 통증은 한 조각 또 한 조각으로 확장되었고, 어떤 괴이하고도 불길한 어둠의 꽃처럼 한 조각 또 한 조각 활짝 피어났다.

통증을 기다릴 시간도 없어진 것처럼, 불길한 그 꽃은 매 순간 낭떠러지를 따라 빠른 속도로 널리 퍼져 나갔다. 꽃의 줄기는 튼튼하고 거대한 꽃잎과 곱고 기이한 꽃봉오리를 지탱한 채 덩굴져 자라났다. 이들은 깊이 파고들어 뿌리를 박고, 땅을 갈고 씨를 뿌렸으며, 싹을 틔우고 꽃을 피웠다. 시간과 육신의 토양을 단단히 깨물고, 가장 찬란하게 피어났다. 시간은 일찌감치 조각나 모호해진 느낌이었다. 모든 시간이, 미세한 세포가 온통 씨앗으로 뒤덮여, 아프지 않은 순간은 일찌감치 사라진 터였다. 짧디짧은 2, 3초에도 기이한 고통의 꽃이 만발했다.

나는 차디찬 수술대 위에서 불교 경전에 나오는, 부처가 사구게(四句偈)를 얻기 위해 마라(魔羅)로 하여금 자신의 몸에 천 개의 구멍을 뚫고, 천 개의 등불을 붙이기를 소망했다는 공안(公案)을 떠올렸다.[4] 원래 책 속의 이야기였건만 그 순간이 되니 더

---

4 불교 경전의 내용으로, 사구게란 경전의 가르침을 네 구절로 표현한 한시 형

할 나위 없이 와닿았다. 몸에 천 개의 구멍이 뚫리고, 그 구멍에 면심지가 꽂히면 뜨거운 기름이 들어가 불이 붙으며 타오른다. 얼마나 무섭도록 찬연하게 타올랐을까, 그건 어떤 통증이었을까? 아니나 다를까 내가 나중에 떠올린 건 과연 도살될 때를 기다리는 중생(衆生)의 감각이었다. 몸뚱이를 한 땀 한 땀 토막 치던 칼이 목을 위협해 오면 죽기 살기로 육신을 보호하려 발버둥 치지만, 그건 절대로 불가능한 일이다. 칼이 이곳저곳을 자르면 피가 샘처럼 바다처럼 용솟음친다. 이 지옥의 불에 저항할 수 있는 건 오직 온 힘을 다해 지르는 비명밖에 없는 것 같다. 하지만 결국 비명의 소용돌이마저 칼끝에 빨려 들어가고, 이 몸은 터지고 찢어진다.

나는 정신이 들락날락하는 가운데 입으로는 끊임없이 주문을 되뇌었다. 마치 그것이 기세등등한 불의 강을 건너가는 가느다란, 그러나 강인한 다리라도 되는 양 되뇌고 되뇌다 눈에서 눈물이 솟구쳤고 이마의 헤어라인은 온통 땀에 젖어 버렸다. 나는 아랫입술을 꽉 깨물었고, 하다 하다 나중에는 차디찬 침상 난간을 잇몸에서 통증이 느껴질 정도로 깨물었다. 주먹은 더더

─────

식의 운문체 문장을, 마라는 불교에서 이야기하는 악마를 의미한다. 공안은 참선 수행에서 수행자를 깨달음으로 이끌어 주는 참말, 즉 '화두'를 뜻한다.

군다나 단 한 번도 풀지 못했다. 잔뜩 옥쥔 몸으로 덩굴지어 뻗어 나가는 통증에 맞섰다. 그때 내가 할 수 있는 일이라고는 오로지 주문의 밧줄을 움켜잡고 기어올라 관세음보살이 자비를 베풀어 주시기를, 나를 주목해 주시기를, 나를 구해 주시기를, 나를 이 모진 고통으로 얼룩진 육신으로부터 데리고 떠나 주시기를 기도하는 것뿐이었다.

관세음보살이 세상 중생의 고통을 들으시고 표연히 내려오셨다. 눈을 감자 하얀 옷을 입은 보살의 자태가 모락모락 눈앞에 나타났다. 비록 있는 힘을 다해 울부짖지는 않았지만, 신은 분명히 내 마음속의 흐느낌을 들으셨으리라. 모든 미세한 음성의 주파수가 이곳에, 그리고 타지의 모든 어머니 속에 뒤섞여 있었다. 산통을 겪은 모든 어머니의 뒤엉킨 목소리가 틀림없이 신의 귓가에 출렁이고 맴돌았을 것이다. 관세음보살이 보였다. 그는 벽에 서서 눈을 내리깔고 나를, 복잡하게 얼기설기 뒤엉킨 나의 고통을 주시하고 있었다. 장엄한 얼굴, 낮게 드리운 눈꺼풀 아래 자비가 흘러내리고 있었다. 하얀 옷섶에서 따뜻한 금빛 빛무리가 눈부시게 새어 나왔다. 손에 비스듬히 쥔 이슬 담긴 병에서 진주 빛깔 물방울이 떨어졌다. 물방울은 끝없이 이어져 줄이 되고 선이 되어 차츰차츰 흘러넘쳤다. 맑고 투명한 장대비처럼 조용히, 세차게 용솟음쳐 침상의 다리와 복숭아뼈를 그리고 허벅지와 간헐적으로 피를 흘리는 하체를 점차 묻어 버렸다.

신이 이곳에 있었다. 관세음보살이 나를 지켜보고 있었다. 나뿐 아니라 한때 이곳에서, 이 세상에서, 나처럼 고통의 사슬에 포박되어 있던 타지의 중생을, 그 많은 육신을 지켜보고 있었다. 손가락으로 허공의 밧줄을 움켜쥐고 순간순간 목으로 소리를 쥐어짜 내는, 꽈배기처럼 몸이 비틀린 어머니를, 갠지스강의 무수한 모래와 같은 어머니들을. 보살은 눈물과 이슬로, 그리고 가장 중요한 범음(梵音)과 해조음(海潮音)으로 죽음 직전에 이른 것만 같은 어머니를 위로했다.[5]

생의 힘은 시간과 욕망에 의해 길러지고 촉촉이 젖어 점차 육신을 꿰뚫는 예리한 칼로 주조되었다. 일단 시작되면 멈출 도리가 없는 생은 급기야 땅을 파 버릴 정도로 강대한 힘으로, 유한하지만 탄력으로 충만한 부드러운 육신의 틈새를 벌리고 부딪쳐 열어젖혔다. 빛과 같은 물이, 빛과 같은 피가 뒤따라 흘러내렸다. 연이어서, 연이어서 이토록 죽음과 닮은, 그러나 모든 이가 예찬하고 찬미하는 생이, 더할 나위 없이 찬란한 생이 고통의 계단을 밟고 앞으로 나아갔다. 이 얼마나 죽음을 닮은 생인지. 관세음보살, 신은 분명히 쉼 없이 복받치는 내 울음을 들

---

5 범음은 부처의 소리, 부처의 가르침을 의미하며 해조음은 부처가 고통받는 중생에게 파도와 같이 크고 우렁찬 소리로 내리는 가르침을 비유적으로 표현한 말을 뜻한다.

으셨으리라. 신은 맑고 깨끗한 몸으로 표연히 내려와 앞에 곧추서서 시종일관 자비롭게 지켜보고 계셨다. 어머니나 딸 법한 눈빛으로, 그냥 이렇게 시간의 축을 따라 나를 주의 깊게 살펴보고 계셨다. 따뜻하고 부드러운 눈빛이 충만해지고 입체적으로 변해, 한없이 끝없이 강인하고 매끄러운 천으로 확장되어 나와 내 고통을 모두 둘러싸 버릴 때까지.

8.

이 이전에, 내 곁에는 하얀 옷을 입은 또 다른 보살이 있었다. 막 진단을 내린 의사였다. 나는 애원했다. "다른 방법은 없을까요?" 뜻밖에도 그는 연민의 낯빛을 즉시 거두어들이더니 굳은 얼굴로 내게 눈을 부릅떴다. 마치 내가 숙제를 제출하지 않은 초등학생이라도 되는 듯이. "제왕절개를 말씀하시는 겁니까?" 그는 깊은숨을 들이쉬었다. "물론 제왕절개를 할 수는 있습니다. 당연히 가능하죠." 그는 달갑지 않은, 초조한 기색을 내비치기 시작했다. 그 절박한 말투로 판단해 보건대 그는 결코 그렇게 생각하지 않는 듯했다. "제왕절개야 엄청 빠르죠. 수술실로 밀고 들어가서 획 하면 아이가 나오니까요. 임신부도 편하고 저도 빨리 집에 가서 잘 수 있고……." '획'의 마지막 음절이 떨어지자 경건하고 엄숙한 분만대기실이 순간 상스럽고 우스꽝스러워 보였다. 하지만 그 순간 웃는 사람은 아무도 없었다. 그는 계속해서 학생주임처럼 소리쳤다. "이만큼 버티셨잖아요. 조금만 더 있으면 됩니다. 조금만 더 견뎌 보세요."

내가 분명 너무나 험악한 표정을 지었으리라. 그는 상황이 다소 나아지는 걸 보고는 격려의 의미로 내 팔꿈치 뼈를 가볍게 두드리면서 부드럽고 나지막하게 말했다. "절 믿으세요. 할 수 있어요."(제왕절개를 해 주지 않겠다는 뜻이었다.) 그러더니 피곤으로 찌든 후광의 찌꺼기를 끌며 자리를 떠 버렸다.

그 뒤 나는 정말로 흔히 말하는 고립무원을 절감했다. 모든 걸 내 힘에 의지해야 했다. 본능이 아이를 낳는다는 의사의 말은 아마도 무통분만이 등장하기 이전 모든 산모가 그러했던 것처럼 이목구비가 비틀리고 자궁이 눌리고 쥐어짜인 끝에 아이를 낳게 되리라는 의미일 터였다.

완전히 홀로 고립된 채 깎아지른 낭떠러지에 버려지면, 어둠 속에서 돌연 반짝이는 불빛처럼 작고 미약했던 생존의 투지가 점차 왕성하게 자라나기 마련이다.

9.

가장 외로웠던 순간 관세음보살이 내 곁으로 와 빛을, 그리고 이어서 용기를 주셨다. 신은 아낌없이 사심 없이 빛과 자비를 건네주셨다. 끊임없이 이어지는 독경 소리를 따라, 나는 그 가느다란 밧줄을 발견했다. 주문을 엮어서 만든 밧줄을.

나는 그 위로 기어 올라갔다. 수직으로 깎아지른 험준한 바위산에서 성난 파도로부터 몸을 숨기기 족한 동굴을 찾았다. 끊임없이 이어지며 앞으로 나아가는 고통스럽고 시끌벅적한 시간의 흐름 속에서 평온히 몸을 의탁할 곳을 팠다. 그건 바로 나였다. 이 강한 참나(眞我)가 의지라는 버팀목 아래 민첩하고 날쌔게 이 육신과 시간의 틈으로 들어와, 통증의 맹렬한 공격을 피해 버렸다. 이 참나가 점차 영리하게 육신과 시간의 바위 해안을 때리는 파도 위에서 도약하며, 자궁 수축의 가장 고통스러운 파도로 슬쩍 기어올라 비틀비틀 걸음을 옮기고 어림잡아 가면서, 균형점을 하나 찾으려 했다.

그랬다. 심호흡을 하고 안정적으로 통점에 머무르자 통증의 빈도와 층위가 보였다. 결코 모든 통증이 모호하고 둔한 건 아니어서, 살결이 있고 주름이 있는 것처럼 자세히 분석해서 벗겨내고 벗어 버릴 수 있었다. 자궁 수축으로 인한 극심한 통증이 여전히 날 위협하고 있었지만, 나는 상대적으로 그렇게까지 고통스럽지 않은 지점을 찾아낸 것 같았다. 그건 통증이라기보다는 사실상 통증으로 위장한 둔탁한 압박과 타격이었다. 통증의 본질을 더 많이 알게 될수록 압박감은 점차 약해졌다. 다시 통증을 응시하자 그건 압박이라고는 할 수 없는, 그냥 그렇게 온화하고 우호적이지는 않은, 그렇게 편안하지는 않은 느낌이라는 걸 깨닫게 되었고, 한 발 더 가까이 다가가 응시하자 심지어 그 통증을 음미하게 되었다. 중문과 재학 시절 고서에 구두(句讀)를 찍을 때 그랬듯, 놀랍게도 고통스럽지 않은 때가 있다는 걸 깨달았다(진지하게 하는 말이다)[6]. 정말 고통스럽지 않은 때가 있었다. 그건 순전히 한 겹 또 한 겹, 겹겹의 화려하고 과도한 포장이고 과장된 수사학이며, 이름 그대로 짓궂은 장난이었다. 그 상자를 하나하나 열어 보면, 대형 상자에서 중간 상자가 나오고, 중간 상자에서 소형 상자가 나왔다. 그리고 발견했다. 아, 여기, 자궁 깊은 곳, 아마도 우주의 중심이기도 할 그곳이, 뜻밖에도 텅 비어 있었다는 것을. 농담이 아니다.

이를 몸소 체험했을 때, 나는 통증의 화려하면서도 교활한 위장술을 들춰냈다. 기다란 마술 모자에 숨어 있던 건 비둘기도

---

[6] 옛 중국어에서는 글을 쓸 때 글자를 의미 단위로 띄어 쓰지 않고 붙여서 썼다. 따라서 고문을 읽을 때 의미 단위를 파악하기 위해 점 등을 찍게 되었는데, 이를 구두(句讀)라고 한다. 고문을 읽다가 도저히 의미가 파악되지 않는 문장을 만나 꽉 막혀 있을 때 구두를 찍으면 문맥이 파악되면서 막혀 있던 부분이 확 풀릴 때가 있는데, 저자는 이 과정을 산통에 비유하고 있다. 고문에 찍힌 구두 덕에 막혔던 문장이 확 풀리며 모든 게 이해되는 순간이 있는 것처럼, 도무지 사그라들지 않을 것 같던 끔찍한 산통의 와중에도 이따금 고통스럽지 않은 찰나의 순간이 있었다는 의미이다.

하얀 토끼도 아니었다. 색색의 풍선은 더더욱 아니었다. 그곳은 진정 텅 비어 있었다.

나는 이 짧디짧은 2초를 이용해 자신 있게 공기를 불어 넣어 폐엽을 가득 채웠고, 자궁 수축의 절정에 다다르기를 기다렸다가 있는 힘을 다해 압박하고 밀어냈다. 위와 장이 다 쏟아져 나갈 것 같은 정도가 될 때까지 압박하고 밀어냈다. 그 뒤 다시 아프지 않은 2~3초로 진입하면 힘을 축적하고 대비했다. 그러고 나서 한 번 더, 한 번 더, 한 번 더. 이 규칙적인 순환을 파악하고 그 막간을 충분히 이용해 내 몸을 다시금 훌륭하고 자랑스러운 부대로 정비했다.

10.

드디어 분만대기실에서 분만실로 들어갔다.

침상에 누운 채 밀려 들어가면서 천장의 형광등을 쳐다보았다. 두 개, 세 개, 다섯 개, 여섯 개, 형광등은 내 눈 앞에서 뒤로 끝없이 밀려 나가며, 사라지는 시간의 궤적을 기록하고 있었다. 형광등 하나가 깜빡였다. 깜빡, 깜빡. 눈을 깜빡이듯 새 생명의 소식을 암시하고 있었다.

만일, 그러니까 만일 형광등 하나가 발가벗겨져 훤히 뚫려 있던 내 하체를 비추었다면, 그 형광등이 본 것은 책에 실린 그림에서 본 것 같은 '아이'의 축축한 머리칼과 머리였을까? 아니면 거미줄 같은 점막과 핏발이 휘감고 있는 머리칼과 머리였을까?

수축은 계속 이어졌고 나는 간호사의 안내에 따라 힘을 주었다. 아프지 않은 타이밍에 가속 페달을 밟았다. 그렇게 밀어내고 밀어내고 또 밀어냈다. 그 사람들이 말했다. "아주 좋아요. 계속하세요."

분만실은 아주 밝았다. 과하다 싶을 정도로 밝았다. 새 생명이 태어나는 그 어떤 순간도 놓칠 수 없다는 듯 불이 환히 켜져 있었다. 의사가 왔다. 그도 말했다. "아주 좋네요. 곧 끝날 겁니다."

과연 몇 번 더 힘을 주자 딸아이의 울음소리가 들렸다. 너무나 놀라운 울음소리가.

아이가 내 하체에서 미끄러지듯 떨어져 나온 그 순간의 느낌을 나는 영원히 기억할 것이다. 너무나도 따뜻하고 빽빽한, 줄줄이 이어진 단단한 과일이 산도(産道)를 통해 끌려 나오는 것 같았다. 정말 짧은 순간이었지만, 언어로는 설명할 수 없는 이 감각이, 처음부터 끝까지 마음에 새겨졌다. 잘 익은 열대 과일의 향기로운 과육이 산도와 마찰을 일으켰다. 처음이자 마지막인 길이었다. 오늘로 그는 나를 떠나 '자기 자신'이 되었다.

그렇다면 나는? 아이를 낳은 몸은 여전히 열기로 후끈거렸고 여전히 미세한 진동이 수없이 이어졌다.

반혼수상태에서 맑고 깨끗한 울음소리를 들었다. 이윽고 수건에 쌓인 작은 생명이 내 가슴에 안겼다. 이 아이(사실 '그것'이라고 해야 한다. 그것은 여전히 뜨거운 김을 내뿜는 어린 짐승이었다)가 지난 열 달 동안 내 몸에서 점점이 자라난 생명일까? 배 속에서 발길질을 하고 뒤집던 생명일까? 초음파 영상 속에서 그토록 비현실적으로 보이던 생명일까? 아이의 따뜻한 몸에는 가느다란 내 피와 점액이 아직 남아 있었다. 그 순간 아이가 내 가슴 앞에서 순간적으로 울음을 멈추고 길고 가느다란 눈을 뜨더니 입술을 꿈틀거렸다. 조밀하고 새카만 머리칼은 우기(雨期)의 축축함을, 천둥과 번개를 동반한 여름날의 소낙비를 머금고 있었다.

하지만 당시의 나는 아직은 아이와 그다지 많은 연결 지점을 만들어 낼 수 없었다. 나는 아직 극도의 피로와 경악에 빠져 있었다. 다행히 모든 게 지나갔다. 의사는 절개된 회음부 상처 부위를 봉합하고 있었는데 마취제 덕에 통증은 딱히 느끼지 못했다. 그저 꿰매고 실을 잡아당기는 소리만 들렸다. SY는 나와 딸아이의 사진을 찍고 있었고 간호사는 뒤처리 중이었다.

옆 침상의 임신부가 분만실로 밀려 들어왔다. 그의 처량한 울부짖음 소리가 들렸다. 얼마 후, 어린 아기의 울음소리가 들렸다.

11.

언어가 극단적으로 제약받는 상황에서 심장을 찌르는 것 같은 이런 고통을 묘사하는 건 정말이지 쉽지 않은 일이다. 그 당시 고통의 전 과정을 재현하다 보면 언어로는 정말 역부족이라는 사실을 깨닫게 된다. 당시에는 이 일을 평생 마음 깊이 새기게 될 줄 알았건만 사실 그렇지는 않았다. 나는 순식간에 잊어버렸다. 그 치밀하게 다듬어진 고통을.

둘째 아이를 낳은 뒤 어느 날, 북부 해안의 암석 위에서 이고통의 기억이 다시금 되살아났다. 온통 새파란 하늘 아래로 구름이 빠른 속도로 흘러가며 암색 위에 그림자를 떨어뜨렸다. 좋은 글귀를 강조하려고 밑줄을 긋듯, 시간은 붉은빛을 띤 갈색 사암에 자줏빛을 새겨 넣었다. 마치 철학자의 생각의 갈피를 표현한 무늬처럼, 붉은색 덩어리 한 알 한 알이 선명하게 도드라지기 시작하더니 하늘과 땅 사이의 날카로운 점이 되었다. 이 풍경이, 이 흔적이 뼈를 꿰뚫는 통증의 혈로(血路)와 얼마나 닮았던지. 나는 돌연 일상적이지 않은 시간의 주름 속으로 뛰어들어 와 있었다. 낭떠러지를 끊임없이 침식하는 파도보다는, 붉은빛을 띤 갈색 사암이 산통의 경험을 좀 더 구체화해 주었다.

12.

그러나 이 화려한 고통을 장식해서 액자에 넣어 하얀 벽에 걸어 놓고 나 자신에게 상기시키고 싶지는 않았다. 당연히 그리고 싶지는 않았다. 그 경험을 다시 하고 싶은 마음은 추호도 없었다. 그래서 둘째를 낳을 때는 자궁 수축 초기 간호사가 와서 물었을 때(이번에는 타이중(臺中)에서 낳았다. 의사 역시 달랐다), 나는 생각하고 말 것도 없이 주사를 맞기로 했다. 아, 다들 아시리라, 무통분만을, 많은 산모가 맞고 나면 '아무런 느낌이 없다'고 하는, '천국에 온 것 같다'고 하는 무통분만 주사를.

분만실 침상에 누워 무통분만 주사를 맞았다. 주사약이 들어가기 전의 자궁 수축은 그런대로 견딜 만했다. 마음속으로 아마도 이것이 나와 곧 태어날 아이의 마지막 연결 지점이리라 생각했다.

수축은 점차 강해졌다. 기계가 판독한 수치를 보고 안 것이었다. 자궁 수축 수치가 순식간에 6, 7에서 80, 90으로 수직 상승했고, 수치는 극한의 정점을 찍었다. 자궁 수축이었다. 하지만 내 몸은 느끼질 못했다. 적어도 그에 상응하는 강도로는 느껴지지 않았다. 마치 내 몸이 아닌 것처럼, 마비된 하반신을 손으로 쓸어 보니 석고를 바른 것 같았다. 마취약의 약효가 점차 떨어진 뒤에도 복부를 흐르는 뜨거운 열기만 느껴졌다. 압박감 뒤에 따라온 것은 찢어질 듯한 극심한 고통이 아니었다.

마지막 분만의 순간에도 나는 실제로 고통을 느끼지 못했다. 그냥 압박감만 느껴졌고, 여러 차례 힘을 주자 아이가 땅으로 나왔다. 심지어 힘을 어떻게 줬는지도 모르게 간호사들이 몇 초 동안 내리는 지시를 듣고 그대로 하기만 했는데, 아이가 내 활짝 열린 음부에서 밀려 나왔다. 내가 느낀 건 거대한 압력뿐이었다. 나와 아이 사이에는 비현실적인 마취제가 존재했다. 마취제는 내가 그곳에 실재하지 않게끔, 내가 교활하게 생명의 현장에서 도망치게끔 해 주었다. 통증은 느껴지지 않았고 아이도 느껴지지 않았다.

　나는 몸 밖에 유리되어 있었다. 마취제에 의해 낯설어진 몸은 내가 고통으로부터 도망치게 해 주었다. 적어도 의지는 고통에 지배당하는 몸으로부터 도망쳤다. 끊임없이 아이를 토해 내는 자궁을 내던져 놓고 비틀거리는 파도 위에 배를 버리고 떠나자, 나와는 아무 상관없는 것만 같은 자궁과 아기가 남았다. 첫 분만 당시 의사가 했던 명언이 떠오르지 않을 수 없었다. "고통스러워야 아이가 나옵니다."

　고통이 아이를, 글을, 이 모든 것을 낳는다. 고통은 아마도 사람을 성장하게 하고, 앞으로 나아가게 할 것이다. 하지만 솔직히 말해서 나는 여전히 너무나, 너무나 고통이 두렵다.

산후조리원의 밤과 낮

2013. 10. 9.

산후조리원 몇 군데를 비교해 결정한 뒤, 새로 문을 연, 집에서 제일 가까운 산부인과를 골라 산전 검진을 받았다. 여기서 아이를 낳으면 바로 그곳 산후조리원에 입주할 수 있었다. 사실 좀 비싸기는 했다. 아니 엄청 비쌌다고 해야 할 것이다. 하지만 환경을 둘러보고 나서 곧장 선금을 지급했다. 노자(老子)께서는 일찍이 "말을 달리며 하는 사냥은 사람을 미치게 한다"라고 말씀하셨다. 그런데 사실 진짜 사람을 미치게 하는 건 수면 박탈이다. 극심한 수면 박탈은 기필코 사람을 잡는다. 아기를 창밖으로 내던져 버리고 싶은 충동을 다른 데로 옮기기 위해, 허구한 날 방망이로 벽을 치고 변기를 차던 때가 기억난다.

아기의 안위를 위해, 또 내 마음이 미쳐 날뛰는 일을 막을 생각으로, 나는 얼른 카드를 긁고 예약을 마쳤다.

2014. 3. 25.

아들은 3월 19일에 태어났다. 그 전날, 대학생들이 국회를 점령하는 데 성공했다.[7]

어젯밤 젖을 먹이기 전, 양추이(楊翠)가 웨이양(魏揚)을 대신해 한 말을 듣고, 나는 울어 버렸다.[8] 엄마의 마음이란 늘 이렇다. 단 한 순간도 마음을 내려놓을 수 없지만, 영원히 아이를 응원한다. 강대하고 넉넉한 사랑으로. 나는 아이를 안고 있었고, 아이는 새가 햇빛을 빨아들이듯 젖을 빨았다. 나는 생각했다. 이 아이는 어떤 사람이 될까? 아이에겐 무한한 가능성이 있고, 아이는 자신의 미래를 결정할 수 있을 것이다. 그 학생들이 빛나는 거리를 용감하게 뛰어다니며, 불타는 눈동자와 맹세와 행동으로 자신들의 미래를 결정했듯이. 그건 빼앗아서도 안 되고

---

7   2014년 3월에 일어난 '해바라기 운동'을 가리킨다.

8   양추이는 타이완의 대학 교수로 정치 이슈에 적극적으로 목소리를 내는 것으로 알려져 있다. 웨이양은 양추이의 아들로 해바라기 운동의 주역 중 한 사람이었다.

빼앗을 수도 없는 것이다.

　　2014. 3. 26.

　며칠 전 간호사가 한 엄마에게 말했다. 아이 입가에서 핏자국을 발견했는데, 입 안에 다친 흔적이 없는 걸 보니 아이가 엄마 젖꼭지를 물어뜯어서 생긴 걸 거라고. 그 엄마가 말했다. "맞아요. 첫날 바로 피부가 벗겨졌어요(갓 태어나서 첫 식사를 하게 되면, 아기는 온 힘을 다해 젖을 빤다. 생존 본능이다), 그렇다고 뭘 어쩌겠어요. 그냥 계속 빨게 내버려 둘 밖에요." 간호사가 물었다. "아프지 않으세요?" 아기 엄마가 쓴웃음을 지으며 하는 말, "엄청 아프죠." 간호사가 말했다. "상처가 아물게 하려면 일단 젖병으로 젖을 먹이셔야 해요." 실망한 엄마는 입을 닫아 버렸다. 새벽 여섯 시에 막 아이를 낳은 그 젊은 엄마는 아침 아홉 시가 되자 더는 기다리지 못하고 신생아실로 갔다. 자신의 모든 사랑을, 넘치는 사랑을 다 바치겠다는 듯 얼른 가슴을 풀어 헤쳤지만, 그 엄마는 천사 같은 아이가 일본 나라(奈良) 지방의 사슴 떼처럼 입을 벌리고 습격하는 바람에 5분 뒤 젖꼭지를 물어뜯게 될 줄은, 그러고도 사흘을 버텼건만 간호사의 명령으로 젖병을 물려야 하는 상황이 오게 될 줄은 미처 생각하지 못했다. 결국 젊은 엄마는 눈물을 떨궜다. 젖꼭지를 깨물려서 운 게 아니라(엄청 아픈 건 확실하지만), 오랫동안 기대해 온 엄마의 특권이 박탈당해서 그러는 것 같았다.

내 품에 안긴 아기는 태어난 지 이미 이레가 되었다. 처음에는 어떻게 젖을 빠는지도 모르더니, 지금은 조금 능숙해진 것 같다. 시력이 발달하지 않아 눈앞이 온통 희뿌옇게 보일 때라 아이는 젖꼭지의 위치를 가늠하지 못한다. 그냥 촉각으로 판단할 수밖에 없다. 그렇다 보니 젖꼭지로 아이에게 장난을 쳐서 어느 쪽으로 힘을 써서 입을 벌리고 힘껏 물어야 하는지 아이가 알아채게 해 줘야 한다. 젖꼭지를 탐색하는 과정에서 아이는 초조한 듯 옹알거리는데, 만약 찾지 못하거나 잘못 물어 젖을 빨 수 없게 되면 대성통곡한다. 이게 바로 굶주림이다. 사람은 굶주리면 먹이를 찾게 된다. 그러면서 전진할 수도 있지만 파멸할 수도 있다. 그렇다. 굶주림은 모든 유, 무형의 것을 파멸시킬 수 있다. 배가 고프면 사람이 죽어 나가거나 혁명의 바람이 분다.

젖꼭지를 찾는 아기에게서 굶주림의 가장 원시적인, 가장 사실적인 표현 형식이 관찰된다. 젖을 갈망하는데도 먹을 수 없는 아이의 작은 얼굴은 새빨갛게 구겨진다. 발을 차고 손을 휘젓고, 있는 힘을 다해 울부짖으며 항의한다. 별 탈 없이 젖을 빨아들이는 그 순간, 상황이 바뀌어 얼굴 전체가 편안해지고 기분이 좋아지는데, 빨아들이는 힘은 여전히 놀라울 정도여서 꼭 무슨 빨판처럼 젖꼭지를 놓지 않고 꽉 문다. 알고 보니 '젖 먹던 힘까지 낸다'는 게 참 사납고 무지막지한 거였다. 두 아이 모두 내 젖꼭지를 물어뜯어 얼룩덜룩한 상처를 낸 기록이 있다. 한번은 아이가 젖을 빨고 나서 입가에 핏자국이 묻었는데, 그 모습이 방금 사냥감의 몸통을 물어뜯은 어린 짐승 같았다.

2014. 3. 27.

오후 한 시에 아들을 모자(母子) 공동실로 데려왔다. 아이는 20분 동안 젖을 먹은 뒤 잠이 들더니 이미 세 시간이나 지난 지금까지도 잠에서 깨어 젖을 먹으려는 기미가 보이지 않는다. 나로서는 놀라우면서도 기쁠 뿐이다. 아이가 젖을 먹은 뒤 약 30cc 정도의 젖을 짜 두었고, 정상대로라면 벌써 일어나서 젖을 먹었어야 하는데 아이가 계속 깊은 잠에 빠져 있으니, 로또에 당첨된 것 같다고나 할까. 행운의 신이 나를 굽어살펴 주시는 걸까? 관음보살 탄신일에 태어난 이 아이가 대자대비하게도 잠에 목마른 엄마의 처지를 동정하는 걸까?

한밤중인데도 나와 아이는 아직 모자 공동실에 함께 있다. 물론 나도 이러려고 했던 건 아니었다. 거금을 쏟아부어 가며 산후조리원을 찾은 이유가 바로 돈으로 잠을 사고 싶었기 때문이었으니까. 아직 답이 나오지 않았으니 두고 보는 걸로.

2014. 3. 28.

수유실에서 한 엄마를 봤다. 엄마는 왼쪽 젖가슴을 내놓고 있었고, 아이는 유륜의 대부분을 입에 물고 꼼짝도 하지 않고 얌전히 있었다. 마리아와 예수 같았다고나 할까. 지친 엄마는 소파에 비스듬히 기댄 채 잠시 쉬는 중이었고, 아이도 잠이 든 모양이었다. 하얀 찐빵처럼 부풀어 오른 엄마의 젖과 아이의 뒤통수가 보였다. 왜인지는 모르겠지만 아이가 젖을 빠는 모습을 보고 있으면 모기가 피를 빠는 모습이 연상된다. 모기는 인체에서 피를 뽑아내고, 아기는 엄마의 몸에서 젖을 빨아들이고.

다른 엄마가 졸음이 가시지 않은 게슴츠레한 모습으로 들어와 얼른 마스크를 꼈다. 간호사가 아이를 안고 들어오자, 그 엄마가 젖가슴을 끄집어냈다. 간호사가 물었다. 식사는 하셨어요? 그 엄마는 아직이라고, 눈 뜨자마자 시끄러운 전화 소리에 잠이 깼다고 했고, 나는 나 역시 마찬가지라고, 젖을 다 먹이고 나니 밥도 다 식어 버렸다고 했다. 굶주린 두 엄마와 굶주린 두 아기.

2014. 4. 1.

아무(Ammu)는 자기를 소유하려는 아이들의 손놀림에 진절머리가 났다. 아무는 자기 몸을 되찾고 싶었다. 그건 자신의 것이었다. 새

끼에게 질렸을 때 암캐가 새끼들을 거들떠보지 않듯. 아무는 아이
들을 뿌리쳤다. 자리에서 일어나 앉은 아무는 목덜미에서 머리를
땋아 쪽을 지었다. 그러고는 다리를 침대 아래로 뻗어 창가로 걸어
간 뒤 커튼을 열어젖혔다.

비스듬하게 기울어진 오후의 햇살이 방 안을 넘실거리며, 침대 위
의 두 아이를 비쳤다.

-아룬다티 로이, 『작은 것들의 신』

간호사 손에 신생아실에서 안겨 나온 아이가 새빨개진 얼굴
로 다급하게 죽어라 울어 대자, 간호사가 아이를 토닥이며 말했
다. "급하게 보채지 말자, 엄마 왔네." 아이 엄마는 시종일관 미
소를 머금은 얼굴로 허기져 하는 작은 녀석을 바라보며, 수유복
을 열어젖힐 준비를 했다. 이미 젖에 푹 젖은 앞가슴 쪽 옷자락
에는 짙은 얼룩이 두 군데 남아 있었다. 아이 엄마가 말하길, 방
금 신생아실 간호사가 걸어온 전화를 받았을 때, 여러 아이의
건장한 울음소리가 배경으로 들렸다고 한다. 그러자 젖이 틀어
놓은 수도꼭지마냥 방울방울 떨어지더라고, 방에서 수유실로
오는 내내 떨어졌다고 했다. 굶주린 아기는 바람을 맞았다는 분
노에 엄마 품으로 건네지자마자 체면이고 뭐고 입술을 열고 콧
구멍으로 김을 내뿜으며 초조하게 젖꼭지를 찾았다. 젖을 물자
마자 곧 긴장을 풀더니 정말 큰 소리를 내며 젖을 먹어 댔다. 엄

마는 눈살을 찌푸렸다. 성질 난폭한 남자를 인내심을 발휘해 가며 위로하는 것 같았다. 엄마의 옷깃에 국수 가락이 들러붙어 있었던 걸 보면 아마 한참 저녁을 먹던 와중이었나 보다. 고요한 수유실에서는 아이가 젖을 빠는 소리만 들렸다.

2014. 4. 2.

젖가슴이 점점 딱딱해지고 부풀어 오르면서 통증이 느껴지기 시작하더니, 피부 표면에 팽팽한 긴장감이 돌았다. 아이는 아직 자고 있었다. 아이가 곧 깨어날 거라는 감이 왔다. 아마 몇 분 뒤에, 혹은 바로 다음 순간에, 그게 아니면 반 시간 뒤에, 얼마나 더 있다가 깨어날지 확실히 알 수는 없지만, 틀림없이 곧 깨어나서 그 산속 샘물처럼 맑은, 고지대의 호수 같은 눈을 뜨고서 울고불고 젖을 찾을 것이다. 긴 속눈썹이 자그마한 눈물방울에 적셔진 채로 순수하고 영롱하게 깨어날 것이다.

나는 기다리는 중이었다. 젖을 가득 머금은 채 부풀어 오른 젖가슴을 안고 통증을 참아 가며 기다리는 중이었다. 사실 곧장 젖을 짜서 젖병에 담아 두면 좀 더 편했을 것이고, 통증도 바로 누그러졌을 것이다. 하지만 그렇게 하지 않았다. 아이가 젖을 빨 순간을 갈망하면서 기다렸다. 오랜 가뭄을 끝내 줄 기나긴 우기를 기다리듯, 온 힘을 다한 흡입과 젖이 넘어가는 미세한 소리를 위해, 예부터 이어져 내려온 가장 끈끈한 스킨십을 위해, 그 후 하나하나 용솟음칠 벨벳 같은 사랑을 위해, 이를 위해 나는 고통을 참으며 기다렸다.

신생아실에서 아이에게 젖을 먹이러 와도 된다는 연락이 오자, 나는 기뻐서 어쩔 줄 몰랐다. 가득 찬 젖이 더는 견디지 못하고 젖가슴에서 아랫배와 허벅지를 따라 똑똑 바닥으로 떨어져 사랑의 메시지를 써 내려갔다. 나는 신생아실까지 뛰어갔고, 안겨서 나온 아이는 눈을 크게 뜨고 입을 쫙 벌리더니 먹이를 찾기 시작했다. 하지만 내가 젖을 가져다 바쳤음에도 아이는 돌연 젖을 물지 않고 입을 아주 작게 벌렸다. 어떻게 물어도 젖꼭지 앞부분까지밖에 물지 못했다. 한참을 시도했지만 허사였다. 아이의 이마에 땀방울이 송골송골 맺히더니 얼굴이 온통 새빨갛게 변했다. 그런데도 요령을 터득하지 못하고 큰 소리로 숨을 몰아쉬었다. 몇 번 더 시도해 봤지만, 아이는 여전히 젖을 물지 못했고, 결국 젖꼭지를 내뱉고는 목 놓아 울어 버렸다. 나도 덩달아 마음이 급해져 허둥지둥 아이 입에 젖꼭지를 밀어 넣었다. 난감하기 그지없었다. 젖가슴은 아이가 손으로 만지작거린 탓에 아팠고, 젖은 온 사방에 튀어 버렸다. 아이의 턱과 토끼 모양 턱받침과 수건을 포함한 온 사방에.

마치 모든 것이 원점으로 후퇴하기라도 한 듯, 아이는 돌연 내 젖가슴을 (그러니까 본인의 식기를) 낯설어하기 시작했다.

2주 전, 분홍색 수건에 싸여 울음소리와 함께 내 앞가슴에 당도
했던 그때로 되돌아갔다. 모든 것을 다시 반복해야 했다. 알고
보니 우리는 아직 손발을 맞춰 가는 단계에 있었다. 아니, 어쩌
면 우리는 언제나 손발을 맞춰 가는 과정에 있다고 할 수도 있을
것이다. 이는 앞으로 평생 우리가 서로에 관해 공부해야 하고,
익숙해져야 한다는 사실을 보여 준다. 아이에게 사랑이 필요할
때 적시에 사랑을 주어야 하고, 아이 역시 정확히 그 사랑을 받
아 가야 한다. 너무 많지도, 너무 적지도 않게.

2014. 4. 3.

어제 병원에 갔더니 의사가 초음파로 오로(惡露)[9] 배출 상황을
살펴보았다. 아기가 살지 않는 화면 속 자궁은 버려진 방처럼 고
요하고 쓸쓸해 보였다. 거무스름한 그림자 한 덩어리를 비추며
의사가 말했다. "이게 핏덩어리인데요. 양이 적지 않은 데다 제대
로 배출되지도 못했으니 자궁을 자주 마사지해 주세요." 의사가
자궁 위치를 누르더니 곧이어 말을 덧붙였다. "아니면 약을 드시

---

9 분만 후 자궁에서 나오는 분비물. 태반이 떨어진 자궁 내막이 재생되면서 탈
락막이 천천히 배출되는 과정에서 나타난다.

죠. 자궁 수축에 도움이 되는 약을 처방해 드릴게요. 그게 속도가 좀 빠를 겁니다." 나는 잠깐 망설였다가, 이내 알겠다고 대답했다.

약을 받아 왔다. 다각형의 분홍색 약이었다. 밥을 먹고 한 알 먹었더니 과연 얼마 지나지 않아 미세한 자궁 수축이 느껴졌고, 핏덩어리가 배출되었다. 변기 안에 가득 퍼진 핏덩이를 보며 참 편하다고 생각했다. 미동도 하지 않던 핏덩이가 약만 삼키면, 감각이 일깨워진 강물처럼 계속 흘러 다니다가 서서히 녹고 흩어져 자궁 바깥으로 미끄러져 나와서는 하얀 도기 변기에 흔적을 남기고, 결국 그 모든 게 깨끗한 물에 휩쓸려 가 버리니.

아이를 낳을 때 맞은 무통분만 주사를 떠올렸다. 간호사의 도움 아래 나는 다 익은 불그스름한 새우처럼 몸을 활 모양으로 구부렸다. 의사가 내 척추에 주사를 놓으며 말했다. "좀만 참으세요. 곧 아무 느낌 없어질 겁니다. 전혀 아프지 않으실 거예요. 아이 낳을 때까지 아무런 느낌 없으실 거라고 장담합니다." 간호사가 말했다. "맞아요. 양도 한 번에 충분히 넣어 드렸어요. 부족하면 더 늘려 드릴게요." 나중이 되자 과연 그렇게 되었다. 출산까지 한 시간 반 정도 남았을 때, 다시 자궁 경부 연화제를 맞았고, 간호사가 견고한 양막낭(羊膜囊)[10]을 터뜨려 출산 속도를 끌어올렸다. 빠름, 편리함. 약은 인간에게서 통증을 제거해

---

10 태아를 둘러싼 양수로 가득 찬 주머니.

주고, 우리가 잠시나마 어두운 밤 같고 가시덤불 같은 몸으로부터 멀어지게, 진통과 핏덩이에게서 멀어지게 해 준다. 잠시나마 내 몸을 찾을 수 없게 해 준다.

2014. 4. 6.

서로의 이름과 성씨는 잘 모르지만, 상관없다. 그 점은 우리가 수다를 떨고 의견을 나누는 데 어떤 방해도 되지 않는다. 마스크를 쓴 탓에 우린 서로의 생김새를 잘 모른다. 더 정확히 말하면, 서로의 눈매만 알고 있는 탓에 마스크를 쓰지 않으면 도리어 상대방을 알아보지 못한다고 해야겠지. 우리가 여기서 입과 코보다 더 자주 밖으로 내놓는 건 다름 아닌 젖가슴이다. 아이가 입을 크게 벌리고 가까이 다가오기 전, 우리는 서로의 젖가슴을 흘끔거린다. 간호사가 젖가슴은 어떻게 마사지하는지, 유선은 어떻게 뚫는지 가르쳐 줄 때, 서로의 젖가슴이 중천에 뜬 해처럼 서로의 눈빛을 밝게 비춰 준다. 젖 짜는 법을 연습할 때면, 젖가슴은 더 거침없이 시선으로 들어온다. 상대방의 성과 이름을 모르는 데도, 상대방의 얼굴이 낯익지 않은 데도(산모가 마스크를 쓴 게 아니라면), 우리는 여기서 가장 사적인 유방의 이미지를 공유한다. 물론 무심코 혹은 일부러 뚫어지게 상대방의 젖가슴을 바라보지는 않는다. 어쨌거나 젖 먹이는 것만으로도 다들 충분히 바쁘니까. 수시로 잠드는 아기를 시시때때로 토닥여 깨우고 흔들어 깨우거나 불러서 깨워야 하고, 아기들이 젖을 제대로 물고 있는지, 엄마가 어마어마한 에너지를 쏟아 부어 맞바꾼 젖을 순조롭게 잘 삼키고 있는지 주의해야 한다. 하지만 생각해 보면 희한한 일이다. 잘 아는 사이도 아닌 여자들이 비스듬히 기울어진 동일한 시간 속에 젖내 나고 잠기운이 가득한 동일한 공간에서 젖가슴을 내놓고 있으니.

2014. 4. 8.

내 자리에서 보면 딱 양 한 마리처럼 보이는 그림이 있다. 눈이 하나뿐인 양인데 콧구멍이 뚫려 있고, 친근한 미소를 짓고 있다. 하지만 시선을 뒤로 빼서 시야를 넓혀 보면, 사실 양이 아니라 꽃봉오리와 나뭇가지, 잎과 덩굴이다. 전부 진홍색인데, 분홍색 바탕의 벽지 전체에 활짝 피어 있다. 분홍색 벽지의 윗부분을 장식한 농도가 다른 붉은색이 산후조리원의 자주색 수유복과 잘 어울린다. 하지만 꽃잎이 드문드문 비어 있는 곳, 그러니까 줄기 두세 개와 꽃잎 주변의 여백에서 뜻밖에도 눈이 하나뿐인 양이 한 마리 보인다. 미니멀리즘 화풍의 양이 애처로운 눈빛으로 나와 내 발가벗겨진 젖가슴을, 그리고 아주 꼭 싸여 있는 아기를 바라본다. 눈에 들어오는 그림 외에도 벽지 아래쪽에 들어간 고급스러운 문양이 왕관을 씌워 준다는 의미의 훈장처럼, 흡사 워터마크처럼, 꽃잎 사이에서 실속 없이 화려한, 볼록한 형태를 드러낸다. 내 시각에서 보면 이렇다. 전경(全景)을 무시하고 오로지 국부적인 부분만 골라서 보면 이 문양은 흉악하게 날뛰는 짐승이나 이목구비가 비틀린 인간 등 또 다른 생명의 모습을 드러내는데, 결국 분홍색 계열의 꽃가지, 덩굴과는 전혀 다른 경관을 선보인다. 악의적인 혹은 겁에 질린 생명이 입을 쫙 벌린 채 눈앞에 의도적으로 조성된 평온하고 따뜻한 분위기를 집어삼키고 있다.

나는 아이가 안정적으로 젖을 빨 때면 늘 수유실 벽지를 뚫어지게 바라본다. 상식을 한참 벗어난 기이하고 환상적인 물체가 부드러운 화초의 은유(隱喩)에 숨어, 미처 막아 내기도 전에 어두컴컴한 상징물의 모습으로 망막을 침입하고, 정신없이 잠에 빠져드는 수많은 낮과 밤을, 곳곳에 존재하는 살아 있는 생명과 곳곳에서 주시하는 시선을 수상쩍게 밟고 지나간다.

이것들이 비록 「누런 벽지」[11]에서처럼 기이하게 한 여자로 변

---

11   샬롯 퍼킨스 길먼의 단편 소설. 19세기 미국을 배경으로 한 소설로, 정신 질환을 앓고 있는 여성이 육아실에 갇혀 지내면서 벌어지는 일을 그리고 있다. 이 여성은 본인이 갇힌 육아실 벽지의 색깔과 무늬를 철창이라고 생각하는 등 환각 증세를 보인다.

해, 아이를 낳은 여자를 사로잡고 유혹하지는 않지만, 이 양이, 이 짐승이, 입을 쫙 벌린 이 사람이 구축한 또 다른 잠재된 시계(視界)가 화려한 화원을 말없이 잘라 내 나를 각성하게 한다. 이 아름다운 보호와 감금의 땅이 끝내 도래할 어두운, 죽음의 정탐(偵探)을 차단할 수는 없을 것이라고.

천진하게 젖을 빠는 아이를 안은 채 나도 모르게 우울해지기 시작했다. 며칠이 지나면 이곳을 떠나야 한다. 일상으로, 안전하게 격리되지 않는, 거의 육박전에 가까운 실제 세상으로 돌아가야만 한다. 그곳 사람들이 바라보게 될 아이는 더는 유리창 너머에서 보호받고 있지 않을 것이다. 아이를 어르고 만질 때 지금처럼 손을 씻고 마스크를 쓰고 올 리도 없다. 보이지 않는 또 다른 세계에서는 수천수만 개의 세균과 바이러스 혹은 이런 저런 왕성한 번식력을 자랑하는 살아 있는 생명이 온갖 경로를 통해 아이에게 접근해, 아이의 머리칼과 살갗에, 손톱과 주름지고 미세한 곳곳에 상징적인 알을 낳을 것이다. 투명하게 주렁주렁. 그러면 언덕처럼 끝없이 이어지는 아이의 울음소리가, 마치 40일 밤낮을 연이어 내리는 「창세기」 속 장대비처럼 당신 귓가 깊은 곳에 빛나고 투명한 알을 주렁주렁 낳아, 깊은 밤 당신을 무너뜨리는 벌레로 부화하여 당신의 연약한 뇌 신경을 물어뜯고 갉아 먹으리라.

2014. 4. 19. 집으로 돌아온 뒤

집으로 돌아온 뒤로 악몽을 몇 번 꿨다. 아침 여덟 시, 창밖은 이미 환하게 밝았건만, 악몽은 찬란한 대낮에도 갑자기 나타나곤 했다. 꿈이라고는 하지만 사실 꿈보다 더 실제 같아서 그게 거의 진짜라고 믿어질 지경이었다. 투명한 아이 하나가 내 오른쪽 젖가슴 앞으로 가까이 다가왔다. 아래쪽에서 쉬지 않고 흔들리는 그 아이의 동그란 머리를 엿볼 수 있었다. 한창 온 힘을 다해 젖을 빨고 있는 것 같았다. 아이의 다른 손, 혹은 아이 몸의 다른 부분은 내 왼쪽 젖가슴을 만지작거리며 놀고 있었다. 악의적인 장난이었다. 나는 온몸이 불편해졌다.

그 순간, 나는 이것이 결코 꿈이 아님을 깨달았다. 마치 현실 세계와 공존하는, 같은 시공에서 갈라져 나온 새롭고 이질적인 단면 같았다. 낯선 아이는 흡사 내게서 뭔가를 흡수해 가겠다는 듯, 기어이 짜내어 가겠다는 듯 가슴 앞에 꼭 달라붙어 있었다. 이 시공의 빗면으로부터 깨어나 정신을 차리고 싶었지만, 몸을 움직일 수 없어서 육자대명주(六字大明咒)[12]를 외웠다. 처음에는 주문을 외는 내 목소리를 똑똑히 들을 수 있었는데, 두 번째 욀 때부터는 목소리가 모호해지기 시작하더니, 세 번째 욀 때는 거의 들리지 않았다. 하지만 내가 계속해서 외

---

12 '옴마니밧메훔' 여섯 글자로 이루어진 불교의 주문이다.

고 있다는 건 확신할 수 있었고, 이 주문에 기대어 이질적이면서도 불쾌한 시공에서 벗어날 수 있기를 소망했다. 사방은 소리 없이 고요했고, 마치 아이가 젖을 빨면서 그와 함께 내 목소리까지 깨끗이 빨아들이기라도 한 것처럼 주문을 외는 소리는 또 다른 힘에 휩쓸려 들었다. 두려움에 휩싸인 나는 아래쪽에서 아이의 투명한 머리가 계속 흔들리고 또 흔들리는 모습을 보았고, (내 목소리가 전혀 들리지 않았음에도) 계속해서 주문을 외웠다. 온몸이 땀에 젖은 채 정신이 들 때까지.

햇빛은 딱 알맞게 내리쬐고 있었고, 아기는, 침대 속의 아기는 한참 단잠을 자고 있었다. 내게 느껴진 단 한 가지 감각은 가슴의 격렬한 통증뿐이었다. 젖이 분비되기 시작한 터였다.

오래된 창파오

　임신 후기에 접어들면서 아이 옷을 준비하기 시작했다. 대부분 친구들이 보내 준 낡은 옷이거나 내가 사들인 헌 옷이었다. 왜 그런지는 모르겠지만, 점점 더 낡은 옷에서 일종의 든든함과 안전감을 느낀다. 빨아서 물이 빠진, 비벼서 늘어난 헌 옷에 몸이 안겨 있으면, 말로는 잘 표현이 안 되는 친근감과 안정감이 느껴진다.

　나는 6월의 햇볕에 그을린 향이 옷 한 벌 한 벌에 배도록 아이의 작은 옷을 하나하나 비벼 빨아 햇볕에 말렸다. 이 자그마한 옷들을 훑어보다가 나도 모르게 그만 넋을 잃고 웃음을 터뜨렸다. 전에 어떤 아이가 입었던 옷일지 상상해 보았다. 작은 손 하나가 옷 안에서 정신을 단단히 차린 채 흔들리고 있었다.

누렇게 눌어붙은 소매의 땟자국에는 또 어떤 이야기가 깃들어 있을까.

어느 날, 엄마가 어린 시절 내가 입었던 겨울옷을 옷장에서 찾아 가져왔다. 옅은 분홍빛의 창파오[13]로 분홍색과 하얀색 꽃잎이 가득 수놓여 있었고 가슴 한가운데는 나비매듭이 달려 있었으며 옷깃 뒤쪽에는 (아마도 이 옷의 브랜드명으로 생각되는) '바오리하오(寶麗好)' 라벨이 붙어 있었다. 백 퍼센트 순면 재질의 고급 아동복이었다. 어찌나 보관을 잘했는지 보풀 하나 일어난 게 없고 실밥 터진 곳도 하나 없었다. 크기로 보아 대략 한 살 반에서 두 살 무렵에 입은 옷이었을 텐데, 그때는 내가 이렇게 작았다니.

올겨울, 나는 삼십여 년 전의 이 창파오로 딸아이를 폭 싸서 함께 잠들곤 한다. 한때 나도 복잡한 세상을 바깥에 뚝 떨어뜨려 놓은 채로 이 작은 창파오에 깃들어 잠들고 동굴 살이를 했건만, 이제 이 옷으로 또다시 작은 여자아이를, 생후 7개월을 꽉 채운 작은 몸을 보호하고 있구나, 그런 생각이 들었다.

---

13 중국의 전통 의상으로, 거의 발목까지 내려오는 긴 원피스에 가깝다.

떨어지는 머리칼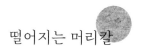

아이를 낳고 다섯 달이 지나자 머리카락이 떨어지기 시작했다. 아이를 두 번 낳았는데 두 번 다 그랬다. 머리칼이 눈송이처럼 흩날렸다. 특히 머리를 감고 빗고 말릴 때면 머리칼이 한 올 한 올 손등으로, 허벅지로, 아무것도 걸치지 않은 피부로 떨어지는 게 똑똑히 느껴졌는데, 꼭 은밀하고 종잡을 수 없는 고요한 축제 같았다.

머리를 감고 빗질을 할 때가 아니어도 걷고, 요리하고, 빨래하고, 젖 먹이고, 잠을 잘 때에도 머리칼은 상황을 가리지 않고 온갖 물건 위로, 사이사이로 떨어졌다. 아이의 머리 위로, 어깨 위로, 나무 바닥과 타일 위로, 책장(冊張) 사이사이로, 햇빛의 향을 머금은 베개와 이불 위로, 헤어드라이어 위로, 방금 양념 없이 볶은 6월처럼 찬란하게 빛나는 얼갈이배추 위로. 모든 것의 모든 것에서 내 머리카락을 찾을 수 있었다. 작별의 증거는 시간과 시간의 틈 사이에 머물렀고, 일상적인 대화 사이에 흩날려 떨어졌으며, 아이의 속눈썹과 나날이 늘어지는 내 몸에서 멈춰섰다. 심지어 꿈속에서는 내 머리칼이 바다처럼 초현실을 둘러싸고 있었다. 어마어마한 양의 머리칼이었다. 아, 그건 정말 어마어마한 양의 머리칼이었다. 나는 낙엽을 쓸어 담듯 떨어진 머리칼을 쓸어 먼지와 함께, 잔털 부스러기와 함께 쓰레기통에 쏟아 버렸다. 출산 후 머리칼이 규칙적으로 빠지는 경험을 두 번째 하고 있고, 지금 이 순간 이미 새로 돋아나고 있는 머리칼이 석 달 뒤면 차차 무성해지리라는 것도 알지만 사방으로 떨어진 머리칼을 보고 있으면 여전히 깜짝 놀라게 된다. 꼭 무슨 병에 걸리기라도 한 것처럼.

새 생명의 탄생 곁에는 죽음이

꿈에서 옛 연인을 보았다. 그가 나를 차에 태웠고, 나는 뒷좌석에 앉았다. 바닥이 울퉁불퉁한 인도 아니면 네팔의 길을 지나가고 있기라도 한 건지 차가 정말 심하게 흔들렸다. 창밖에서는 자그마한 얼굴 여럿이 구걸을 하듯 나를 바라보고 있었다.

이유는 모르겠지만 별안간 거리의 아이 둘이 차에 올라타더니 내 옆에 앉아 나를 응시했다. 오밀조밀하고 입체적인 이목구비가, 특히 긴 속눈썹을 깜빡거리는 두 눈이 나를 쳐다보았다. 말없이 슬픔에 젖은 얼굴로. 이때 연인의 곁에도 거리의 아이가 하나 나타났다. 하지만 아이의 얼굴은 보이지 않았고 자그마한 뒤통수만 눈에 들어왔다.

"Go라고 해. 애네 가라고 하면 갈 거야." 애인이 뒤를 돌아보지 않고 계속 차를 몰면서 내게 말했다. 그래서 나지막이 말했다. "Go, Go." 그 뒤 잠에서 깼다.

잠에서 깨고 보니 눈가에 눈물이 어려 있었다. 상실에 대한 공포의 감각이 나를 또렷하게 뒤덮었다. 5개월 된 배 속 아기가 잠시 나를 발로 걷어찼다. 어떤 메시지처럼, 암시처럼. 도대체 무엇이 두려운 거지? 그때 그 사람을 놓칠까 봐 그렇게 두려워했었나? 아니면 아이를 잃을까 봐?

물론 나로서는 꿈속의 말이 도대체 무엇을 의미하는지 알 수 없었다. 신의 계시처럼 해석이 되지 않았다. 하지만 결국은 나도 입 밖으로 내뱉고 말았다. Go, Go. 주문을 외듯 아니면 제도(濟度)[14]를 구하듯, 나는 차가운 피부에 널리 퍼지고 있던 공포감에 대고 말했다. 가, 가라고.

외할아버지가 돌아가셨다는 소식을 들었을 때, 나는 주산(竹山) 지역 산골에 있었다. 오후 무렵이었고, 우리는 점심밥을 기다리는 중이었다. 기온은 아주 낮았지만 해가 비치는 곳은 여전히 무척이나 따사로웠다.

---

14 모든 중생이 삶의 고통에서 벗어나 열반에 이르도록 돕는다는 뜻의 불교 용어.

전화기 저쪽에서 아버지가 말씀하셨다. 외할아버지께서 왕생(往生)하셨다고, 엄마가 뒷일을 처리하고 계신다고. 전화를 끊고 룽(榕)에게 다가갔다. 딸아이는 유아차에서 곤히 자고 있었다. 나는 유아차를 해가 내리쬐는 곳으로 밀고 갔다. 햇빛이 아이를 지켜볼 수 있도록, 긴 바지를 입은 아이의 다리와 발이 따뜻해지도록. 딸아이는 햇빛이 가득한 곳에서 곤히 자고 있었다. 외할아버지도 우리의 유한한 눈빛 속에서 곤히 주무시고 계셨다. 비록 외할아버지는 그 어두컴컴한 길을 홀로 외로이, 또 다른 존재의 모습으로, 흔히 말하는 중음신(中陰身)[15]이 되어 우리 눈에는 보이지 않는 길을 걷고 계시겠지만.

외할아버지를 뵙지 못한 지 십여 년이 넘었다. 몇 년 전 엄마에게 듣기로는 요양원에 들어가셨다고 했다. 외할아버지가 요 몇 년을 어떻게 보내셨는지 나는 아는 게 없다. 기억 속 외할아버지는 거무스름한 농부의 얼굴을 하고 계셨다. 나중에는 담배를 너무 많이 피우고 술을 너무 심하게 드셔서 얼굴색이 더 검게 가라앉았다. 내가 아주 어렸을 때 나를 자전거에 태우고 포도밭을 오가곤 하셨는데, 그때 할아버지는 웃는 얼굴을 하고 계셨다.

---

15 인간이 죽음을 맞이한 뒤 다음 생에 이를 때까지 49일 동안 지니고 있는 몸.

겨우 이 정도가 다였다. 더는 생각나는 게 없었다. 심지어 외할아버지를 위해 독경을 하는데 이름이 생각나지 않을 정도였으니.

점심밥이 왔다. 훠궈가 차가운 공기 속에서 하얀 김을 끊임없이 내뿜었고, 아래쪽에서는 한창 타오르는 고체 연료가 흔들흔들 휘청거리며 가늘고 시퍼런 화염을 뿜어냈다. 옆 테이블에 앉은 남자가 휴대전화를 보며 말했다. "어제 한파로 열일곱 명이 죽었다네. 저온으로 인해 돌연사한 사람이 적지 않다나 봐." 그 옆에 앉은 남자가 휴대전화를 보며 말했다. "어느 신문사에서는 스무 명이 죽었다고 했는데, 다른 신문사에서는 스물세 명이 죽었다고 했대. 그랬더니 어떤 사람이 재미 삼아 그런 거지. 여러 매체의 보도를 종합해 본 결과, 대략 스무 명이 죽었다고." 세 사람 모두 웃기 시작했다.

아버지는 외할아버지의 사인을 알려 주지 않으셨다. 갑자기 기온이 급락해서 돌연사하셨다든지 아니면 다른 원인이 있다든지, 혹은 점점 허약해진 외할아버지의 육신을 오랫동안 갉아먹은 암세포 때문이라든지 그런 것 말이다.

아들이 태어난 지 엿새째 되던 날, 우리와 20년 가까이 함께 살았던 요크셔테리어 베이비가 왕생했다. 아버지가 전화로 해 주신 말에 따르면, 이틀 동안 먹이를 먹지 못한 베이비가 어제 몸이 너무 약해져서 링거를 맞았는데 수의사가 상황이 그렇게 낙관적이지 않다고 했더란다. 왕생하기 전 아버지가 나직하게 "베이비."라고 불러 보셨는데, 그때까지만 해도 꼬리를 흔들며 반응을 했다고 한다. 베이비도 이것이 마지막 작별이라는 걸 알고 있었을 거다. 아버지는 베이비의 머리를, 드문드문 성긴 털을, 부드럽게 늘어진 자그마한 머리를 어루만져 주셨다. 틀림없이 눈물을 머금은 채 베이비를 바라보셨을 것이다. "마음 놓고, 잘 가려무나."

어떤 예감이 있었던 건지, 아버지는 그날 유난히 가는 발길을 서두르셨다. 어린 손자를 품에 안은 아버지의 마음이 편치 않아 보였고, 눈동자에는 희미한 그늘이 드리워져 있었다. 입가에 걸린 미소에는 힘이 없어 보였다. 얼마 지나지 않아 아버지는 차를 몰고 타이베이로 돌아가겠다고 하셨다. 다들 말했다. "뭐가 그리 급하세요. 모처럼 타이중에 오셨으면서." 하지만 아기 동물 같은 아들아이의 발도 하품도 아버지를 붙잡아 두지는 못했다.

알고 보니 베이비의 마지막 모습을 보러 가신 거였다.

통화를 마치고 한참을 심하게 울었다. 조용한 방에서 방금 젖을 다 먹은 아들이 단잠에 빠져 있었다. 나는 아직 산후조리원에 있었기에 베이비의 마지막 모습도 보지 못했다.

새 생명의 탄생 곁에는 죽음이 있다. 흡사 쌍둥이처럼 둘은 함께 자고, 함께 숨 쉬고, 함께 심장이 뛴다. 우리가 이 둘에게 말을 걸면, 그 둘은 눈을 부릅뜨고 우리를 응시한다. 그러면 우리는 두려움에 벌벌 떨며 경계하고 지켜야 한다. 보기에는 구분이 되지 않는 이 둘을 지켜야 할 뿐 아니라 약하기 그지없다 못해 부서지기 쉬운 우리의 심장을 지켜야 한다. 마지막에 생이 남을지 사가 남을지, 복잡한 슬픔이 우리와 동행할지 한없는 회상이 우리와 동행할지 우리로서는 영원히 알 수 없다. 그러니 심장을 세심하게 지키고 심장이 강해지도록 반복해서 단련해야 한다.

영화 〈오스카 앤드 더 레이디 인 핑크(Oscar and the Lady in Pink)〉에서, 남자아이가 조용히 세상을 떠나자 의사가 그 아이의 마지막을 함께 했던 여자 로즈에게 말한다. "사실, 당신을 지켜 준 건 그 아이"였다고.

2장

아이가 눈을 뜨기 전에

잠자리에 들기 전이면 퍼즐 맞추기 놀이를 한다. 룽을 대신하여 퍼즐 조각을 정리한다고 하는 게 맞을 것이다. 나는 아이가 잠에 푹 빠져 코를 고르게 고는 깊은 밤이 찾아오기 전에 퍼즐을 맞춘다. 나만의 스트레스 해소 방식이다. 룽에게 사 준 이 과일 퍼즐은 쉬운 것부터 어려운 것까지(피스 일곱 개짜리부터 열한 개짜리까지), 포도, 사과, 바나나, 오렌지 그리고 수박 이렇게 다섯 개가 한 세트로 되어 있다. 포장 상자에는 두 살부터 네 살 아동에게 적합하다고 명시되어 있지만 말도 안 되는 이야기이다. 나조차도 처음에 할 때는 머리를 좀 써야 했으니(어쩌면 내 지능이 만 네 살보다 못하다는 뜻일 수도 있고). 룽의 두 살 생일 선물이었지만 아이는 퍼즐 장난감을 받자마자 마구 던져 버렸고, 유독 포장 상자에만 관심을 보이며 그 상자를 가져다가 본인이 오랫동안 애지중지해 온 폐지와 영수증을 담아 두었다. 그저께, 드디어 퍼즐을 맞추고 싶어진 모양이었지만, 색색의 퍼즐 조각을 엉터리로 맞추는 걸 좋아했다. 알록달록 기이한 색깔이 뒤섞인 포도와 사과와 바나나의 혼종이랄까. 내가 아니라고, 그거 아니라고 고쳐 주며, 어떻게 맞춰야 하는지 알려 주려고 하면, 아이는 나를 다급히 제지하며 즉흥적으로 접붙이고 제멋대로 줄기를 꽂은, 정신없는 그 과수원을 두 손으로 감쌌다.

그제야 내가 벌써 따분하고 조급한 어른이 되었다는 사실을, 어떻게 해서든 아이의 놀라운 창의성에 간섭하려 한다는 사실을 깨달았다. 그래, 이렇게 맞추면 안 된다고 누가 그래? 꼭 이렇게 맞춰야 한다고 누가 그랬냐고. 나도 모르게 애니 딜라드가 『자연의 지혜』에서 한 말이 떠올랐다. "나는 이 모두를 너무 오랫동안 경험해 왔던 것이다. 형태는 언제나 의미가 부여된 무시무시한 춤을 추게 되어 있다. 나는 복숭아를 복숭아가 아니라고 할 도리가 없다." 딜라드가 한 말처럼, 내 머릿속은 이지론(已知論)의 의미가 번잡스럽게 가득 들어차 있다. 사과, 수박, 오렌지는 정해진 그 향기와 맛이어야만 하고, "손으로 달을, 세상을 가득 채운 빛깔을 움켜쥐던 유아기는 다시는 돌아오지 않는다." 조심해야 한다. 『노 임팩트 맨』의 저자 콜린 베번은 말했다. "어떻게 사느냐는 우리가 아이들에게 가르쳐야 하는 것이 아니라, 우리가 아이들에게서 빼앗지 않도록 조심해야 하는 것이다."라고.

하루

여행 중의 아침 식사, 7:30∼9:00

여섯 시 반에 잠에서 깼다. 아이는 여전히 자고 있었다. 곱고 가냘픈 눈썹, 하얗고 보드라운 얼굴, 살짝 벌어진 작고 깜찍한 빨간 입술, 모든 것의 모든 것이 신이 창조한 듯 티 없이 완벽했다. 나도 모르게 아이에게 입을 맞추었다.

얼마 지나지 않아 아이도 잠에서 깼다. 길고 가느다란 눈을 뜨고는 두 손가락을 빨았다. 잠에 취한 눈에 차차 웃음기가 가득 어렸다. 표정이 짓궂었다. 젖을 먹인 뒤 기저귀를 갈아 주고, 외출용 윗도리와 긴 바지를 입혔다. 몸을 힘껏 비비 꼬는 아이에게 양말을 신기고는 아침을 먹으러 아래층으로 데려 갔다.

호텔 조식은 다양하고 풍성했다. 중식과 양식 모두 준비되어 있었고, 바에는 신선하고 싱싱한 빛깔의 음식들이 열기와 향기를 뿜어내고 있었다. 나는 접시에 음식을 가득 담았다. 대부분 아이가 좋아하는 음식이었다. 구운 감자, 두부, 크루아상, 딸기잼 샌드위치, 달걀 프라이, 익힌 양배추, 고구마죽에 사과 주스 한 잔까지. 채식주의자가 먹을 수 있는 음식은 다 접시에 담았다. 자리에 돌아오니 아이가 바 아래에서 커다란 자기(瓷器) 접시를 빼내 두 손으로 잡은 채 웃으면서 나한테 달려오고 있었다. 나는 즉시 아이 손에서 접시를 빼앗아 원래 있던 곳에 되돌려 놓았다.

자리로 돌아와 아이를 안고 소파에 앉았다. 일단 테이블 위의 자기 그릇, 수저, 칼과 포크, 유리컵부터 멀찍이 떨어뜨려 놓은 다음, 아이에게 턱받이를 매 주었다. 이미 습관이 된 일들이었다. 칼로 감자를 작게 잘라 입 안에 넣어 주었다. 아이는 소파의 실밥 보푸라기 뭉치를 가지고 놀면서 감자와 작게 자른 양배추, 달걀 프라이를 먹었다. 5분도 지나지 않아 아이는 반항하기 시작했다. 고개를 돌리고 입술을 오므려 결연한 표정을 짓고는 계속 보푸라기를 갖고 놀았다. 그래서 아이가 스스로 먹을 수 있도록 크루아상을 반으로 쪼개 주었다. 아이는 보푸라기를 내려놓고 빵을 네댓 입 깨물어 먹었다. 나는 죽을 먹기 시작했다. 몇 입 먹고 나서 고개를 돌려 보니, 아이는 이미 소파에 없었다. 고개를 숙여 보니 크루아상은 내 발 옆에 떨어져 있었고 아이는 테이블 밑에 쪼그리고 앉아 있었다. 신발은 벗겨진 뒤였고, 지금은 양말을 벗는 중이었다. 아이를 안고 소파에 앉아 크루아상을 주자, 아이는 고개를 돌렸다. 감자, 오믈렛, 양배추, 마를 주었지만 아이는 고개를 내저었다. 딸기잼 샌드위치는 거들떠보지도 않았다.

바에 가서 수박을 몇 조각 가져왔다. 아이가 제일 좋아하는 거였다. 이른 아침부터 차가운 과일을 먹이는 게 결코 좋은 생각은 아니었지만, 당시 나로서는 정말이지 생각나는 게 없었다. 수박을 잘게 잘라 주었더니 그건 그래도 먹으려고 했다. 손은 여전히 플라스틱 젓가락으로 플라스틱 그릇을 바삐 두드리고 있었지만, 그래도 수박은 몇 조각 받아먹었다. 과일만 먹으면 쉬이 배고파질까 봐 크루아상을 잘게 자른 다음, 수박과 함께 가져온 블루베리 요거트에 찍어 주었더니 그것도 처음엔 먹더니만 몇 입 먹고는 또 안 먹으려고 했다. 크루아상에 사과 주스를 묻혀 주었더니 그건 또 먹었다. 이렇게 수박과 요거트, 크루아상과 사과 주스를 섞어 주자, 그래도 협조적으로 나와서 몇 입은 먹어 주었다. 나는 점차 식어 가는 죽을 계속 먹었다.

아이는 순식간에 또 사라져 버렸다. 그새 테이블 밑을 쑤시고 들어가서 방금 바닥에 떨어진 크루아상 반 조각을 젓가락으로 찔러 대고 있었다. 나는 허리를 굽혀 크루아상을 줍고 아이 손에 들려 있던 젓가락을 낚아챘다. 아이는 울기 시작했고, 큰 소리로 옹알이를 해 댔다. 무슨 말인지 분간도 되지 않았지만, 기분이 무척이나 좋지 않다는 건 확실히 알 수 있었다. 이어서 아이는 발길질을 하기 시작했다. 나는 허리를 굽혀 아이에게 블루베리 요거트와 크루아상을 먹이려 했으나 아이는 거부했다. 수박을 주니 한 번 씹어 바닥에 뱉고는 계속 울어 댔다. 옆자리에 있던 여성이 나를 흘끔거렸다. 눈에 동정의 빛이 어려 있었다. 나는 아이에게 젓가락을 돌려주고 아이를 안고 소파로 돌아와 눈물과 콧물을 달고 있는 아이의 얼굴을 닦아 주었다. 이제 아이는 모든 음식을 거부했고, 테이블보를 갖고 놀기 시작했다. 나는 계속 아침을 먹었다. 반 그릇 정도 먹고 나서 고개를 돌렸더니 아이는 이미 내 배낭의 지퍼를 열어 버린 참이었다. 깨끗한 마스크가 비닐봉지에서 하나 또 하나 폭력적으로 뽑혀 나와 소파에 내던져졌다. 열려 버린 동전 지갑에서 나온 동전도 의자로, 바닥으로 흩어졌다. 신용카드와 신분증도 각각 소파와 의자 틈, 바닥으로 떨어졌다. 나는 그릇과 젓가락을 내려놓고 바닥에 떨어진 신분증과 동전, 마스크를 주웠고, 내 지갑을 빼앗았다. 아이는 큰 소리로 항의했고, 눈물을 터뜨릴 만반의 준비를 했다. 나는 아이를 데리고 푸드 존으로 갔다. 무슨 음식을 가져오려고 했다기보다는 그냥 아이의 시선을 다른 데로 돌리고 싶었다고 해야 할 것이다.

과연 푸드 존으로 가니 아이는 울음을 그쳤다. 심지어 웃는 얼굴로 달걀 프라이와 소시지 구역 아주머니에게 친근히 인사를 건네기도 했다. 아이는 잡고 있던 내 손을 풀더니 앞으로 달려 나갔고 종달새처럼 깔깔거리며 웃었다. 나는 아이를 쫓아갔다. 아이가 한 손에 접시를 들고(접시에는 뜨거운 음식이 가득 쌓여 있었다) 다른 한 손에는 뜨거운 음료를 들고 있던 남자와 부딪치기 직전, 아이를 막아 재빨리 품에 안았다. 뒤이어 팬케이크를 접시에 담아 가져왔다. 뜨거운 김이 올라오는 팬케이크 위에 꿀을 뿌리고(이제는 달콤한 디저트를 가져다 바쳐야 할 때였다), 수박 세 조각을 담은 뒤 아이의 손을 끌고 자리로 돌아왔다. 그제야 아이가 맨발이라는 사실을 깨달았다.

자리로 돌아오자마자 아이는 유연하게 소파를 타고 내려갔고, 나는 그런 아이를 안아 올린 다음 양말과 신발을 신겨 주었다. 아이는 몸을 비틀며 저항했고, 테이블 밑으로 들어가려고 고집을 부렸다. 그곳이 마치 침범해서는 안 되는 본인의 비밀 기지라도 되는 것 같았다. 나는 꿀을 뿌린 팬케이크를 조각조각 잘라서 쭈그리고 앉아 아이에게 먹였다. 아이는 고개를 내저으며 저항했지만, 나는 팬케이크를 아이 입에 강제로 욱여넣었다. 아이는 몇 번 씹다 말고 그냥 삼켜 버렸다. 그렇게 네댓 조각을 먹더니 더는 먹지 않았고, 오로지 젓가락으로 플라스틱 그릇을 찌르는 데만 집중했다.

나는 계속해서 다 식어 빠진 남은 죽 반 그릇을 먹었고, 뒤이어 아이가 남긴 모든 음식을 사료 먹어 치우듯 먹어 치울 준비를 했다. 그때 아이가 테이블 아래서 고개를 쏙 내밀며 안아서 소파에 앉혀 달라고 했다. 나는 아이를 품에 안아 들고 소파에 앉아 계속 아침을 먹었다. 접시의 음식들은 걸쭉하고 끈적한 덩어리가 되어 있었고, 테이블과 소파는 난장판이었다. 거기에 더러운 휴지와 이리저리 흩어진 젓가락, 포크까지. 나는 옆 테이블에서 식사하는 사람들을 바라보았다. 여자들은 우아하게 오렌지 주스를 홀짝거렸고 남자 역시 훈련이라도 받은 사람처럼 접시 위 고기를 능숙하게 썰고 있었다. 접시 위의 음식과 컵 속의 음료는 모두 있어야 할 곳에 있었고, 테이블에 흩뿌려진 주스 흔적은 보이지 않았으며, 사방 곳곳에 설탕 가루와 빵 부스러기가 묻어 있지도 않았다. 순간 아이가 갑자기 내게 와락 안겨 들었다. 아이 입술에 묻어 있던 꿀과 빵 부스러기가 남김없이 내 짙은 색 스웨터에(아이를 기르게 된 뒤부터는 가급적 짙은 색 옷을 입는다) 엉겨 붙었다. 알고 보니 왼쪽 옆자리에 건장한 남자가 다가오자 본능적으로 두려움을 느낀 아이가 나를 안아 버린 거였다.

　나는 마지막 수박 한 조각을 아이에게 주었고, 새 냅킨을 목에 받쳐 준 다음(턱받이는 불쌍한 콧물 덩어리처럼 바닥에 내던져진 지 오래였다), 물티슈로 손을 닦아 주었다. 웬일인지 아이가 수박을 들고 먹으려고 했다. 그 사이 수박 조각과 참외를 블루베리 요거트에 넣고 섞어 제대로 맛을 즐겨 보려는 참인데, 발이 좀 축축한 느낌이 났다. 알고 보니 아이가 수박 반 조각을 내 발 위로 던져 버린 거였다. 언제 그랬는지 가슴팍에 받쳐 주었던 냅킨은 이미 던져 버린 뒤였고, 달콤한 수박즙이 아이 옷 앞자락을 아주 축축하게 적셔 벌건 자국을 남긴 참이었다. 이 와중에도 아이는 조금도 쉬는 법 없이, 까치발을 들고 후추통과 소금통을 건드렸다. 아이 손에서 통들을 뺏다가 테이블 한가득 후추와 소금을 쏟고 말았다. 그 틈을 타 아이의 빈손은 얕은 접시에 얌전히 잘 놓여 있던 설탕 스틱을 찾아냈고, 순식간에 설탕 스틱을 하나하나 뽑아 내던졌다. 옆에 있던 건장한 남성이 아이를 흘끗 바라보자 아이는 즉시 설탕 스틱을 팽개치고 나를 끌어안았고, 또다시 손에 묻어 있던 수박즙을 아낌없이 내 스웨터에 나누어 주었다. 나는 아이의 손을 닦아 주었다.

　나는 떠나야 했다(엄마가 된 뒤 우아한 기품 따위 미련도 없이 나를 떠나 버린 것처럼). 블루베리 수박 요거트를 대충대충 입에 쑤셔 넣은 뒤 떠나야 했다. 아마도 곧 아이에 의해 깨질, 하지만 그래도 아직은 온전하고 완벽하게 놓여 있는 접시와 유리컵으로부터 떠나야 했다. 나를 바라보는 동정과 혐오가 뒤섞인 눈빛으로부터 떠나야 했다. 떠나야 했다. 한편으로는 대변을 봤을 게 분명한 아이의 몸에서 냄새가 났기에, 또 한편으로는 이대로 더 있다가는 내가 이성을 잃고 고래고래 소리를 지르지 않으리라 보장할 수 없었기에.

　떠나기 전, 아이는 테이블 위에 있던 가늘고 기다란 하얀색 자기 용기를 움켜잡았다. 작은 손으로 호기롭게 그릇을 내던지려는 순간, 내가 "안 돼!"라고 소리치기 직전, 아이의 머리와 손은 온통 우유 범벅이 되고 말았다. 이미 궁지에 몰릴 대로 몰린 엄마와 옆에서 복잡한 표정을 지은 채 이 상황을 지켜보고 있는 사람들에게 가장 화려한 엔딩을, 가장 사람의 마음을 뒤흔드는 엔딩을 선사하겠다는 듯이. 그렇다. 아이는 언제나 날 깜짝 놀라게 한다. 하지만 보통 기쁨 섞인 놀라움은 아니다. 아마 손님이 커피를 마시다가 다시 계산대로 가지 않아도 언제든 즉석에서 바로 우유를 추가할 수 있도록, 식당 매니저는 센스를 발휘해 각 테이블마다 우유를 준비해 두었을 것이다. 하지만 그들은 이 작은 잔에 담긴 우유가 이런 식으로 사용될 줄은 아마 생각도 하지 못했으리라. 나도 테이블 위에 이런 게 있었는지 몰랐다. 세상은 너무 넓고, 물건은 너무 많다. 눈앞에 보이는 이런저런 무해한 물건들이 언제 어떻게 엄마를 미치게 하는, 하지만 아이에게는 흥분을 선사하는 장난감으로 변신하게 되는지 당신은 모를 것이다. 이 시각, 딸아이는 머리칼에서 똑똑 떨어지는 우유를 핥고 있었다. 분명히 꿀맛이었을 것이다. 아이가 웃었다.

　나는 냅킨으로 아이의 얼굴과 테이블에 쏟아진 우유를 닦고 (냅킨을 이미 다섯 장째 낭비한 참이었거늘), 설탕 스틱을 하나하나 접시에 가져다 놓았다. 바닥 여기저기 떨어진 냅킨, 나이프와 포크, 젓가락과 음식은 정리할 틈도 없었다. 지금 우리 모녀의 손에서는 온통 단내가 났고 온몸은 찐득찐득 끈적거렸다. 옆 테이블 손님들이 주의 깊게 살펴보는 가운데, 나는 배낭을 움켜쥐고 가슴팍이 수박즙과 우유로 온통 젖어 버린 아이를 안고(온몸에 꿀이 묻어 있었지만 나는 전혀 섹시하지 않았다), 고개 한 번 돌리지 않은 채 엘리베이터로 성큼성큼 걸어갔다. 아이는 웃는 얼굴로 옆에 있던 낯선 사람 한 명 한 명에게 인사를 건넸다. 바이바이.

방으로 돌아와 한숨을 돌렸다. 일단 아이와 내 손부터 씻고 외투를 벗었다. 신발을 벗으려다가 그제야 아이 신발 한 짝을 식당에 두고 왔다는 사실을 깨달았다.

오전 독서, 10:00~13:30

책상에 앉기 전, 책을 좀 읽고 글도 좀 쓰기로 했다. 하드 디스크에는 미처 완성하지 못한 수많은 글감이 기다리고 있었다. 기나긴 우기(雨期)처럼, 똑똑똑똑 두 달 연속 내리는 근심 어린 비처럼 오랫동안 쓰고 있던 논문이, 그리고 비와 이슬이 촉촉하게 적셔 주기를 고대하고 있던 황폐한 일상 풍경에 관한 글들이 기다리고 있었다. 나는 결심했다. 내 뜻대로 완강하게 나가지 않으면 안 되겠다 싶었다. 딸아이가 어떤 재주를 부려도, 아무리 제멋대로 울고불고 난리를 쳐도, 나 또한 이기적으로 내 책을 읽고 내 원고를 써야 했다. 더는 마음 약해져서는 안 된다고, 안 그랬다가는 늦은 밤에 또다시 뭐 하나 한 게 없다는 초조감과 공허함에 무너져 내리고 말 터였다. 하루하루가 똑같이 흘러갔다.

오늘 나는 롤랑 바르트의『밝은 방』을 읽었다. 롤랑 바르트는 구스타프 야누흐가 프란츠 카프카에 관해 한 말을 인용한다. 야누흐가 말한다. "시각은 이미지에 선행하는 조건이다." 그러자 카프카는 오히려 웃으며 말한다. "사람들이 사물을 사진으로 찍는 것은 그 사물을 정신에서 몰아내기 위해서이다. 나의 이야기들은 눈을 감는 하나의 방식이다." 바르트는 이를 '한 장의 사진을 제대로 보려면 고개를 들고 눈을 감아야 한다'는 뜻으로 해석한다. 바르트는 계속 설명한다. 이미지가 정적(靜寂) 속에서 말을 하도록 눈을 감으라고. 이 얼마나 전율을 불러일으키는 말인가. '나의 이야기는 눈을 감는 하나의 방식이다.' 나도 모르게 눈을 감고 카프카의 이 말을 반복해서 음미했다. 그러자 바르트가 말했다. 사진은 응당 고요해야 한다고. 그래서 눈을 감은 이 시간, 선의의 어둠이 충분히 스며들어 가리고 덮어 버린 이 시각, 나는 카프카와 롤랑 바르트의 시적인 언어가 내 몸으로 들어오게 했다. 거장은 이미 죽음에 이르렀으나, 그들이 말한 바 있지 않은가. 써 내려간 글은 영원히 몸속의 주름 하나하나로 흘러들어, 나를 그릇으로 삼아 환한 대낮 같고 저주와도 같은, 어두운 밤 같고 화염과도 같은 언어로 채워진다고. 나는 이렇듯 충만해지는, 가득 채워지는 느낌이 좋았다.

그러다가 눈을 떴다. 딸아이 역시 롤랑 바르트의 신도인 양 바르트가 말한 '푼크툼(punctum)'을 몸으로 힘껏 보여 주고 있었다. 아이는 한 손으로 변기 솔을 들고 다른 한 손으로는 변기 솔이 들어 있던 통을 든 채 천진하게, 온 마음을 집중해서 거실 마룻바닥을 가로로 지나갔다. 만일 사진으로 찍었다면, 보는 사람 눈에는 한 살 반짜리 여자아이가 이동하는, 잇달아 물방울을 떨어뜨리는 푼크툼(바르트의 말에 따르면 푼크툼이란 나를 찔러 고통스럽게 하는 것이다)을 들고 빠른 리듬으로 겨우 그날 아침 깨끗하게 청소한 마룻바닥을 지나가는 모습으로 보였을 것이다. 나는 즉시 바르트와 카프카와 그들의 지혜로운 언어를 내던져 버렸다. 하지만 이미 너무 늦었다. 물방울은 변기 솔에서 똑똑 떨어져 딸아이가 걸어간 궤적을 기록으로 남겼고 변기 솔통 안의 물 역시 딸아이의 흔들리는 몸놀림을 따라 경쾌하게 흩뿌려져 나갔다. 물은 침실, 그리고 거실의 거의 절반 정도 공간에 튀어 있었다.

변기 솔과 변기 솔 보관함을 빼앗았다. 머릿속으로는 재빨리 이어서 처리해야 할 일들의 순서를 정리했다. 우선 아이 손부터 씻겨야 했다. 안 그랬다가는 아이가 곧 손을 입에 넣고 빨아 버릴 테니까. 그다음에는 바닥의 물을 처리해야 했다. 내가 대걸레를 가지러 베란다로 가는 사이, 아이에게는 양말을 신은 발로 실내의 자그마한 물웅덩이를 밟을 충분한 시간이 주어졌다. 아이와 마주 보고 섰을 때, 아이는 두 손으로 반복해서 물장난을 치고 있었고, 그 바람에 긴팔 소맷부리가 또 다 젖고 말았다. 대걸레를 내려놓은 다음, 아이를 안고 방으로 들어가서 젖은 양말과 윗도리를 벗기다가 그제야 바지통도 일부 젖었다는 걸 알게 되었다. 어떻게 자그마한 물방울에 온몸이 다 젖을 수 있을까, 생각하면서 머리부터 발끝까지 아이 옷을 전부 갈아입힌 뒤 종종걸음으로 거실로 돌아갔는데, 그제야 진상이 백일하에 드러났다. 알고 보니 SY가 물을 다 마신 뒤 그 머그잔을 대충 키 낮은 탁자 위 손 닿는 곳에 두었는데, 딸아이가 작은 손으로 그걸 받쳐 들고 지나가다가 본인의 오리 장난감과 곰 인형에 보시(布施)한 것이었다. 그리고 또 아, 친애하는 바르트 선생께서 촬영에 대해 하신 말씀이 제대로 빛을 발했다. 아이가 평등심으로 곳곳에 골고루 베푼 사랑이 푼크툼이 되어 번뜩였으니.

인내심을 발휘해 가며 난장판을 정리하고 나니, 깨끗한 옷으로 갈아입은 딸아이가 미소를 지으며 다 마른 마룻바닥에 얌전히 앉아 본인의 그림책을 펼치고 있었다. 책에는 귀여운 강아지, 고양이, 아기가 나왔고, 아이가 배우기 시작한 '달리다', '튀어 오르다' 등의 단어가 나왔다. 물론 사과, 꽃, 해님도 나왔고, 음…… 물도 나왔다. 아이가 책을 펼친 채 옹알거렸다. 그건 시인의 언어, 번역할 수 없는 그런 언어였다.

지금 딸아이는 아주 얌전해 보인다. 다만 5분이라도 좋다. 내게는 그 5분이 글 한 단락을 읽기에 충분한 시간이니. 바르트가 말했다. "나는 사진 앞에서 꿈결에 있을 때와 같은 노력을 쏟아붓는다. 모두 시시포스와 같은 고된 작업이다. 본질을 향해 올라갔다가, 자세히 응시하지도 못하고 다시 내려와 또다시 시작한다." 촬영을 논한 글이지만, 내게는 오히려 하루 또 하루 거대한 돌을 위로 끌어 올리는 시시포스의 그림자가 인상적으로 다가왔다. 도대체 무엇이 그가 이 고단한 헛수고를 반복하게 했을까? 바르트는 어째서 사진을 마주하는 일과 영원히 끝나지 않을 고된 노동을 연결 지었을까?

책을 보다 고개를 드니, 딸아이는 보이지 않았고 그림책은 바닥에 널브러져 있었다. 키보드 두드리는 소리가 맑고 우렁차게 울려 퍼졌다. 아이는 이미 노트북을 켜 놓고 번개 같은 속도로 키보드를 한바탕 마구 두드린 참이었다. 이미 문서 이름 바꾸기(예를 들면 mmbb 등으로), 내 친구에게 깨진 문자로 메시지 보내기, 컴퓨터 바탕화면 위아래 뒤집어 놓기 등등의 사건들이 일어난 바 있었다. 한참 씨름을 벌인 끝에 원래 설정으로 바꿔 놓고 비밀번호를 걸어 둔 뒤에야, 아이는 쉽게 로그인을 할 수 없게 되었다. 나는 노트북을 덮었다. 아이는 순식간에 내 휴대폰을 꺼내더니 휴대폰에 대고 옹알옹알 떠들어 댔다. 일전에 정말

노 전화를 두 통 건 적도 있었다. 그중 한 통은 남편의 사촌 여동생에게 건 거였는데, 사촌 여동생은 딸아이가 제법 그럴듯하게 종알종알 떠드는 소리를 듣고도 기분 좋게 바이바이 인사까지 해 주고 전화를 끊었더랬다. 또 다른 한 통은 내 동료에게 건 거였다. 전화가 연결되고 나서 1분이 지난 뒤에야 알아채는 바람에, 다급히 전화를 끊은 뒤 미안하다고 문자 메시지를 보냈다. 휴대폰을 뺏어 충전을 하러 갔지만, 아이가 바닥에 수도 없이 떨어뜨린 탓에 충전이 잘 되지 않았고, 여러 각도로 시도한 끝에야 겨우 충전을 할 수 있었다. 뒤이어 아이는 내 필통을 뒤집어 지퍼를 열었고, USB 메모리를 바닥으로 팽개쳤으며, 모든 펜을 바닥으로 던지고는 본인이 가장 좋아하는 빨간 색연필을 골랐다. 아이가 지퍼 여는 법을 배운 뒤로 내 펜은 대부분 잉크가 다 말라붙어서 더는 선명하게 글자를 쓸 수 없었다. 보이지 않던 USB 메모리 뚜껑은 이틀 뒤에야 침대 바닥에서 찾아냈다.

이 순간 내게는 (둘 다 훌륭하다고는 할 수 없는) 두 가지 선택지가 있었다. 아이에게서 즉시 색연필을 빼앗아 아이가 울고 싶은 대로 마음껏 울도록 내버려 둠으로써 내 독서까지 중단되게 할 수 있었다. 물론 아이가 색칠을 할 수 있도록 파지 몇 장을 꺼내줌으로써 아이가 잠시나마 조용해지게, 그리하여 나도 5분 동안 책을 계속 읽을 수 있게 할 수도 있었고. 나는 후자를 택했다. 하지만 아이가 색연필로 벽에 낙서할 위험을 감수해야만 했다. 엄마의 난제는, 엄마에게 가장 뒤탈이 없는 선택지란 영원히 존재하지 않는다는 것이다. 애초에 아이를 직접 돌보기로 한 경우라면.

이어서 바르트는 촬영의 폭력이란 결코 사진이 폭력을 드러내 보여 줄 수 있다는 의미만이 아니라 사진이 보는 사람의 시야를 반복적이면서도 강제적으로 가득 채우고 시선을 돌릴 수 없게 한다는 의미라는 데까지 나아간다. 바르트는 계속해서, 사람들이 폭력과 아름다움이 서로 저촉되지 않는다고 생각할 수도 있으나, 누군가는 설탕이 아주 달콤하다고 느끼는 반면 본인은 설탕이 너무나 폭력적으로 느껴진다고 말한다. 설탕이 폭력적이라는 묘사가 놀랍기는 했지만 마음에 들었다. 인간에게 지방(脂肪)을 주고 위안도 주는 설탕을 폭력적이라고 묘사한 경우는 한 번도 들어 본 적이 없었기 때문이다. 하지만 과한 당도 그 자체에 폭력의 가능성이 내재해 있을지도 모른다는 생각이 들기 시작했다. 노골적으로, 꾸밈이라고는 첨가하지 않은 천진한 형식으로 감각기관이 그 압도적인 당도에 무릎을 꿇도록 협박당하고, 혀와 의지가 깊이를 가늠할 수 없을 정도의 당도에 학대당하면 우리는 숨 쉴 여지조차 없게 된다. 그냥 기꺼이 현기증과 탐닉의 혼란에 영합할 수밖에. 설탕과 폭력, 음미해 볼 만한 가치가 있는 묘사이다. 또 정신을 딴 데 팔고 말았다. 분명히 촬영에 관한 글을 읽고 있었으면서, 내내 설탕이나 생각하고 있었다니.

하지만 시시때때로 딸아이의 움직임을 살필 수 있다는 점에서는 한눈을 팔 필요도 있다. 아이는 색연필을 가지고 가서 벽에 그림을 그리지 않는 대신 마룻바닥에 그림을 그렸다. 뒤이어의자 등받이에 걸쳐진 내 연한 색 윗도리를 잡아당기더니 그위에 인상파 화가로서의 면모를 남김없이 드러냈고, 옆에 있던은색 컴퓨터 케이스에도 빨간색 자국을 남겼다. 내가 빠른 걸음으로 아이에게 다가가자 아이는 색연필을 내던지고는 신이 나서 소리를 질러 대며 앞으로 뛰어갔다. 술래잡기 놀이라도 하는줄 알았던 모양이다. 본인이 여기저기 마구 내던진 그림책과 카드에 걸려서 넘어졌지만 울지 않고 일어나서 계속 뛰어다녔다. 이어서 아이는 세탁물 바구니에서 더러운 옷을 한 벌, 두 벌, 세벌 재빨리 끄집어냈고 나는 뒤에서 한 벌, 두 벌, 세 벌 주워 담았다. 아이가 서재로 뛰어 들어가서 책장 맨 아래층을 다 헤집는 바람에 책과 서류가 사방으로 쏟아지고 말았다. 나는 계속아이 뒤를 쫓았고, 아이는 웃음을 터뜨렸다. 손에서는 열쇠 꾸러미가 흔들리고 있었는데 이것이 은방울 같은 웃음소리와 함께 흥겨운 리듬으로 뒤엉키면서, 아까 사방으로 흩뿌려진 물방울처럼 아이가 지나간 길이 그려졌다.

드디어 아이를 따라잡았다. 그 순간 아이는 밝게 웃으며, 가지런한 윗니를 드러냈다. 그건 끝끝내 화를 낼 수 없게 하는 얼굴이었다. 특히 지금처럼 이렇게 달콤하게 웃을 때는 더 그랬다. 아이가 손가락을 빨기 시작했다. 대낮의 휴식 시간이 찾아온 것이다. 나는 아이를 안고 침대로 가서 양말을 벗기고 이불을 덮어 주었다. 아이는 계속 웃어 댔고 일부러 이불을 걷어찼다. 내가 덮어 주면 아이는 발로 걷어차고, 덮어 주면 차고. 아이는 본인이 내던지면 내가 줍는 이런 놀이에 지치는 법이 없다.

　오후 한 시가 되었다. 바르트의 저작은 실내 슬리퍼 옆에 떨어져 있었고, 사방으로 흩어진 잡다한 물건들은 침실에서 서재를 지나 거실까지 이어져 있었다. 소위 보는 행위의 '푼크툼'은 더 이상 존재하지 않았다. 나는 커튼을 치고 바르트의 빛나는 경구와 헤집어지고 끄집어내어진 모든 양말과 윗도리와 바지와 휴지와 변기 솔과 실내 슬리퍼와 신용카드와 색연필과 하얀 종이와 이런저런 모든 것이 어두운 방에 멈추어 있게 했다. 곧이어 나도 침대로 올라가 눈을 감고 잠시 여기저기 어지러이 흩어져 있는 물건들을 내버려 두었다. 나의 이야기는 눈을 감는 하나의 방식이다.

오후 강의 시간, 14:00~17:00

　내가 신발을 신기 이전부터 딸아이는 이미 안절부절 불안해했다. 아이의 눈빛은 나를 바짝 뒤쫓고 있었고, 내가 곧 나갈 거라는 걸 예감하고 있었다. 아이가 내 뒤를 졸졸 따라왔지만, 나는 그 순간 오히려 아이가 밖에 있을 때처럼 여기저기 두리번 거리며 평상시의 그 탈출 본능을 발휘해 주기를 바랐다. 하지만 지금 아이는 나를 뚫어지게 쳐다보고 있다. 아이의 예감은 정확했다. 나는 강의를 하러 가야 한다.

나는 물건을 정리하면서 허리를 낮추고 앉아, 엄마 수업하러 가야 한다고 아이에게 말해 주었다. 육아서에서는 아이가 의사 표현은 하지 못해도 알아들을 수는 있으니 아이에게 말을 해 주어야 한다고 했다. 그래서 그대로 했다. 엄마 수업하러 가야 한다고, 저녁에 돌아올 거라고 아이에게 말했다. 아이는 마음이 급해졌다. 말을 알아듣기는 했지만 어찌할 바를 몰라 했다.

막 문을 나서려는데 열쇠를 깜빡했다는 걸 깨달았다. 늘 두는 곳에 있어야 할 열쇠가 보이지 않아서 잠시 뒤적거렸다. 내 에코백, 아이의 장난감 상자, 책장, 서랍과 침대 매트리스 틈새까지 전부 찾아 봤지만 허사였고, 심지어 나 자신을 비웃으며 냉장고까지 열어 봤지만, 그곳에는 음식물 이외에는 의심할 만한 것이 전혀 없었다. SY에게 물었더니, 컴퓨터 모니터를 보며 모르겠다는 대답을 들려주었다. 딸아이에게도 물었는데, 아이는 당연히 아무것도 몰랐다. 아이가 어젯밤에 열쇠를 갖고 노는 모습을 똑똑히 봤건만. 결국 열쇠를 찾았다. 내 장화 안에서. 찾기를 포기하고 장화를 신었다가 그제야 찾은 거였다. 아이가 움직일 수 있게 된 뒤부터, 세상에 대한 아이의 호기심 탓에 우리는 늘 이곳저곳을 샅샅이 뒤지며 신용카드, 신분증, USB 메모리, 열쇠, 기저귀 발진 연고, 휴대전화, 수저 등을 찾아다녔다. 마지막에 가서 뜻밖의 장소에서 다 찾기는 했지만, 둘 다 각자 신용카드 사용 정지 신고를 한 번씩 했고, 교직원증도 두 번을 바꾼 터였다. 딸아이가 카드의 비닐 막을 떼어 버린 탓이었다.

됐다. 이제 나가야 했다. SY에게 밥 챙겨 먹이고 기저귀 갈아 주고 손 씻겨 주라고, 나 나간 뒤에 잊지 말고 아이를 안아 문 옆에서 떼어 놓으라고 당부해 두었다. 이런저런 잔소리를 하면서 내가 아줌마가 되었다는 사실을 절감했다. 그래도 계속 말했다. SY가 시종일관 컴퓨터 모니터를 보며 알았다고 대꾸하기는 했지만.

결국 무사히 집을 빠져나와 문을 닫았다. 딸아이는 문 뒤에서 큰 소리로 울며 한바탕 흐느꼈다. 나는 두 가지 복잡한 감정에 이끌렸다. 죄책감, 그리고 그럼에도 불구하고 곧 찾아올 자유로 인한 기쁨. 솔직히 말해서 죄책감은 순식간에 사라졌다. 딸아이가 몇 번 울다가 울음을 멈췄으니까. 나는 그제야 발걸음을 내디디며 짧디짧은 자유를 맞이하기 시작했다. 강의는 예전에 여행이 내게 선사해 주었던 것을 준다. 정확히 말하면 나 홀로 하는 이 짧은 외출은 나를 엄마와 아내에서 다시 한 여성으로 되돌려 놓는다. 에코백에는 기저귀도 물티슈도 아이 물병도 젖병과 분유, 아기 과자도 없이 오직 '책'(이 위에 중요 표시 해 주시길)과 필통, 그리고 내 텀블러뿐이다. 이 사실만으로도 걸음에 힘이 붙는다. 엘리베이터 안에서 거울을 보고 미소 지으며, 내 얼굴이 어떻게 또 엄마에서 여성으로 되돌아왔는지 살펴본다.

아마 이게 내가 계속 일을 하는 이유일 것이다. 탄력적인 업무 시간은 내가 잠시나마 엄마와 아내의 역할에서 벗어나 다른 사람을 만나고, 다른 사람의 다 큰 아이들을 만나게 해 준다. 물론 이것이 내게 또 다른 책임을 부여하지만, 선생님이라는 정체성은 엄마라는 막중하고 잡다한 역할과는 다른 내 능력을 발휘할 또 다른 차원의 공간을 부여한다. 종종 그릇에 따라 다른 모습의 나를 담는 거라는 상상을 해 보곤 한다. 영리한 토끼는 도망칠 굴을 셋은 파 두는 법. 나는 도피하기도 하고 균형을 유지하기도 하면서 수시로 다른 그릇에서 또 다른 그릇으로 모드를 전환한다. 그러지 않았다가는 어느 날 내가 윗옷을 몽땅 다 벗어 던지고 베란다로 나가 비명을 지르지 않으리라 장담할 수 없기에.

그중에서도 엄마로서의 몸과 정체성은 가장 깊이를 헤아리기 힘든 그릇이다. 엄마는 물론 그릇이다. 임신하는 순간부터 시시각각 또 다른 몸을 담게 된다. 이 새로운 몸에 차차 '나'의 윤곽, 감각과 지각, 순환 시스템이 생긴다. 아이가 엄마의 몸에서 나가고 난 뒤에도 엄마는 여전히 그릇이다. 처음에는 따뜻한 우유를 갖다 바치고 이어서 품에 안고 보듬는다. 이 그릇은 영원히 구체적인 물질과 추상적인 감정을 제공해야만 하고, 영원히 내어 주어야 하며(물론 대부분의 엄마가 기꺼이 그렇게 하지만), 끊임없이 내어 준다. 엄마는 자기가 굶주리는 건 참을 수 있을지언정 아이가 배고파하는 건 용납하지 못한다. 자기 옷 챙기는 건 늘 잊어도 아이 이불 덮어 주는 건 절대 잊지 않는다. 정말이지 엄마는 내가 해 본 일 가운데 몸과 마음을 가장 소모하는, 가장 힘들고 고된 임무를 수행하는 존재이다.

잠자기 전, 20:00~21:00

잠자기 전 딸아이가 서랍을 뒤져 작은 주머니에 들어 있던 자물쇠 한 개와 면으로 짠 팔찌를 하나 꺼냈다. 자물쇠는 여러 해 전 인도와 네팔로 여행을 떠났을 때 문 잠그는 용도로 썼던 것인데, 자기 자물쇠를 가지고 다녀야 그나마 좀 든든한 느낌이 든다고 말해 준 사람이 있었다. 이 자물쇠로 도둑은 물론, 마음에 들지 않는 남자, 그리고 오염된 공기까지, 이 전부를 다 밖으로 몰아 내고 잠글 수 있다면서. 면으로 짠 팔찌는 신혼여행 때 샌프란시스코에서 산 것으로, 겉에 나와 SY의 영문 이름이 수놓여 있는데 아직도 그날 풍경이 기억난다. 나는 노점상에게 녹색과 옅은 노란색 실을 골라 주며 이걸로 짜 달라고 했다. 하늘가가 오렌지색 석양으로 물든, 아직은 우리 둘 얼굴에 핑크빛 연애 기류가 감돌던 그런 때였다. 이제 단순한 형태의 번호형 자물쇠는 이미 먹통이 된 지 오래다. 내가 배낭 메고 여행을 떠나지 못한 게 얼마나 오래되었는지는 하늘이 다 아는 일이니. 면으로 짠 팔찌는 오래전에 색이 바래 버렸고, 언제부터인지는 모르지만 차고 다니지 않은 지도 한참 됐다. 결혼반지도 그렇고. 아이를 돌보려면 액세서리는 빼는 게 최선이다. 내 오만불손했던 청춘을 모두 봉인해 버린 과거 어느 시점의 상징물이 이제는 딸아이가 손 끝에 놓고 가지고 노는 장난감이 되어 쓸쓸한 빛깔을 발산하고 있었다.

딸아이는 자물쇠와 팔찌를 바닥에 던져 놓고 손가락을 빨기 시작했다. 졸린 거다. 지금은 싱글 시절을 추억하고 있을 때가 아니라 일어나서 분유를 타야 할 때다. 나를 따라 부엌으로 온 딸아이는 오자마자 바닥에 넘어지고 말았다. 두 눈에 초점이라고는 없이 계속 손가락을 빨았다. 아이가 분유를 다 먹은 뒤, 잠옷을 입혔다. 이를 닦아 주고 몸을 씻긴 뒤, 그 자그마한 몸을 잠옷 가운으로 감쌌다. 나는 드디어 제대로 책을 읽을 수 있게 되었다는 기쁨을 할 수 있는 한 억누르면서 엄마의 책임을 다해 아이를 재우고는 방에서 나갈 준비를 했다. 아이가 칭얼거렸다. 아직은 엄마가 필요해 보이니 침대로 올라가 곁에 있어 줄 수밖에. 아이의 가늘고 보드라운 머리칼을, 매끄러운 살갗을 쓰다듬어 주었다. 아이는 계속 손가락을 빨았고, 등을 돌린 채 아무 소리도 내지 않았다. 잠이 들었구나 싶었다. 그래서 침대에서 몰래 내려와 부엌으로 가서 물을 마셨다. 그런데 몇 분 뒤, 아이가 담요를 끌고 부엌으로 걸어 들어왔다. 눈빛으로, 엄마 거짓말쟁이, 엄마 안 잤잖아, 이런 사인을 보내면서. 그래서 또다시 아이 손을 잡고 침대로 돌아갔다.

따스한 이불 속에서 아이 얼굴에 내 얼굴을 가까이 마주 대니 아이가 웃었다. 가늘게 뜬 실눈, 찡그린 작은 코, 옹골찬 이마, 앙증맞은 입술이 천사처럼, 신의 은총처럼 특별했다. 나도 모르게 아이에게 입을 맞추었다. 낮에 나를 걱정에 빠뜨리고 분노하게 했던, 비명을 내지르게 했던 모든 것이 기적 같은 아이의 얼굴 속에서 가만히 멈춰 섰다. 그리고 내가 하고 싶은 101가지 일들도 딸아이의 자그마한 주먹 속에서 부서져 먼지가 되었다. 지금 이 순간 나를 이 티 없는 여자아이에게서 떼어 낼 수 있는 건 아무것도 없다. 수정해야 할 글과 보내야 할 원고, 회신해 줘야 할 이메일, 첨삭해 줘야 할 학생들 과제, 설거지해야 할 그릇과 접시와 젖병, 이런저런 것들을 밀쳐놓고, 나는 이토록 기꺼이 아이를 안고 잠든다. 내일 아침, 또다시 시시포스가 거대한 돌을 밀어 올리듯, 엄마의 일을 반복해야 한다고 할지라도.

나도 모르게 아이에게 입을 맞추었다.

남루한 시간 속에서
나는 계속 글을 써 내려가네

　글 쓰는 사람들이 커피숍에서 글 쓰는 이야기를 하면, 혹은 그런 모습을 보면, 나는 부러움을 금치 못한다. 커피숍의 조명, 옆 테이블에서 들리는 나지막한 말 혹은 시끌벅적한 소리, 눈앞을 흘러가는 풍경, 이 모든 게 다 글 쓰는 사람에게는 글감이 된다. 설사 그렇게 진지하게 몰두해서 글을 쓰지 않는다고 해도 그 유유자적한 분위기, 여유로운 혹은 풀어진 기분부터가 이미 글을 쓰는 데 필요한 것들인 것만 같다.

　하지만 나는 그런 운명이 아닌 모양이다. 글을 쓰기 시작한 이래 나는 늘 조명도 없고 분위기도 없는 곳에서, 끊임없이 방해를 받는 상황에서 글을 써 왔다.

　처음 글을 쓰기 시작할 때는 대부분의 시간을 책상에서, 사실은 아버지가 운영하는 한의원의 계산대에서 보냈다. 아버지가 진료 접수, 전화 응대 등 잡다한 일들을 처리할 사람을 고용하지 않는 바람에, 엄마가 집을 비우고 나도 학교 수업이 없을 때면 내가 접수대 아가씨 역할을 맡았다. 무겁고 둔탁한 목제 책상 뒤쪽에 앉아 있다가 진료받으러 오는 환자가 없을 때는 책을 읽거나 노트북으로 글을 썼다. 환자가 들어오면 하던 일을 내려놓고 의료보험 카드를 확인하고 접수비를 챙기고 수납장에서 차트를 꺼내 아버지에게 건네 드려야 했다. 아버지가 진료를 보면 다시 계속해서 책을 읽고 글을 썼고, 진료를 마친 아버지가 약을 지으면 나는 약봉지에 환자의 이름을 적고 약을 포장할 흰 종이를 일렬로 펼쳐 약 포장을 도왔다. 환자가 떠나면 다시 '앞에서 이어진' 단락으로 가서 글을 읽고 썼다. 이건 물론 환자가 적을 때 상황이었다. 환자가 많아지면, 이 단락에서 저 단락까지 읽고 쓰기까지 40분, 심지어 두 시간이나 걸린 적도 있었다.

생각해 보면 불가사의한데, 내 석박사 논문의 반 이상이 의사와 환자의 말, 한약 냄새, 어린아이 울음소리, 어른들의 문의 사항("키 크는 약은 몇 살이면 먹을 수 있나요?", "팔선과(八仙果)[1]

---

1   여러 약재를 과육에 넣어 만든 것으로 목에 좋다고 알려져 있다.

얼마예요?" 등등), 같은 질문을 반복하는 노인의 말소리("아가씨, 화장실이 어디 있나요?" 따위) 속에서 끊어졌다 이어지기를 반복한 끝에 완성되었다. 그리고 산문집 네 권의 적지 않은 분량 역시 접수를 하고 잡담을 나누고 약을 포장하고 약방문과 약봉지에 내용을 적어 넣고 어린아이를 달래는 틈틈이, 한 글자 한 글자 키보드를 쳐 가며 완성했다.

그래서 그다지 마뜩잖기는 하지만, 나는 책을 읽거나 글을 쓸 때 방해받는 상황에 아주 익숙하다. 예전에 한나절이나 온종일, 시간이 온전히 비어 있지 않으면 글을 못 쓴다는 한 친구의 말을 듣고 무척이나 부러워했던 적이 있다. 나는 온전하게 빈 시간에, 방해받지 않는 공간에서 글을 써 본 적이 거의 없다. 보이는 모든 틈새 시간을 이용하는 건 대략 요 몇 년 사이 단련해서 획득한 기량이다. 이처럼 몸과 마음이 부득이하게 서로 다른 상황과 텍스트 사이를 오가다 보니, 나는 늘 "이 대추는 한 봉지에 100위안이고요." 이렇게 대답한 뒤에, 혹은 웃는 얼굴로 아이 엄마에게 산사(山楂) 사탕을 건네기 전에, "이성과 비이성 이 둘의 상호 소외를 초래하는 단절이 연구의 출발점이 되어야 한다. 바로 이 지점에서 이성이 비이성을 정복하기 때문이다. 즉 비이성이 정신병, 범죄 혹은 질병이 되는 진리를 이성이 강행한다는 것이다."와 같은 번역문을 읽곤 했다.

나중에 부모님댁을 떠나 타이중으로 와서 강단에 서고 정착

해 살게 되면서 더는 임시 접수대 아가씨 역할을 할 필요가 없어졌지만, 두 아이를 낳고 또 둘 다 내가 키우기로 하면서 '온전히 글을 쓰는 시간'과는 더더욱 연이 없어졌다. 글을 쓰려면 강의 진행, 강의 준비, 회의 참석, 아이 돌보기, 바쁜 집안일 등 자질구레한 일들 사이에 틈틈이 조각난 자투리 시간을 1분 1초 모으지 않으면 안 되었다.

엄마라는 정체성 탓에 글쓰기는 더 힘들고 어려워진다. 겨우 허둥지둥 집안일을 해 놓고 빠져나와 책상 앞에 앉아 몇 줄 쓰려고 하면—일단 책상 위에 있는 아이의 크레용을 정리하고, 의심스러운 과자 부스러기와 말라붙은 밥풀을 치워야 한다—보통은 겨우 제목만 임시 저장해 둔 참인데, 부르지도 않았건만 알아서 찾아온 영감(靈感)처럼 아이가 기세등등하게 나타난다. 속으로는 늘 내 머리 위에 올라탄 게 에너지가 끝도 없이 넘쳐흐르는 아이가 아닌 뮤즈이기를 바라지만.

아이가 내 몸을 기어 올라와서 예뻐해 달라고, 안아 달라고, 맘마 달라고, 시간 내서 같이 놀아 달라고 하기 전에, 이 짧디짧은 1분 1초를 이용해, 할 수 있는 한 열의를 유지하면서 아이에게 말을 걸면서 키보드로 몇 글자 두드린다. 아이가 순조롭게 의자를 넘어와 내 뒤에 서면, 작고 고운 그 손이 내 어깨에 닿기 전, 생각의 갈피를 따라 또 몇 글자 두드린다. 아이가 손으로 목을 눌러 숨쉬기가 힘들어지면 저장하거나 행간 조정하기 등 기계적인 작업밖에 할 수 없다. 예전에 논문을 쓰다가 막히면 무의식적으로 저장하기를 클릭하곤 했는데, 그건 사실 잠시 쉬어 가자는 의미였다. 아이가 손으로 내 머리칼을 흐트러뜨리고 귓가에 뜨겁고 축축한 콧김을 불어 넣을 때 내가 할 수 있는 일이라고는 저장하기를 한 번, 또 한 번 반복해서 클릭하는 것뿐이다. 저항한답시고 완강하게 버티다가는 결국 끝에 가서 헛수고가 되어 버린다.

아이가 몸과 마음을 다해 가며 열렬히 방해 공작에 열중하는 상황에서는, 연속으로 세 줄이라도 쓰고 저장이라도 하면 그나마 일이 끝나는 셈이다. 책상에서 떨어져 나온 뒤 자리에서 일어나 아이를 어루만져 주고, 젖과 꿀을, 입맞춤을 선사한다. 서재와 거실에 흩어져 있는 그림책을 주우면서 아이가 즉시 빠져들 수 있는 이야기를, 숲에 들어간 토끼, 굽었지만 쉽게 꺾어지지 않는 의자 나무, 아기 곰을 품에 안은 엄마 곰, 현실이 투사되었지만 그러면서도 또 머나먼 유토피아 같은 온갖 세상의 이야기를 해 준다. 반복해서 몇 번 듣고 나면 아이는 다른 책으로 바꿔 달라고 하거나 다급히 마지막 장으로 책장을 넘겨 버린다. 숲에 결국 평화가 돌아오는지, 원숭이가 친구를 찾게 되는지, 학교 가는 걸 좋아하지 않는 앤디가 드디어 기꺼이 학교에 가게 되는지 보는 거다. 몇 가지 이야기를 하나로 엮어서 해 주다 보면 나도 원래 버전을 잊고, 마지막에 가면 아이 위에서 직조

해 낸 이야기가 별처럼 조각나지만, 이게 새로운 별자리를 만들어 주기도 한다.

여기저기 펼쳐져 있는 책들(결국, 이 한 권 한 권도 다 두 팔 벌려 우리를 안아 주는 하나 또 하나의 세계들이다), 사방에 겹쳐져 있는 그림과 이야기 들을 보고 있으면, 논문을 쓸 때 책상에, 바닥에, 의자에 펼쳐 놓았던 책들이, 인용을 하고 각주를 달기 위해, 참고 문헌을 정리하고 교차해서 비교, 대조하기 위해 펼쳐 놓았던 책들이 떠오른다. 셀 수 없이 많은 신비로운 언어가 가장 광활하고도 가장 사적인 것을, 가장 찬란하고도 가장 심오한 것을 남김없이 털어놓으면, 나는 공손히 옆걸음질로 그 안으로 들어갔고, 그것들은 마침내 텅 빈 문서 파일로 한 데 모여들어 새로운 유역이 되었다.

이렇게 과하게 흐름이 끊기고 심각하게 방해를 받지만, 달리 보면 이렇게 해서 나는 기존 서사의 축을 부수고 다시금 접붙이고 끼워 맞추는 능력을 부여받게 된다.

이야기는 더 이상 고정적인 버전에 갇히지 않는다. 이 페이지는 그저 잠시 열어젖혀진 하나의 문일 뿐이고, 이 플롯 이후에 일어나는 모든 일—아이의 콧바람, 환자의 기침 소리, 아이의 포옹, 환자의 질문, 더 나아가 접수, 전화 응대, 젖 먹이기, 밥하기, 집안일 하기—로 인해 무한한 기회의 운명이 되어 다음 단락에 이르기 전 언제든 변경될 여지가 생기고, 이야기 역시 더 이상 끝날 수 없는 가능성 속에서 끊임없이 증식하고 번식해 나간다.

곰곰이 생각해 보면, 나는 의외로 이렇게 파편화되어 나부끼는 시간에 글이 좀 더 잘 써지고 또 글이 쓰고 싶어지기도 한다. 오히려 잠시나마 시간이 통째로 생겼을 때는(이를테면 쾌적한 나 홀로 여행이라든지) 아무것도 써지지 않았다. 심지어 글자를 쓸 수 있는 종이 한 장, 잉크가 마르지 않은 펜 하나 찾을 수 없었다. 결국 방해받으며 글을 쓰는 게 내 숙명일까. 하지만 이런 반대급부도 있으니 딱히 불평할 것도 없겠다.

다시 책상으로 돌아간
그 여성들처럼

1.

앨리스 먼로는 소설 「일본에 가 닿기를」에서 엄마이자 시인인 그레타의 일상 에피소드를 묘사한다. 그레타는 시를 쓴다. 남편인 피터의 어머니는 이를 알고 있지만, 그레타는 피터와 결혼한 뒤 남편에게 자신을 지칭할 때 '여성 시인'이라는 말을 쓰지 말아 달라고 한다. 그래서 그레타를 나중에 알게 된 사람들은 그레타가 시를 쓴다는 사실을 모르게 되고, 그레타 역시 가급적 이를 숨긴다. 여자가 책 한 권 더 읽고 진지한 화제를 입에 올리는 이런 일들이 다른 사람들로부터 의혹을 살 테고, 남편의 승진에도 영향을 끼칠 수 있을 테니까.

그레타가 보낸 시가 문예지에 게재된 뒤, 잡지 편집자는 그레타를 다른 작가들과의 모임에 초대한다. 모임 전, 그레타는 아이를 돌봐 줄 사람을 찾아 맡겨 놓고, 우아한 검은색 정장 차림에 하이힐을 신고 약속 장소로 떠나지만, 남자 기자 해리스를 제외한 모임 참가자 다수가 그레타를 상대해 주지 않고, 이후 그레타와 해리스는 감정이 있는 것 같기도 또 없는 것 같기도 한 관계를 유지해 나간다. 그 뒤 피터가 출장을 떠나면서 그레타와 딸이 머물 곳이 마땅치 않아지자, 그레타는 딸과 함께 기차를 타고 친구가 있는 토론토에 가서 지내기로 한다.

그레타는 이 기차 여행에서 멋진 배우 그레그를 만나게 되고, 깊이 잠든 딸아이 케이티를 내버려 둔 채 술김에 슬그머니 그레그의 침대칸으로 들어가 그와 성관계를 맺는다. 이내 딸 케이티가 마음에 걸려 정신없이 원래 칸으로 돌아오지만, 딸아이는 보이지 않는다. 순간 그레타는 온몸이 얼어붙는다. "마치 온몸이, 영혼이 텅 비어 버린 것 같았다." 그레타는 온갖 가능성을 가늠하며 극도의 공포 속에서 황급히 아이를 찾아 나서고, 마침내 두 열차 칸을 연결하는 금속 문 사이에서 케이티를 찾아낸다. 알고 보니 케이티는 엄마를 찾아 나선 참이었다. 여전히 놀라움과 공포 속에서 정신을 차리지 못한 그레타는 고열이 오른 사람처럼 떨며 담요로 딸아이를 감싸 안는데, 잠시 버려졌던 케이티는 다가오는 엄마를 경계하며 꺼린다.

그레타는 죄책감에 빠져 과거의 자신을 반성하기 시작한다.

자신이 딸에게 얼마나 소홀했는지 반성하고, 남편 이외의 남자에 빠져 환상을 품었던 일을 반성하며, 심지어 자신이 적지 않은 시간을 일상의 자질구레한 집안일에 써 왔다는 사실까지도 반성한다. 그레타는 급기야 시를 쓰는 행위도 반성한다. 먼로는 여기서 '불충'이라는 단어를 사용한다. 그레타가 남편과 딸아이에게 충실하지 못했음은 물론 자기 인생에도 충실하지 못했다는 것이다. 잠시 버려졌던 딸아이가 혼자 두 열차 칸 사이 통로에 앉아 있던 장면은 죄책감을 강화하는데, 먼로는 이를 '죄'로 묘사한다. "이건 죄다. 그레타는 분명히 정신을 다른 일에 쏟았다. 마음이 온통 다른 데 가 있었고 자기 아이에게는 관심도 쏟지 않았다. 이건 죄다."

딸아이가 혼자 열차 통로에 앉아 있는 화면이 오래도록 시인의 마음을 차지하고 있었던 것처럼, 이 이야기는 내 마음에 지워지지 않는 흔적을 남겼다. 그레타는 엄마와 시인 사이에서 동요한다. 엄마라는 정체성은 쇠사슬처럼 그레타를 옥죈다. 반면 자유와 자신감을 상징하는 시인이라는 정체성은 그레타에게 평범한 생활에서 도망칠 가능성을 부여하는데, 그러면서도 동시에 강렬한 죄책감을 불러일으킨다. '엄마'가 되었다는 의식이 '시인'을 넘어설 때, 그레타는 있는 힘을 다해 시를 쓴다는 '괴벽'을 숨기고 싶어 한다―시를 쓴다는 게 일반인에게는 이해하기 힘든 '괴벽'임이 확실하다. 이는 죄책감을 불러일으키고, 그레타는 심지어 본인이 남편에게, 딸에게, 자기 자신에게 충실하지 못했다고 느낀다.

2.

출산 후 피로와 우울감이 찾아왔다. 늘 '엄마'라는 거죽을 걸친 채 숨 쉬고 걷고 움직이고 있는 느낌이 들었다. 잠을 빼앗긴 탓에 식욕은 완전히 사라졌고 어떤 음식이든 눈앞에 음식이 보이면 구역질이 올라와 토하곤 했다. 하루에 멀건 국물에 말은 국수 한 그릇이면 족했다. 옆에서는 뭐라도 먹어야 한다고, 본인을 위해서가 아니라 아이를 위해서라도 먹어야 한다고 했다. 참기름, 홍봉채(紅鳳菜), 견과류 등 영양가 높은 식품을 먹어야 한다고, 본인을 위해서가 아니라 아이를 위해서라도 먹어야 한다고 했다. 또 침대에 누워서 잘 쉬어야 한다고 했다. 이래야 한다고, 저래야 한다고, 본인을 위해서가 아니라 아이를 위해서라도 그래야 한다고.

사람들의 말은 '나'의 존재에 다시금 질문을 던지게 했다. 나는 누구일까? 어디에 있는 걸까? 나는 오직 아이를 위해서만 존재하는, 젖이나 대 주는 기계인가? 당시 나는 젖이 돌게 해 준다는 수많은 음식물을 죽어라 씹어 댔다. 그렇게 하지 않으면 불충한 엄마가 될 것 같았다. 죄책감에 거듭 시달린 그레타가 그랬듯이. 하지만 내가 진정으로 나 자신을 배신했다고 느꼈던 때는 사실 온 힘을 다해 울어 대는 아기와 육박전을 벌인 늦은 밤이었다. 젖을 먹여도, 기저귀를 갈아 줘도, 아이가 불편해할 만한 모든 불편함을 없애 줘도 딸아이는 쉬지 않고 울어 댔고, 그 소리에 잠이 깬 가족은 늘 다급히 묻곤 했다. "도대체 애가 왜 저래?", "젖 안 준 것 아냐?" 바로 그때, 나는 원래의 '내'가 이미 내 몸에서 이탈했다는 느낌을 받았다. 자유를 갈망하는, 다양한 가능성을 갈망하는 나 자신을 배반했다는 느낌에 깊이 사로잡혔다.

밤낮으로 우는 아이와 마라톤 같은 수유는 그야말로 엄마를 소모했고, 시험에 들게 했다. 체력 고갈은 모성애를 시련에 부딪치게 했다. 어떤 육아서에서는 아이가 우는 시간과 울음소리의 변화를 자세히 관찰하라고, 이걸로 아이가 배가 고픈 건지, 졸린 건지, 속이 더부룩한 건지, 아니면 외부의 자극이 너무 심해 견디기 힘든 건지 판단할 수 있다고 했다. 어떤 때는 모처럼 인내심을 발휘해 일일이 관찰하고 구분해서 판단해 보기도 했지만, 그 울음소리는 대부분 별다를 바 없이 날카로웠고, 다급했으며, 맹렬했고, 사람을 미치게 했다. 또 다른 육아서는 그다지 현명하지는 않지만 나중에 꽤 쓸모 있는 것으로 증명된 방법을 제시해 주었다. '엄마가 귀마개를 끼시라.'

얼굴이 새빨갛게 부풀어 올라 울어 대는, 울다 울다 모여라

눈코입이 된 딸을 바라보고 있으면 흉측한 늙은이를 보는 것
만 같았다. 잠이 부족했던 나는 딸아이에게 소리를 질러 댔다.
울고 싶은 만큼 울어, 이 고통스러운 세상에 강제로 오게 된 것
그 자체부터 대성통곡할 만한 일이니까. 그러고는 욕실로 도망
쳐 변기 위에 앉아 얼굴을 손바닥에 파묻고 나도 모르게 울음
을 터뜨리기 시작했다. 그렇게 하지 않으면 내가 끝도 없이 울
어 대는 딸아이를 창밖으로 던져 버리지 않으리라 장담할 수
없었다.

　당시 나는 걸핏하면 변기 위에 앉아 눈을 감곤 했다. 어떤 때
는 정말 귀마개를 끼고 딸아이의 울음소리로부터 도망쳤다. 그
곳은 내가 엄마라는 직책으로부터 도피해 숨어드는 방공호였
다. 한번은 홍콩에서 열린 학술대회에 참석했는데, 그 자리에서
양자셴(楊佳嫻)이 버지니아 울프의 「자기만의 방」을 끌고 와서,
『붉은 장미 흰 장미』의 등장인물 옌리(煙鸝)가 변비 탓에 툭하
면 화장실에 몇 시간이고 쭈그려 앉아 있는데, 화장실이 공허한
옌리에게 잠시나마 서식처가 되어 준 것이라고 설명했다. 난 변
비로 고생한 적은 없지만 '자기만의 방'을 이 상황에 빗댄 양자
셴의 비유가 정말 적절하다고 생각했다. 과거의 여성에게는 글
을 쓰기 위한 자기만의 방이 필요했지만, 초보 엄마에게는 화장
실이 곧 자기만의 방이었고, 변기는 벙커였다. 하얀 타일에 누
런 때가 붙어 있기는 했지만, 그렇다고 화장실이 일시적인 비밀

기지가 되는 데 방해가 되지는 않았다. 변기에 앉아 타일 위에 떠오른 꽃무늬를 응시하고 있으면, 팽팽하게 경직된 몸의 선이 그제야 조금씩 조금씩 풀어졌다.

가장 좋은 때는 역시나 아이가 깊은 잠에 빠진 대낮이었다. 내가 샤워를 하는 때이기도 했다. 창밖의 하늘빛이 새하얀 눈처럼, 비단처럼 찬란하게 펼쳐져 욕실 사이를 흘러 다녔다. 샤워기 아래서 내 몸을 만져 보았다. 쪼그라들고 늘어진 배, 뱃가죽에 생긴 진한 임신선, 창백하게 꺼져 버린 군살 붙은 육신, 젖을 가득 담은 채 수유를 준비 중인 부풀어 오른 젖가슴, 이 모든 것의 모든 것이 나를 구성하고 있었다. 엄마라는 한 사람, 엄마의 몸, 양육과 청춘을 맞바꾼 몸. 하지만 이게 나일까?

3.

딸아이를 낳고 첫 두 달 동안 매일매일 쓴 기록을 다시 읽어 보았다. 당시 친구가 강력히 추천해 준 육아서를 읽었는데, 그 책은 엄마들에게 가급적 매일 'E(Eat) A(Activity) S(Sleeping) Y(You)'를 기록하라고 권했다. 앞의 세 가지는 아이의 젖 먹기, 활동, 수면 시간을 말하는 것이고, 마지막 항목이 바로 나, 엄마이자 동시에 한 여성인 나에 관한 것으로, 내가 나를 위해 무엇을 했나에 관한 것이었다. 이 육아서의 권위 있는 조언에 따라

나는 아이가 잠자는 시간과 먹는 시간, 기저귀 가는 횟수를, 그리고 더 중요한 나, 엄마가 아닌 한 여성의 활동을 기록하기 시작했다.

내 활동을 기록하는 칸은 쇼핑하기, 애프터눈티 즐기기 등의 문구라고는 없이 독서와 독경으로만 채워졌다. 읽은 책은 대부분 육아 서적이었는데, 아이를 어떻게 길러야 하는지에 관해서는 각자 다양한 방법이 있었고, 그 방법들은 서로 모순되기도 했다. 누군가는 아기는 아기 침대에서 재워야 하며, "방에 뱀이 없는 게 확실하다면" 불을 끄고 방을 나가면 된다고 했다. 이 학파는 아이의 안전감은 안정적인 시간표에서 확립된다는 점을 특별히 강조했고, 여러 사람의 실제 경험에 따라 아기에게 혼자서 잠드는 능력이 있다는 사실이 증명되었다고 주장했다. 하지만 신중하게 주의를 주는 전문가도 있었다. 0세부터 3세까지의 기간이 앞으로 그 사람의 인격 형성을 결정지으며, 엄마와 아이 사이의 친밀한 신체 접촉이야말로 아이가 안전감을 느끼게 해주는 원천이라고 했다.

누군가는 내게 출산을 한 여자는 깨끗하지 못한 진액을 배출하는데 그 탁한 피가 대지를 더럽힌다면서, 『지장경』을 읽으면 죄구를 씻어 낼 수 있다고 했다. 그래서 하루에 『지장경』 한 권 낭송하기가 내 일과가 되었다. 『지장경』에는 지옥이 있는 곳, 지옥의 형상, 산 채로 고통받는 영혼, 어떤 일을 하면 지옥에 떨어지는지 등이 상세히 묘사되어 있었다. 아이가 젖을 다 먹고 나서 모처럼 조용히 쉬고 싶어 하면, 나는 경전을 펼쳐 지옥도가 손끝을 지나다니게, 목소리가 나오는 길을 거쳐 혀끝을 뛰어다니며 뒤흔들리다 허공이 되어 버리게 했다. 경전에서 흘러나온 범패(梵唄)[2]가 나와 잠든 아이를, 가구와 먼지가 쌓인 카펫을, 커튼과 다른 것들 위를 떠다니다가 내 발밑으로 흘러가는 것 같았다. 극도의 피로 탓에 머리는 무겁고 발은 가벼워 땅을 밟지 못하고 허공으로 떠오른 것만 같았다. 경전은 이 모든 것을 흘러 넘어갔다. 모든 것의 모든 것을.

　7월의 작열하는 햇빛이 고요한 작은방으로 재빨리 흘러들었다. 글자로만 쓰여 있었는데도 지옥도의 풍경은 또렷하고 입체적이었으며, 잠시나마 우울과 불안을 잊게 해 주었다. 그렇지 않았으면, 잃어버린 잠, 계속 돌고 도는 울음소리, 고갈된 체력, 이 모두가 영원한 밤의 화염지옥이라고, 고작 이 정도를 지옥이라고 착각했을 것이다. 이글거리는 선명한 지옥도를 그린 『지장경』은 하체의 짙붉은 피와 가슴의 하얀 유방을, 밤낮으로 나를 속박하던 이 둘을 잊게 해 주었다. 더 큰 고난을 떠올리면 이 육신의 포승줄이 잠시나마 풀어질까?

2　석가여래의 공덕을 찬송하는 노래로 절에서 재(齋)를 올릴 때 부른다.

어린 시절, 절에 다녀올 때마다 벽에 걸린 커다란 지옥도 탓에 늘 가위에 눌리던 기억이 떠올랐다. 깡마른 육신, 부풀어 올라 축 처진 배, 화염, 불, 연기, 들끓는 기름 솥, 번쩍이는 고문 기구, 사방에 흩뿌려진 찬란한 피, 선명한 그 화면들에는 마치 소리가 깃들어 있는 듯했다. 칼과 가마의 낭랑한 소리, 물 끓어 넘치는 소리, 내걸린 채 기어오르며 발버둥 치는 쇠약한 육신이 부서지며 내지르는 비명과 신음, 나는 볼 엄두를 내지 못하면서도 몰래 쳐다봤고, 그 앞을 황급히 지나갔음에도 현기증에 눈앞이 아찔해지곤 했다. 생각도 하지 못했다. 엄마가 되고 난 첫 몇 개월, 경전을 읽는 내 목소리가 소환한 지옥도의 풍경에 예전과 같은 두려움을 느끼게 될지언정, 그것이 내게 뜻밖의 큰 위로를 전해 줄 것이라고는. 언제든 무너져 내리는 나의 의지를 단단히 잡아 줄 것이라고는.

4.

엄마가 되면서 글을 쓰기가 어려워졌다. 그러면 그럴수록 나는 더더욱 책을 갈망했고 글쓰기를 갈망했다. 오히려 읽지 않고 쓰지 않는 것이 나 자신에 대한 불충이고 배반이었다.

젊은 시절, 새벽 네 시면 잠에서 깨던 때가 있었다. 잠에서 깨면 책을 읽기 시작했고, 책을 다 읽고 나면 마음껏, 거리가 시끌벅적해지는 여덟아홉 시 무렵까지 마음껏 글을 쓰다가 다시 돌아가 잠을 청했다. 그 시절 얼마나 많은 시간을 사랑과 아름다움과 고통에 낭비했는지. 회오리가 불어닥칠 때마다, 충돌을 겪을 때마다 몸과 마음을 다 쏟아부었고, 고통스럽고도 시원하게 글을 써 내려갔다. 통쾌하게 써 내려갔다.

그로부터 몇 년 뒤 떠난 여행에서 많은 사람의 얼굴을 보았고, 타자의 육신의 경험이 나 자신에 각인되었다. 활력 넘치는 자극적인 체험이 삶에 몰아쳤고, 눈과 귀와 코와 혀와 몸을 한껏 열어젖혔다가 한껏 닫아 버렸다. 아슬아슬 전율이 넘쳤고 놀라우리만치 아름다웠다. 그때는 글을 더 이상 쓸 필요가 없겠다고 생각했다. 적어도 더는 의욕적으로 글을 쓰지 않았다. 어째서 글을 써야 하나? 가장 기이하고 아름다운 것들이, 가장 농익고 가장 놀라운 것들이 이미 육신에 기록되었는데, 날숨과 들숨의 찰나에 깊이 새겨졌는데. 그 뒤로 글쓰기의 가치를 의심하기 시작했다. 당시 나는 먼지와 모래로 뒤덮인 타지의 골목을 홀로 떠돌았다. 몸이 온전하지 않은, 죽음과 악전고투를 벌이는 타자 앞에서, 그들이 펼쳐 내놓은 몸의 기록을 목도했다. 그 안에는 잔혹하지만 견고한 진리가 가득 쓰여 있었다. 등골이 오싹하고, 눈물이 나고, 두려웠던 나는 글쓰기의 의의를 반복해서 되물었고, 스스로 끊임없이 반박했다. 어째서 글을 써야 하나? 무엇을 위해서 이런 것들을 쓰는 거지? 찰나의 잔영이 나를 근심과 슬픈 얼굴과 쇠약하고 파괴된 육신의 현장으로 자꾸만 자꾸만 데려가는 것 같았다. 두려움과 불안 속에 책상을 떠났고, 회오리치는 글과 수사의 곁을 떠났다. 글쓰기를 멈췄고, 심지어 수필도 쓰지 않았다. 나는 정말 글쓰기를 멈췄다. 글을 쓰지 않는다고 딱히 좋지 않을 것도 없다고 생각했다.

그래서 카트만두를 유랑하던 나와 K는 어느 날 와자지껄한 사람들 소리를 피해 작은 일본 식당으로 들어가 차를 마시며 수다를 떨었다. 지루함과 무료함을 느끼던 우리는, 서로의 지갑을 열어 구겨질 대로 구겨진, 부드럽고 연한 (수많은 사람의 땀과 체취를 잔뜩 빨아들였을 게 분명한) 지폐를 한 장 한 장 꺼내어 수를 헤아렸고, 동전을 분류해 쌓았다. 무슨 졸부라도 되는 양 지폐와 동전을 테이블 전체에 그럴싸하게 늘어놓았다. 기억에 남는 건 늘 이런 오후였다. 엇비슷한 오후를 수없이 보냈다. 우리는 온갖 잡다한 이야기를 나누었고 담배를 피웠고 록음악을 들었고 책을 읽었다. 시간이 그야말로 패스트푸드 체인점에서 실컷 마실 수 있는 공짜 음료 같았다. 청춘도 사랑도 마찬가지였다. 우리는 아무것도 개의치 않고, 무한대로 쏟아지는 시간이, 청춘과 사랑이 되는대로 흘러가도록 내버려 두었다. 숱한 낮과 밤이 흘러가도록.

그러나 사치스러운 시간이 정말로 내게서 멀어지자 나는 글을 쓰고 싶어졌다. 남루한 시간 속에서 털끝만큼이라도 기대고 의지하고 귀의할 수 있는 곳을 찾고 싶었다. 글쓰기는 내가 무지몽매하고 잡다한 깊은 바다에서 벗어나도록 도와주었고, 오로지 아이 곁을 맴돌면서 아이에 집중한 채 사는 내가 긴장을 풀게 해 주었으며, 잠시나마 흔히 말하는 '나'를, 나의 가치와 내 존재의 의미를 찾게 해 주었다. 이제 보니 내가 지금도 나 자신에 꽤 연연하고 있었구나. 나 자신을 어떻게 정의해야 할까? '나'는 헝클어진 머리칼에 후줄근하고 지저분한 차림을 한 엄마가 아니었다. '나'는 책상 앞에 앉아 등불 하나에 책 한 권 펼쳐 놓고 텅 빈 종잇장에서 영감을 떠올리기 시작하는, 글 쓰는 사람이어야만 했다.

아이가 잠들면, 나는 얼마 되지도 않는 시간을 두 손으로 받쳐 들고 책상으로 돌아갔다. 이 고요한 혼자만의 시간은 번잡한 생각의 갈피를 정리하는 시간이었고, 내가 주체로 개선(凱旋)하는 시간이었으며, 나 자신에게 충실한, 거울을 손에 쥐고 나 자신을 응시하는 시간이었다. 나는 이 시간을 소중히 여겼다. 헤어나기 힘든 천사 같은 아이의 얼굴을 뒤로 하고, 달콤한 단잠을 단호하게 마다하고, 책상 앞으로 돌아와 숨을 깊이 들이마시며 자판을 두드렸다. 과한 흥분에 사로잡혀 손가락을 덜덜 떨었던 적도 몇 번인가 있었다.

엄마라는 직책을 수행하다 보면 무언가를 읽고 쓸 수 있는 시간을 귀히 여기는 훈련을 하게 된다. 다음에 또 언제 그 시간이 찾아올지 영원히 알 길이 없으니까. 죽음이 재촉하기라도 하듯, 나는 아이가 눈을 뜨기 전에―아이가 눈을 뜬다는 것은 젖 먹이기, 기저귀 갈아 주기, 씻기기 그리고 방대한 집안일의 윤회를 의미한다―책을 펼치고 글자를 써 내려갔다. 이 몇 글자는 거울처럼 나의 이목구비와 표정을, 피로와 낭패감을 되비쳐 주었다. 한 글자 한 글자가 충실하게, 비판하는 법 없이 나의 감정을, 나의 분열과 눈물을 충실히 떠안아 주었다.

5.

그러나 산후조리 기간에 독서와 글쓰기는 금기였다. 신경을 쓰게 되고 눈이 상하고 기운을 소진하니까. 막 엄마가 된 여자에게 필요한 건 '완전한 휴식'이다. 사실 대다수 여성이 간절히 잠을 자고 싶어 하면서도 뜻대로 하지 못한 채, 유령처럼 밤과 낮 사이를 배회한다. 그런데도 모든 육아 수첩이 고전을 끌어오고, 전문가의 발언을 인용해 가며 '완전한 휴식을 취하라'고 조언한다. 이게 모유 수유를 하는 엄마에게 얼마나 어려운 일인가. 거의 어불성설이다. 그래서 난 이런 비현실적인 망상과 거짓말을 건너뛰어 내 마음대로 책을 읽기 시작했다. 어차피 그게 온갖 제약을 받던 내게 겨우 남아 있던 이기심이었다.

당시 나를 위로해 준 책은 샬럿 퍼킨스 길먼의 「누런 벽지」였다. 오랫동안 신경쇠약으로 고통받은 작가가 정신과 의사에게 도움을 청하자 의사는 그녀에게 휴식을 취하고 요양을 하라고, 하루에 두 시간 이상은 머리를 쓰지 않는 게 최선이라면서 아주 엄하고 매섭게 경고했다. "이번 생에는 절대로 다시는 종이와 펜, 화필이나 연필을 들지 마세요." 소설 속 주인공도 아이를 낳은 뒤 글을 쓰면 안 된다는 암시를 받는다. 주인공의 남편 존은 말한다. "그게 나한테도 좋고, 우리 아기한테도 좋아. 물론 당신을 위해서도 좋고. 제발 다시는 당신 머리에 그런 생각을 난입시키지 마." 주인공은 결국 남편을 속여 가면서 글을 쓸 수밖에 없다. 이런 걸 쓰는 게 무슨 의미가 있는지 모르겠으면서도 주인공은 "내 느낌과 생각을 표현할 방법을 찾으려고" 끝까지 버틴다. "그게 고통을 줄일 어떤 방법"이니까.

그랬다. 나는 「누런 벽지」를 읽으면서, 산후 우울증에 시달리는 여성이 어떻게 정신을 집중해 누런 벽지를 응시하는지 지켜봤다. 덩굴째 자라나 흔들리는, 너무나도 매혹적으로 손짓하는 벽지 도안이 위태롭게 바스러지는 여인의 마음속을 기어 다녔다. 친밀하고도 위험하게. 결국 정신이 무너지기 직전까지 간 주인공은 마지막에 가서 기어 다니는 짐승으로 기이하게 변해 버린다. 솔직히 말해서, 1891년의 고통에 시달릴 대로 시달렸던 한 여성이 눈앞에서 맹렬하게 횡포를 부리는 모습을 보는 것이, 2012년 여름 아이를 낳고 온종일 (누런 벽지가 아닌) 하얀 벽면을 마주하고 있었던 내게는 위로로 다가왔다. 지금 이 시공으로부터 멀리 떨어져 있었음에도 불구하고 말이다.

6.

친구들에게 산후조리원에서 논문을 수정한 경험을 이야기할 때마다 다들 무척이나 놀라워한다.

아들 난(楠)을 낳기 전날 밤, 류즈제(劉梓潔)와 지저우옌문학의숲(紀州庵文學森林)에서 『이 몸』[3]에 관한 이야기를 나누고 부모님댁으로 돌아가던 길에, '논문 수정 후 재심사' 통지 메일을 받았던 기억이 난다. 좀 긴장하기는 했지만 출산 예정일이 아직 3주나 남아 있으니 수정할 시간은 충분하다 싶어서, 당시 배 속에 있던 아이에게 이렇게 소곤거렸다. "3주 더 기다려 주렴." 그날 새벽 세 시 반, 잠결에 양수가 터지는 바람에 깜짝 놀라 엄마를 깨우고는 구급차를 타고 휙휙 바람을 가르며 타이중으로 돌아가 아이를 낳았다. 다음 날 산후조리원에서 엄마가 곁에 계시지 않은 틈을 타 얼른 조교와 동료에게 연락해서 학술지와 논문 인쇄를 부탁했고, 도서관에서 책을 빌려 몰래 산후조리원

---

3   저자가 2014년에 출간한 산문집.

에 가져다 달라고 요청했다. 그러고는 서둘러 논문을 수정했다. 단 10분이라도 괜찮았다.

가족들이 문을 두드리면 잠시 기다리라고 크게 외친 뒤, 노트북과 논문, 책을 옷장 아래층 서랍에 휘리릭 넣고 잠시 주변을 정돈했다. 안에 들어온 가족들은 원피스 산후조리복 차림의 여자가 머리를 풀어 헤친 채 침대에 비스듬히 누워 진지하게 몸과 마음의 긴장을 푸는 모습을, 테이블 위에 있는 국을 위장에 잔뜩 쏟아붓고는 아래층으로 젖을 물리러 가려는 여자의 모습을 안심하고 볼 수 있었다. 그때 내가 책이라도 읽었으면 엄마는 아마 놀라서 뒤로 넘어갔을 것이다. 이 일을 페이스북에 올렸더니 역시나 경험자인 여자 후배가 하는 말이, 자기도 산후조리원에서 책을 읽고 논문을 썼는데 엄마가 겁을 주더란다. "그러다가 눈 멀어, 조심해야지!" 엄마의 말에 입에서 이런 말이 튀어나왔다고 했다. "멀어도 써야 해." 정말 장렬하기 그지없다고 말할 수밖에.

젖을 물리고 잠을 자다 깨다 하는 틈틈이 논문을 힘겹게 완성한 다음, 수정한 논문에 대한 설명을 담아 메일을 보내면서 말미에 담담히 덧붙였다. '산후조리원에서 작업을 마친 탓에 그다지 완벽하지는 않습니다.'(이 논문이 이런 이유로 순조롭게 게재된 것인지는 역시나 알 수 없다.)

산후조리원에 있는 동안 죽어라 논문을 고치고 쓴 것이 산후

174

우울증의 원인이 되었는지는 모르겠지만, 산후조리원에서 집으로 돌아간 지 얼마 지나지 않아 나는 불면과 불안, 두려움에 빠져들었다.

그때는 이미 아이를 하나 키우고 있었으니 둘째가 생긴들 절대 문제가 되지 않으리라 착각했다. 나이가 엇비슷한 두 아이를 동시에 키우는 게 정말 사람을 미치게 하는 일이라는 걸 생각하지 못했던 것이다. 한동안 나는 새벽 세 시에 잠에서 깨어 아들에게 젖을 먹이고, 반 시간 뒤 침대로 돌아갔다. 그러다 두 시간도 지나지 않아 딸아이가 잠에서 깰 차례가 되어 깊은 밤 울음을 터뜨리면, 자리에서 일어나 아이를 안고 얼러 주다가 아이와 함께 또 까무룩 잠이 들었다. 잠결에 또 아들이 우는 소리가 들리면, 잠에 취해 게슴츠레한 모습으로 침대에서 내려와 아기 침대에서 아이를 안고 내 침대로 데려가 젖을 먹였다. 수유 안내 책자에서는 옆으로 눕는 자세가 잠을 자면서 젖도 물릴 수 있는, 산모가 충분히 쉴 수 있는 자세라며 권했다. 하지만 사실상 나는 편히 잠을 이룰 수 없었다. 아이가 강력 펌프처럼 젖을 힘껏 빨아 댔고, 그 소리에서 끈질긴 생존 의지가 드러날 정도였기 때문이다. 아이와는 반대로 나는 소모되었고, 잠은 섬처럼 산산이 부서져 결국에는 잠들 도리가 없게 되었다.

깊은 밤, 아이의 규칙적인 콧바람 소리를 듣고 있노라면 무섭기만 했다. 우울감이 목을 짓누르고 가슴 한가운데를 차지한 탓에 편히 숨을 쉴 수 없었다. 아들아이가 깨어날 것만 같았다. 아이는 수시로 잠에서 깼고, 쏟아져 내리는 장맛비처럼 맑고 우렁차게 울음을 터뜨렸다. 나는 귀를 세우고 경청하면서, 신중하고 조심스럽게 내 젖가슴을 받쳐 든 채 아이의 입에 젖을 부었다. (그러면 더는 울지 않을 테니까, 아닌가?) 이렇게 해서 나는 또다시 잠을 자지 못하고 엎치락뒤치락했다.

축축하고 눅눅한 여름을 목전에 두고 있던 어느 날, 밤에 갑자기 거센 비가 쏟아졌다. 다급히 빠른 속도로 내리는 빗방울이 한 뼘 한 뼘의 땅과 모든 사물을 두드렸다. 공원의 미끄럼틀과 그네를, 건강하고 아름다운 황금소나기나무를, 가로등을, 인도를 두드렸다. 이 모든 사물에 미세한 틈이 있다 한들, 그게 진짜 그릇은 아니니 이 맹렬한 비를 담아 낼 수는 없었다. 거침없는 빗방울에 배수로도 역할을 하지 못했고, 바퀴벌레가, 더 많은 바퀴벌레가 솟구쳐 올라왔다가 이내 머리가 물에 잠기거나 물의 흐름에 휩쓸려 발버둥 쳤다. 모든 생과 생의 욕망이 곧 전면적인 위협에 처할 터였다.

비는 마치 경고를 하듯 점점 더 거세졌다. 그 후 번개와 벼락이 쳤다. 미친 듯 불어닥치는 된바람이 창과 커튼을 두드리고 있었다. 어렴풋이 아들의 울음소리가 들렸다. 일어나서 앉으니 겨우 새벽 두 시였다. 손목시계의 시침과 분침이 형광 빛을 발하여 초현실적인 공간을 잘라 냈다. 침대에서 내려와 살펴보니 아이는 곤히 자고 있었다. 나를 제외한 온 집 안이 죄다 잠의 황갈색 안개에 깊이 파묻혀 있었다. 오직 나만 잠들지 못한 채, 광야에 털썩 주저앉은 것처럼 침대 가장자리에 앉아 있었다. 우울감이 모든 것을 빽빽하게 채워 버렸다. 거의 질식할 정도로.

7.

대략 이 무렵부터 심리 상담을 받기 시작했고, 글도 다시 쓰기 시작했다. 나는 우울감 탓에 거의 살아갈 수 없는 지경이었고, 글은 전혀 쓰지 못하고 있었다.

몇 번 이야기를 나누다가 삶의 핵심에 관한 이야기가 나왔을 때, 상담사가 뭔가 생각나기라도 한 듯 내게 확인했다. "지금도 글을 쓰시나요?"

쓰긴 뭘 어떻게 쓴단 말인가. 살 수만 있어도 좋겠다 싶은 마당에.

"시간 내서 글을 써 보세요." 상담사가 권했다.

그 후 알게 되었다. 글쓰기가 나를 살게 한다는 걸. 그렇다. 글쓰기였다.

8.

『리추얼』을 펼치고는 토니 모리슨과 앨리스 먼로 두 여성 작가 부분부터 읽었다. 두 작가의 작품을 좋아해서만이 아니라 이 두 사람 모두 글을 쓰면서 아이를 돌봤기 때문이다.

솔직히 말해서 규칙적으로 글을 쓰는 상황을 유지해 나가는 이 책 속 대부분의 작가보다는, 규칙적으로 글을 쓸 방법이 없었던 토니 모리슨이 내겐 훨씬 더 격려가 되어 주었다. 1970년 대 모리슨은 랜덤하우스의 편집자로 일했을 뿐 아니라 문학 과목을 가르쳤으며, 한 부모 가정의 엄마로 두 아이를 길렀다. 바쁜 일상 속에서 모리슨은 새벽이나 주말에 글을 썼다. 고정적으로 매일 새벽 다섯 시에 일어나 글을 썼고, 운전을 하거나 잔디를 깎을 때 생각을 가다듬었다. 그래서 부럽기 그지없게도 종이만 마주하면 '일필휘지'할 수 있었다. 1950년대의 먼로도 어린 두 아이를 키우는 젊은 엄마였다. 먼로는 큰딸이 학교에 가고 작은딸이 낮잠을 자는 틈을 타 "자기만의 방에 숨어들어 글을 썼다." 여기까지 읽으니 정말이지 공감하지 않을 수 없었다.

내가 책을 읽고 글을 쓰는 시간 역시 두 아이가 모두 잠든 시간이었다. 아마 다 합해 봤자 하루에 한 20분밖에 되지 않을 것이다. 이때가 되어야 겨우 책을 펼칠 기회가 찾아왔고, 나는 새로운 파일을—아기의 티 하나 없는 작고 새하얀 엉덩이처럼 희망으로 가득 찬 파일을—열어 또 하나의 몸으로 들어갔다. 아이는 자고 나는 정신이 맑게 깨어 있는 보기 드문 시간이었다. 사실 내 정신이 정말 맑은 상태인지는 확신할 수는 없었지만, 그래도 두 아이가 동시에 일찍 잠이 들면 정신이 번쩍 들었다. 드디어 가능해진 것이다. 다시 책상으로 돌아가서 책을 읽고 글을 쓸 수 있게, 가장 원시적인 감정의 교류와 소통이 일어날 수 있게 된 것이다. 따스한 등불이 책의 종잇장과 종잇장 사이를, 행과 행 사이를 비추고, 집중하고 있는 내 눈동자와 갈망을 비추었다. 온몸이 김이 자욱하게 올라오는 물 온도가 적당한 욕조에 담긴 듯, 조용히 문짝을 가려 놓고(동시에 시끄럽기 그지없는 온 세상과 고요히 등지고) 아주 작은 방으로 돌아가 조용히 앉은 듯, 날아오르고 내달리며 끝없이 이어지는 흐름을 아주 느리게, 하지만 차례차례 정리하듯, 온종일 노동에 시달린 나는 드디어 팽이처럼 빙빙 돌기를 멈추고 영혼과 마주했다. 나 자신의 슬픔 그리고 고통과 마주하며 고요히 그 얼굴을 응시했다.

아이들이 쌔근쌔근 깊이 잠든 사이, 젖과 꿀이 흐르는 나 혼자만의 시간이 드디어 기적처럼 번득이며 나타나 내 주변을 뒤덮었다. 빛으로 가득한, 마술 같은 시간이었다.

9.

어떤 마술의 시간은 너무 갑작스럽게 찾아온다. 너무 갑작스러워서 미처 손쓸 틈이 없다. SY가 갑자기 딸아이를 데리고 타이베이에 가게 되었는데, 아들은 아직 보모 집에 있었다. 보모가 말했다. "오늘 좀 늦게 오셔도 괜찮아요." 나는 하늘에서 뚝 떨어진 이 자유를 두 손으로 받쳐 들었다. 양어깨가 떨리고 두 다리가 풀려 버렸다.

책과 노트북을 짊어지고 찻집으로 돌진했다. 특대 사이즈의 레몬 재스민차를 주문해 놓고 책을 펼쳤다. 텍스트 속으로 들어가려 했지만, 결국은 순조롭게 들어가지 못했다. 글귀와 눈빛 사이에 뚫고 지나갈 수 없는 안개가 펼쳐 놓은 우산처럼 한 무더기, 또 한 무더기 엉겨 붙어 있었다. 현실이 되어 나타난 이 뜻밖의 시간을 앞에 두고 너무 흥분해서 그랬을 것이다. 이른 새벽, 숲속의 차갑고 서늘한 공기를 견디지 못하듯이. 마침내 몇 줄 읽어 내려가던 찰나, 아이의 얼굴과 목소리가 살그머니 떠오르더니 책 속 이야기를 차지하고 앉아 글자와 글자, 행과 행 사이에 투명한 그물을 가볍게 걸고는, 효과적으로 그리고 성공적으로 내 칭칭 휘감긴 감정을 움켜잡고 말았다.

책을 읽으면 아이가 눈앞에 나타났다. 글을 써도 아이가 눈앞에 나타났다. 지금 울고 있을까? 신이 나 있을까? 자고 있으려나, 아니면 깨어 있으려나? 다른 아이와 장난감을 놓고 다투려나? 또 놀이터의 미끄럼틀을 독차지하고 있을까? 엄마가 곁에 없는 시간을 아이가 다시 한번 성공적으로 극복해 낼 수 있을까?

결국 책은 읽지 못했다. 온갖 즉흥적이고 자의적이고 기괴한 잡생각들과 계획이 조금씩 조금씩 글귀와 눈빛 사이에 걸린 거미줄로 날아들었다. 책은 작은 묘지가 되고 말았다. 나는 한숨을 쉬며, 차가워진 특대 사이즈 음료를, 곧 끝나 버릴 자유를 들이마셔 버렸다.

10.

글을 쓸 수 있는 시간이 소중하다. 층층이 쌓이고 쌓인 잡다한 집안일 사이사이, 틈만 나면 책을 읽고 대충이라도 글을 쓴다. 방해받지 않는 시간이 산뜻하고 기이한 색감의 새 천처럼 조밀하면서도 매끄러운 질감으로 손끝을 지나가면, 나는 글을 쓰기 시작한다. 생각이고 뭐고 할 새도 없이 쓴다.

다시 책상으로 돌아간 그 여성들처럼, 순식간에 공격을 감행하는 일상의 자질구레하고 번잡한 일들이 이리저리 돌고 돌아 책상 앞으로 당도하기 전에 날쌔게 피해, 컴퓨터를 켜고 자판을 두드린다. 한 글자, 두 글자, 한 줄, 모두 기적의 체현이다. 그건 분명히 침대 시트를 빨고 옷을 빨아서 개고 난 뒤의 일일 것이고, 젖을 주거나 딸아이를 배불리 먹인 뒤의 일일 것이며, 바닥에 떨어진 국수와 발바닥에 들러붙은 밥알을 깨끗이 치우고 난 뒤의 일일 것이다. 냄비, 그릇, 국자 등 온갖 것들을 다 씻어 놓지 못했을 수도 있고, 정신이 맑지 못하거나 밥을 배불리 먹지 못했을 수도 있다. 나는 다급히 오물과 기름기를 넘어, 피로와 배고픔을 무시한 채, 겹겹으로 둘러진 산길을 통과하듯, 나 자신을 책상 앞으로 데리고 온다. 워밍업은 필요 없다. 사실 워밍업이 필요하지 않은 게 아니라 워밍업을 할 여유가 전혀 없다. 예전처럼 먼저 조용히 책을 한 시간 읽고 차를 진하게 한 잔 우린 뒤, 하늘빛을 쳐다보거나 바람이 스치고 지나가는 소리를 들은 뒤에 시작할 수는 없다.

그렇다. 나는 책상 앞에 앉자마자 죽을힘을 다해 써야 한다. 수식이고 뭐고, 문구고 뭐고, 구조고 뭐고, 아무것도 신경 쓰지 않는다. 구토를 멈추지 못하듯 그렇게 써 댄다. 수시로 중단해야 하니까. 울음소리, 애교, 신경질 등 아이가 부리는 여러 재주가 나를 수시로 책상에서 떼어 놓으니까. 그래서 언제든 몇 줄은 써낼 수 있는 내공을 강제로 단련하게 되었다. 마음의 준비도 할 수 없고, 감정을 잡을 수도 없다. 앞 문단을 다시 읽고 맥락을 따라갈 수도 없다. 그냥 이렇게 정신을 붙들어 매고, 체면 차리지 않고 써 내려간다.

11.

늦은 밤, 나는 돌연 글쓰기가 내게 어떤 의미인지 깨달았다.

젖을 찾는 아이의 움직임에 잠이 깬 뒤 잠이 오지 않던 터였다. 수많은 일이 머릿속을 맴돌았다.

나는 누구일까? 나는 선생님이고, 엄마이고, 아내이고, 딸이다. 그중 내 마음과 몸을 가장 많이 소모하는 건 선생님이라는 역할과 엄마라는 역할이다. 선생님으로서 나는, 사회와 학교가 선생님에게 거는 기대, 예를 들면 핵심 성과 지표(KPI), 타이완 인문학 학술지 인용 색인(THCI), 온라인 공개강좌(MOOCs) 같은 여러 가지 것들, 쏟아지는 행정 사무 같은 것들 앞에서 힘에 부친다는 느낌을 받기 시작했다고 말할 수밖에 없다. 동시에 엄마로서 나는 늘 무능함, 수동성, 낭패감과 피로를 역력히 드러낸다. 학교에서 집으로 돌아오는 길에 종종 붐비는 버스 안에서 번잡한 세상의 풍경을 바라보며, 현행 교육 체제와 선생님이라는 신분, 그 가치에 대한 고민을 한 아름 안고 있다가도, 이내 완벽하게 나를 희생하고 바쳐야 하는 역할로 돌아간다. 날이 개었든 비가 내리든, 더는 온전히 깨끗한 옷을 입고 있을 수 없는, 더는 온전히 잠을 잘 수 없는 그 역할로 돌아가 계속해서 아이들과 분투한다.

나는 밤낮으로 이어지는 이 잡다하고 자잘한 것들에 나뉘어 잡아먹히고, 교육과 그 뒤를 따라오는 곁가지 일들에 고배속으로 탈탈 털려 삼켜진다. 세탁기 속에서 빙글빙글 도는 옷가지처럼, 생각이라는 걸 할 수 없는 틈새에 있으면 휩쓸리고 또다시 휩쓸려, 똑같은 소용돌이 속을 빙빙 돌 수밖에 없다. 제자리에서 쳇바퀴를 돌 수밖에 없다. 그래서 글쓰기의 필요성이 확연히 드러난다. 내게 글은 일종의 저항이고, 질문이며, 비협조적인 자세이다. 글은 속도에 저항하고, 현재 상황에 질문을 던지고, 모든 당연한 답안 속에서 불복종을 드러낸다. 선생님으로서 요구받는 몰입, 엄마에게 기대되는 희생에 비해, 글쓰기는 현실과, 심지어는 나 자신과도 거리를 유지하게 한다. 경계하고 각성하며, 의심하고 반복적으로 사고하게 한다.

그러니 내가 글쓰기를 갈망하는 것이 이상할 리 없다. 특히나 선생님과 엄마라는 정체성이 나를 잠식할 때, 나의 존재감을 무장 해제시킬 때, 나는 써야만 한다. 곤혹스럽기 때문에, 피로하기 때문에, 무겁기 때문에, 혼란스럽기 때문에, 온갖 잡다한 일들과 열렬하게 내게 달라붙는 아이들로 인해 숨을 쉴 수 없기 때문에.

그래서 아이 때문에 잠에서 깬 뒤 더는 잠이 오지 않는 밤이면, 달빛이 어떤 계시의 방식으로 창틈과 꿈결 속으로 비춰 들어오면, 나는 몸을 일으켜 세워 나의 곤혹스러움을 써 내려가고, 나의 존재를 되풀이해서 헤아려 보곤 한다.

순수의 시대

아이가 하는 말을 듣고 있자면, 말이 모호해서 문장이 되지 않고, 온갖 구멍 천지에, 시간과 언어가 굴절되어 있다. 아이의 말은 밝게 빛나는 하늘빛을 비춘다. 윤이 나고 깨끗하고 단순하다. 아이가 하는 말에 비해 내가 하는 말이 훨씬 장황하다는 사실을 깨달았다. 글을 쓸 때면 한 문장을 쓰는 데도 명쾌하게 써지질 않고 어정쩡하다. 한 문장 안에서도 기어코 모점, 줄표, 괄호 등을 사용해서, 엇비슷하기는 한데 그렇다고 완벽하게 같은 부류로 분류할 수는 없는 생각을 뒤섞어 버린다. 그런 추가된 관점, 음미하고 탐색해 볼 만한, 확대되고 차연(差延)된 아이디어를 한 문장 안에 장황하게 채워 넣는다. 듣기 좋게 말하면 이런저런 자료를 광범위하게 인용하는 거고, 듣기 싫게 말하면 그냥 온갖 터무니없는 생각이 흩날리는 거다. 한 문장을 명확하게 말로 표현하는 게 그렇게 쉽지 않은 일이 되었다는 사실을 깨달았다. 아는 어휘가 적을수록 오히려 더 깔끔하게 표현하는 아이와는 다르다. "오늘 회의가 있어서 네가 말한 거 가지러 갈 시간이 없어. 그거 아주 급한 거니? 아휴 엄마 정말 짜증 나 죽겠다." 나는 이렇게 말하는데 아이는 이렇게 말한다. "엄마 미안해. 잊어버렸어." "아침에 일어나서 지금까지 너무 바빠서 아직 뭘 먹지도 못했어. 아까 사 온 건 식어 버렸네. 조금 있다가 애 목욕까지 시켜야 하니 밥이고 뭐고 먹을 시간도 없고. 어쩜 이렇게 피곤할까." 나는 이렇게 말하는데 애는 이렇게 말한다. "엄마, 나 좀 도와줘." 혹시 한마디만 하면 되는, 그 순수의 시대로 다시는 돌아갈 수 없게 된 걸까.

버려진 것들에 부쳐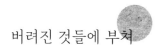

　주말에 아이를 데리고 쓰레기를 주우러 바닷가에 갔다.

　이른 아침부터 장대비가 내렸다. 감정을 가다듬은 벼락이 우르릉 소리부터 내더니 이어서 번개가 번쩍이고 뒤이어 바람이 불기 시작했다. 번개가 하늘을 반짝반짝 닦아 내자, 바람에 열려 세차게 솟구쳐 오른 커튼 사이로, 은회색 빛이 꽂혀 들어와 잠든 아이의 얼굴을 비추었다. 아이는 속눈썹을 깜빡이고는 몸을 뒤집었다. 나는 자리에서 일어나 창문을 닫았다. 비가 마치 예언을 하듯 내렸다.

　비는 우리가 나갈 채비를 하기 전에 멈췄다. 빗방울이 옷걸이에, 박하를 심은 도기 화분에 걸려 있었다. 아이는 물에 젖은 샌들을 신고 색색의 삽, 작은 성 모양의 용기와 물통, 그리고 아무것도 들어 있지 않은 플라스틱 재질의 젤리 용기까지, 모래놀이를 하는 데 필요한 도구들을 대충대충 움켜쥐고 들어 올렸다. 나는 바닷가에 가기는 할 건데 오늘은 물통만 들고 가면 된다고, 다른 건 필요 없다고 이야기해 주었다.

아이 손을 잡고 모래사장을 걸었다. 모래사장 위로 크고 작은 온갖 빛깔의 조각들이, 창백하고 무표정한 조각들이 반짝였다. 장지갑으로 뒤적여 자세히 살펴보고 나서야 검은색 모래와 자갈 속에 플라스틱 조각, 신발창, 스티로폼, 신발 끈, 알록달록한 플라스틱 빨대, 라이터 따위가 잡다하게 섞여 있다는 사실을 알아차렸다. 파란색, 빨간색, 오렌지색, 노란색, 녹색의 일상용품들이 시간에 걸러져 씻겨 나가고 파도에 침식되어, 뜨거운 햇볕을 받아, 기이한 형상과 연유를 알 수 없는 색으로 왜곡되어 있었다. 버려진 조각이 외롭게, 난잡하고도 무력하게 이곳저곳에 함몰되어 있었고, 모래 언덕에 묻혀 있었다. 한때는 상점에서 찬란하게 빛을 발했을, 누군가가 소중히 여기고 아끼며 윤을 냈을, 타인의 손금과 온도의 기억이 찍혀 있는 물건이 언제인지도 모르게 이곳에, 욕망과 기억의 멀고도 먼 변경에 버려져 있었다. 조금씩 햇빛이 들기는 했지만, 온통 플라스틱 조각으로 뒤덮인 황폐한 무덤에서 나는 공포를 느꼈다.

아마 내가 예전에 버린 물건의 조각들이 그 안에 있을지도 모른다는 생각이 들어서였을 것이다. 쓰레기통에 버리면 눈에서 말끔히 사라지리라 착각했던 물건들이 조용한 자태로 반격해 오고 있었다.

사진작가 크리스 조던은 미드웨이섬에서 앨버트로스 사진을 여러 장 찍었다. 하늘에서 마음껏 날갯짓하는 앨버트로스, 서로 바짝 달라붙어 기대고 있는 앨버트로스, 잿빛 솜털이 가득한 아기 앨버트로스에게 먹이를 먹이는 아름다운 엄마 앨버트로스 등. 동시에 그는 슬프고 우울한 사진도 많이 찍었다. 죽음 앞에서 발버둥 치는 앨버트로스, 다치고 죽어 생기를 잃어버린 앨버트로스 무리, 무지하고 황망한 생을 이어 가는 앨버트로스와 갑작스럽게 절대적인 죽음을 맞이한 앨버트로스. 부서지고 떨어진 털과 발톱, 해골 속에서 수많은 플라스틱 제품 조각이 확연히 모습을 드러낸다. 바다를 건너온 플라스틱은 어디서든 보이고, 많은 앨버트로스가 그 플라스틱을 삼켰다가 죽음에 이른다. 이미 죽어 위장이 피와 살과 함께 먼지가 되었다 한들, 알록달록한 플라스틱은 사라지지 않을 것이다. 아마도 또 다른 육신으로 들어가 아무 죄 없는 다음 생명에게 잔혹한 고통을 선사할 것이고, 오래도록 거기서 사라지지 않을 것이다. 지금 이 순간이 되도록 도망치지 못한, 내던지고 피할 수도 없는, 오점으로 남은 기억이 그렇듯이.

초등학생 시절, 우리집에서는 일정 시일에 한 번씩, 정기적인 소탕이 벌어지곤 했다.

아마 잠 못 이루고 뒤척이던 내 습관이 원인이었을 것이다. 나는 어두컴컴한 허공을 뚫어지게 쳐다보며 멍하니 있거나 엄마 방으로 가서 옆에서 조용히 엄마를 부르곤 했다. "엄마, 잠이 안 와." 하지만 엄마는 언제나 곤히 잠든 채 일어나지 않았고, 도리어 아버지가 잠에서 깨곤 했다. 아버지는 늘 내가 잘 자지 못하는 이유를 숙제를 다 하지 않은 탓으로 돌렸다. 사실 여름 방학, 겨울 방학 숙제 중에 다 못한 숙제는 언제나 있기 마련이었고, 아버지는 한눈에 그걸 간파해 냈다. 그래서 아버지는 늘 씩씩거리며 자리에서 일어나 내 숙제를 검사했고, 미처 다 하지 않은 숙제가 보이면, 내 장난감 상자를 가져와서 대수술에 들어 갔다. "노는 데만 푹 빠져 있으니 숙제를 다 안 한 게지." 숙제를 다 해 놔도 아버지는 내 장난감을 버렸다. 다만 그럴 때는 내던 질 때 당연히 느껴져야 할 그런 흥이 느껴지지 않았다. 아버지는 매번 초대형 쓰레기봉투를 움켜쥐고는 눈길이 닿는 것들을, 그게 새것이든 헌것이든 가리지 않고, 내 보물들을 쓰레기봉투에 쓸어 담았다. 바비 인형과 바비 인형의 반짝이는 드레스, 패스트푸드점에서 받아 온 깨끗이 씻은 플라스틱 식판과 포크와 나이프, 좀 흠이 있기는 하지만 별 문제는 되지 않을 유리병과 그 안에 든 종이학, 알록달록한 구슬, 몰래 저금한 돈으로 사 온

만화책 같은 것들, 그리고 내가 모방해서 그린 네 컷 만화, 학교 친구가 준 카드, 색색의 끈과 스티커, 이외에도 많은 여자아이들이 아끼고 사랑하는 수많은 보물들이 아무 죄도 없이 분노한 아버지에 의해 버려졌다. 심지어 아버지가 내게 선물로 준 분홍색 팔찌마저 함께 된서리를 맞고 말았다(지금 생각하면 그때는 물건을 분류해 두는 개념 자체가 아예 없었다. 모든 물건을 한데 뒤섞어 놓았으니). 나는 눈물을 쏟으며, 버리는 데 재미가 들린 아버지가 한껏 기분을 풀도록 더 많은 서랍을 열어젖혔다. 막판이 되면 엄마가 졸음에 겨운 게슴츠레한 눈으로 말리고 나섰고, 한밤중의 난리는 그렇게 끝나곤 했다. 아버지가 방으로 돌아가고 나면, 나는 눈물을 훔치며 엄마가 재빨리 살려 낸 얼마 남지 않은 장난감과 기념품을 조용히 받아 들었다.

이제는 엄마가 된 나도 몇 번인가 장난감을 정리하지 않는 아이를 보고 화가 나서, 아이야 눈물, 콧물 범벅이 되든 말든 장난감을 싹 갖다 버리겠다고 거의 위협하다시피 소리를 지른 적이 있다.

내가 일찌감치 잊어버렸던 어린 시절의 장난감들도 얼마 되지 않는 조각조각의 형태로, 피로한 색깔로, 시간을 다한 채로 어느 해변에, 더는 보드랍지 않은 땅 아래에 아무렇게나 흐트러져 있다가 내 소홀함과 무지몽매함을 따라, 배고픔이 밀어붙인 힘에 순응한 누군가의 보드라운 위로 들어갔을까? 심지어 누군가의 따뜻한 목에 어느 한쪽으로 기울어지지도 않은 채 정중앙에 걸려 있을까?

내가 한 번 쓰고 멋대로 버린 과거형이, 지금 누군가의 현재형을 선혈이 낭자하게 베어 버리고 있는 건 아닐까?

한번은 공원에서 딸아이와 함께 '낙엽 꼬치'를 만들었다. 알리고무나무, 모감주나무, 큰빵나무가 즐비한 공원 바닥은 온통 누렇거나 갈색을 띠는 알리고무나무의 마른 잎 천지였다. 우리는 부드럽고 가느다란 가지에 주운 나뭇잎을 하나로 꿰어 '낙엽 꼬치'를 만들거나 낙엽 화관을 만들었다. 산들바람이 어루만지고 지나가는 오후, 우리는 즐겁게 낙엽을 가지고 놀았다. 대자연은 언제나, 아무리 가지고 놀아도 질리지 않는 새로운 장난감을 선사한다. 민들레, 흰꽃도깨비바늘, 흙더미, 모래와 자갈만 있어도 오후 내내 마음껏 놀 수 있다. 저물녘이 되어도 집에 가기가 싫어질 정도로.

우리는 얼마 지나지 않아 알리고무나무의 구부러지고 누렇게 말라붙은 낙엽 사이사이 뒤섞여 있는 수많은 쓰레기를 발견했다. 병뚜껑, 망가진 빨대, 빨대 포장 비닐, 철제 스프링, 치실, 사탕 포장지, 담배꽁초, 이쑤시개, 풍선 조각, 뭔지 분간이 안 되는 플라스틱 조각들이 드문드문 도치에 버려져 있었다. 시선이 버려진 물건에 집중되면 집중될수록, 이런 쓰레기들이 그야말로 통제가 안 될 정도로 사방에 널려 있다는 사실을 깨닫게 되었다. 시간에 휩쓸리고 옅어진, 뜨거운 태양과 빗물에 찢긴 외형이 낙엽과 잔디 사이를 수놓고 있었다.

못 본 척하고 싶었다. 길거리와 골목을 지나다니고 잔디밭을 돌아다녔던 때처럼. 어쨌든 내가 버린 건 아니니까. 내 문제 아니니까.

망가진 빨대를 먼저 주워 든 건 딸아이였다. 선생님이 쓰레기 막 버리지 말라고 하셨어. 유치원에서 받은 환경 교육을 실천한 거였다. 어쨌거나 아직은 아이라서 선생님 말씀을 진심으로, 진리로 받아들였다. 허리를 굽혀 뭔가를 찾는 듯한 아이의 뒷모습을 보고 있자니, 양심의 가책과 죄책감이 내리쬐는 햇빛 아래 몸의 표면으로 떠올랐고, 이마와 겨드랑이에서 축축한 습기가 되었다. 그래서 나도 동참해 더 많은 빨대와 사탕 포장지를 주웠다. 아름다운 알리고무나무 그늘에, 딸아이가 엷게 말라붙은 낙엽과 낙엽 사이에 자리를 잡고는(그 위를 지나가자 나뭇잎들이 서로 부딪치면서 샤샤샤삭 밀어를 속삭였다) 보물이라도 발견한 듯 광택을 잃어버린 갖가지 폐기물들을 주워 들더니 웃으며 소리쳤다. "엄마, 여기 이만큼 더 있어." 두 모녀가 시기를 놓친 숱한 욕망들을, 헤프게 소비된 해묵은 자극들을 주워 들었다. 더는 풀과 낙엽에 단단히 얽혀 있지 않도록.

아이들을 데리고 국립타이완미술관에 전시를 보러 갔다. 폐기물을 쌓아 올린 작품이었다. 텔레비전, 거대하고 육중한 컴퓨터 모니터, 심하게 두껍고 무거운 구형 휴대전화, 하나밖에 없는 다리로 쉬지 않고 불안하게 빙빙 도는 강아지 로봇, 계속해서 법문을 암송하는 염불 녹음기, 한때 불단에 올라가 있었을 관음상, 연꽃 모양 받침대 위 백의의 대사(大士)가 계시록에서 말한 종말의 현장에 있었다. 예술가는 유행이 지난, 도태되었음이 확실한 물품들을 한데 뒤섞어 해체하고는 다시 전류를 연결했고, 이 물건들이 때에 맞지 않는 화려한 빛을 발산하게, 왁자지껄한 소리를 내게 했다. 종잡을 수 없는 기묘한 의식이었다. 마치 유년 시절 황량하게 버려진 덤불과 폐허로 숨어들어 조용히 진행했던, 남에게는 말할 수 없었던 그런 일 같았다. 딸아이는 이 작품을 보자마자 옆으로 돌아 가자며 내 손을 세게 잡아당겼다. 부글부글 끓어오르는 빛과 전기와 폐기물의 기세에 놀란 모양이었다.

피하고 싶었다. 무서웠다기보다는 과거 내가 버린 이런저런 것들로부터 도망치고 싶었다. 내가 이미 오랫동안 봉쇄해 둔 방에 누군가 침입해서는, 서랍 밑바닥에서 더러운 팬티를 한 장 꺼내 베란다로 가져가 햇빛에 널어 말리기라도 한 듯, 쓰라린 수치심에 고통이 밀려왔다.

오히려 아들아이가 걸음을 멈추더니 여전히 성스럽고 순결

한 관음상 앞에 서서 눈빛을 반짝이며 맑은 목소리로 말했다.
"옴마니밧메훔."

백화점이나 쇼핑몰에 있었던 예쁘고 깔끔하고 세련된, 나와 함께 성장한 하나하나의 상자들이 통째로, 난잡하게 흐트러진 이런저런 훼손된 물건들이, 집 안 창고나 구석에 쌓여 있거나 시간의 화석이 되었고, 마음 저 밑바닥의 보이지 않는 고통이 되었다. 쓰레기봉투로 들어가고 쓰레기차에 버려진, 눈에 보이지 않으면 속이 편했던 그 물건들은 어느 곳에 황량하게 버려졌을까? 그 물건들을 전부 꺼내 진열하면, 아마 미술관 여러 개는 채우고도 남을 만큼 거대한 장관이 펼쳐질 것이다. 그것은 산산이 부서진 말 없는 전함(戰艦)이다. 잊힌, 빛이라고는 들지 않는 심연을 따라 추락한 전함이다.

이따금 햇빛이 가득 들어찬 커피숍에서 페퍼민트 차를 마실 때면, 작가들의 글과 심오한 생각이 손끝을 흘러간다. 아이들은 커피숍 밖 모래밭에서 알록달록 온갖 플라스틱 장난감을 가지고 한창 모래를 퍼내고 있다. 방해하는 사람 하나 없는, 에어컨은 적당히 켜져 있고, 읽을 책도 있는, 이상적인 오후이다. 아이들의 모래놀이 장난감에는 노란색 불가사리도 있고 파란색 조가비도 있고 보라색 소라도 있다. 빨간 성(城)도 있고 녹색 성도 있다. 물고기, 거북이, 하마 등 동물 모형은 더 많다. 아이들은 속이 텅 빈 모형에 모래를 가득 붓는다. 새 시대의 플라스틱 해변은 화려하고, 손쉽다. 쉽게 분해되지도 않는다(영원히, 영원히 분해되지 않는다고 해야 하겠지).

모래밭 여기저기에 흩어져 있는 해상 플라스틱 사고 현장을 보고 있노라면, 나도 모르게 저 플라스틱들이 결국 어디론가 보내지고 쓸쓸하게 버려지는 광경을 생각하게 된다. 그때가 되면 도시 속 어느 커피숍의 한가한 모래밭을 떠나, 냄새 나는 쓰레기 더미를 따라, 내내 이곳저곳을 전전하다가 진짜 바다에 도착하게 될 것이다. 진짜 파도가 치고, 진짜로 바닷물이 쓸려 들어오고 또 밀려 나가는, 진실로 황량한 그곳에 도착하게 될 것이다. 해류를 따라 멀리 항해를 떠났다가, 유리병 속 편지처럼 결국 수많은 육신에 도달하게 되리라. 아니면 내내 바닷가에 머물면서도 여전히 정처 없이 떠돌며 비바람에 시달리는 표정을 지은 채 작열하는 태양과 거친 바람과 별과 달을 말없이 우러러보리라.

그러면 내 귓가에는 내 미약한 목소리가 들려올 것이다. "옴 마니밧메훔"

정전기

딸아이가 사라진 그날 아침은 몹시 춥기는 해도 햇빛은 비치는 그런 날이었다. 2월 초 어느 날 아침 열한 시, 집 근처 공원에서는 늘 그랬듯 젊은 엄마들과 그들의 아이들이 모여 있었다. 엄마들은 대부분 옷을 아주 헐렁하게 입는다. 기장이 긴 면 티셔츠에―아마 임신했을 때 산 옷들일 것이다. 언제든 풀어 헤치고 젖을 먹이기 편하도록 가슴 양쪽에 지퍼와 속단추가 달린 걸 보면―몸에 딱 달라붙거나 꼭 맞는 청바지를 걸친다. 아이들 옷차림도 서로 비슷하다. 컬러풀한 면 점퍼 안에 미소 짓는 아기 동물들이 모여 있는 단순한 패턴의 상의 차림인데, 남자아이의 경우 여기에 보통 파란색이나 회색 혹은 검은색 긴바지를 입고, 여자아이는 좀 더 다양한 색상과 디자인의 하의를 입는다. 여자아이들은 대부분 분홍색, 담황색, 하얀색 바지나 치마를 입는데, 가장자리나 주름진 곳에 나비매듭, 반짝이 등 귀여운 소품 장식이 달려 있다. 색상과 무늬는 성별에 대한 엄마들의(그리고 그 배후로 지목되는 사회의) 기성관념과 취향을 드러낸다. 아이들은 서로가 서로를 따라 하는 것 같다. 옷만 그런게 아니라 움직임과 웃음소리도 그렇다. 아이들은 서로를 뒤쫓아 다니고, 그네를 타고, 미끄럼틀을 탄다. 자기들처럼 알록달록한 털옷을 입은 반려견들에게 장난을 친다.

아이들이 강아지를 쫓으며 데리고 노는 모습을 지켜보는 걸 좋아하는 여자가 있다. 아이들은 서로서로 뒤쫓고 빠르게 움직이면서 화려한 색감의 점이 된다. 노란 점, 푸른 점, 파란 점, 빨간 점이 따스한 햇볕의 보살핌을 받을 때면, 구사마 야요이(草間 彌生)[4]의 느낌이 물씬 풍긴다. 여자는 한눈에 본인의 딸을 알아본다. 딸아이가 낡아 보이는 헌 옷을 입고 있어서 그런 게 아니라—말이 나와서 하는 이야기인데, 아이가 낀 빨간 털장갑은 이미 18년이나 된 장갑이다. 원주인이 올해 벌써 대학에 들어갔다는 사실이 믿어지시는지?—엄마라면 누구나 아이들 무리

---

4   일본의 설치 미술가로, 현란한 색깔에 물방울, 동그라미 등의 무늬를 반복하는 작품으로 유명하다.

안에서도 자기 아이를 알아볼 수 있기 때문이라고, 심지어 웃음소리와 울음소리도 구분할 수 있기 때문이라고 여자는 생각한다. 이런 연결은 말로는 설명이 잘 되지 않는, 일종의 안정적이고 단단한 행복이자 안전감이다. 여자는 본인의 세계가 협소하고 평범하다는 사실을 안다. 그 세계는 집 안 나무 바닥을 밟을 때 나는 미세한 삐걱삐걱 소리처럼, 부엌 근처 블라인드에서 늘 나는 양배추 냄새처럼, 익숙하고 한결같다.

여자는 아이들이 미끄럼틀 타는 모습을 지켜보는 것도 좋아한다. 딸아이가 더 어렸을 때는 미끄럼틀을 타고 내려오는 딸아이를 향해 두 팔을 활짝 벌린 채 기다렸던 기억도 있다. 겨울이면 딸아이에게 두꺼운 털옷과 팬티스타킹을 입혔다. 신이 나서 소리를 지르며 미끄럼틀을 타고 내려오는 딸아이에게 손을 뻗어 품에 안으면, 옷 표면이나 머리칼에서 정전기가 따끔따끔 일고 또 일었다. 여자만 그런 게 아니라 다른 엄마들도 툭하면 이런 일을 겪었는데, 엄마들은 과장되게 소리를 지르며 펄쩍 튀어 오르곤 했다. 마치 아이가 쓰러뜨린 컵 안에 있던 딸기 우유가 방금 세탁소에서 찾아온 가지런히 다림질된, 향이 나는 정장에 쏟아지기라도 한 것처럼. 여자는 사실 정전기를 싫어하지 않았다. 심지어 이 자그마한 전기 충격을 즐길 줄도 알았다. 미약한 파파팟 소리, 세로로 서는 머리칼, 털옷 표면에서 가냘프게 말려 올라오는 보푸라기, 아이의 발그스레한 얼굴, 이 모든 것에 어떤 호의가 담긴 놀라움과 기쁨이, 텔레파시가 깃들어 있었다. 모녀 사이의 신비하고도 근원적인 관계를 구체적으로 형상화하듯, 여자는 미약한 파파팟 소리에 늘 환호하며 깡충 뛰어올랐는데, 그건 머나먼 천둥소리처럼 전기가 흐르는 오래된 감정이었다.

여자는 딸아이와 함께 찾아오는 너무나도 섬세하고 신선한 체험이, 오직 여자 본인에게만 허락된, 말로 형용할 수 없는 이 모든 것들이 좋았다. 누구와도 나눌 수 없는 체험이었다. 다른 엄마들과 이 하늘색의 혹은 빛을 휘감고 있는 금빛의 정전기 체험을 나눌 도리가 없는 것처럼. 아, 손가락 끝에서 따끔거리는 그 장난꾸러기 정전기는 꼭 누군가 저지른, 크게 문제 될 것 없는 짓궂은 장난 같았다. 여자는 엄마들과 이런 이야기를 나누지 못했다. 엄마들의 수다에, 아이 또 아이 여전히 아이가 주제인, 정전기와 같은 육안으로는 볼 수 없는 것들이 아니라 어떤 실전 경험과 비슷한, 아이들이 어떤 부식품을 먹는지 또는 어떤 브랜드의 분유를 먹는지에 관한, 어떤 기저귀를 어떤 놀이 매트를 어떤 장난감 차를 어떤 자전거를 공동구매할 것인지에 관한, 이런저런, 많고도 많은 것들에 관한 엄마들의 수다에 녹아들지 못했듯이. 여자는 녹아들지 못했다.

한번은 예의 바르게 그 소소한 일상 대화에 끼어 보려고 했다. 그런 교제에 능숙한 여느 엄마들처럼 싸고 품질 좋은 것들과 저렴한 구매 정보를 교환하는 데 열중했다. 하지만 여자는 늘 불안하고 초조하기만 했다. 별안간 본인의 것이 아닌, 낯선 여자의 몸에 들어가기라도 한 것만 같았다. 말투도, 웃음소리도, 손짓도 다. 그 뒤 여자는 살짝 수치심을 느꼈다. 그 엄마들도 이 점을 눈치챈 것 같았지만, 그래도 선의의 자상함을 유지하면서 딸아이 기저귀 떼는 걸 힘들어하는 여자에게 공감해 주었고 본인들의 경험을 적절하게 나누어 주었다.

그들 가운데에는 안(安)이라는 이름의 엄마가 있었다. 단발머리에 큰 눈, 날씬한 몸매, 외형만 봐서는 아이 셋을 낳은 엄마라는 사실을 알 수 없었다. 세 아이 중 둘은 세 살이 좀 넘은 쌍둥이 자매였고, 유아차에는 생후 7개월이 좀 넘은 남자 아기가 앉아 있었다. 두세 번 이야기를 나누어 본 것뿐이었지만, 여자는 안이 같이 어울리기 참 좋은 사람이라는 느낌을 받았다. 안은 여자의 딸을 참 잘 돌봐 주었고(혹은 모든 아이를 잘 돌봐 주었고), 여자가 공원 벤치에 앉아서 책을 읽기 시작할 때면, 여자의 딸이 규칙을 지켜 가며 미끄럼틀을 타는지—미끄럼틀을 독차지하지 않고 미끄러져 내려온 뒤 곧바로 자리를 비켜 주는지 혹은 아이가 툭하면 시도하는 엎드려서 내려오는 자세가 아니라 똑바로 앉은 자세로 미끄러져 내려오는지—대신 신경 써 주곤 했고, 아이들 사이의 자질구레한 충돌도 시의적절하게 풀어 주곤 했다.

안의 유아차에는 언제나 큰 가방이 걸려 있었다. 속칭 '아기 엄마 가방'이라고 불리는 그 가방 안에는 있어야 할 건 다 있었다. 기저귀, 갈아입힐 바지, 젖병, 물티슈, 과자, 요구르트와 같은 필수품 외에도 알록달록한 젤리, 비눗방울액, 스티커, 색연필, 퍼즐, 모래놀이 장난감까지. 아이들이 놀다 지치거나 배고프다고 하면, 안은 과자와 사탕을 한 봉지 꺼내서는 산타 할아버지가 선물 나누어 주듯 어른, 아이 할 것 없이 모두에게 나누어 주었다. 여자가 새로 나온 바질 맛 과자를 먹어 보고 아이에게 사서 먹여야 한다는 걸 알게 된 것도 그 덕분이었다.

여자는 본인이 안에 비하면 너무 형편없는 엄마라고 스스로 인정했다. 이 공원에 있는 모든 엄마에 비해 그렇다고 해야 할 것이다. 늘 아이에게서 눈을 떼지 않는, 언제나 아이를 바짝 뒤쫓는 그 엄마들에 비하면, 여자는 너무 풀어져 있었고, 너무 게을렀다. 대부분의 엄마들은 휴대전화 보는 데 쓰는 몇 분을 빼고는 내내 아이와 함께했다. 적어도 아이들에게 큰 소리로 외치거나 고함을 쳐서, 데시벨을 끌어 올린 소리를 내어 아이에게 '엄마가 계속 널 보고 있다'는 사실을 알리기는 했다. 여자는 그렇게 할 수가 없었다. 여자도 처음에는 거기에 진지하게 동참했지만, 시간이 지날수록 여자는 정신을 딴 데 팔게 되었다. 배낭에 들어 있는 책들이 생각났다. 좋아하는 소설도 있었고, 강의를 준비하려면 어쩔 수 없이 보고 또 봐야 하는 강의록도 있었다. 여자의 아기 엄마 가방에는 책이 적어도 한 권은 들어 있었다. 사람들은 모르는 비밀이라도 숨겨 놓은 듯, 기저귀와 물티슈 옆 주머니에 책을 넣어 두었다. 다들 신이 난 겨울날의 공원에서, 엄마와 아이가 함께 노는 풍경 속에서 책을 꺼내 읽는 게 좀 부적절하기는 하지만, 온종일 아이를 보느라 책 읽을 시간이 아예 없는 상황이다 보니 참을 수가 없었다.

여자는 휴대전화 화면을 넘기는 척하다가 이내 메시지에 흥미가 떨어지기 시작해서 휴대전화를 챙겨 넣는 것처럼 행동했고, 그 김에 가방에서 책을 꺼내 책상다리를 하고 앉아 읽기 시작했다. 휴대전화 화면을 넘기는 척하는 건 그렇게 튀어 보이지 않았다. 여자는 차라리 엄마들이 자기를 책 읽기 좋아하는 이상한 여자가 아니라, 어디서나 흔히 보이는, 아이는 내버려 둔 채 고개를 푹 수그리고 휴대전화나 보고 있는 그런 부류로 생각해 주길 바랐다. 책 제목을 가릴 요량으로 책 겉에는 면 재질의 다갈색 커버를 씌웠다. 언젠가 여자가 『소녀와 여자들의 삶』을 읽고 있다는 걸 알아챈 한 엄마가 무심코 눈살을 찌푸리는 모습을 본 뒤 산 커버였다.[5] 이날 여자는 레이먼드 카버의 「그에

---

5   『소녀와 여자들의 삶』의 타이완판 제목을 한국어로 직역하면 『암컷의 삶』에 가깝다. 다른 엄마가 조금은 노골적으로 보이는 이 제목을 보고 눈살을 찌푸린 것이다.

게 달라붙어 있는 모든 것」을 다시 읽었다. 지난 주말 슬그머니 나가서 영화 〈버드맨〉을 보고 왔기 때문만은 아니었다. 갑자기 「사랑을 말할 때 우리가 이야기하는 것」이 읽고 싶기도 했거니와 두께가 적당하다는 것도 이유였다.[6] 이탈로 칼비노의『마르코발도 혹은 도시의 사계절』과『팔로마르』가 그렇듯, 가브리엘 가르시아 마르케스의『이방의 순례자들』이 그렇듯, 그리고 또 당연하지만 아무리 읽어도 지겹지 않은『불안의 서』가 그렇듯, 다들 두께가 기저귀와 물티슈 사이에 숨겨 놓기에 안성맞춤이었고, 무게도 거의 나가지 않았다(물론 지식의 무게를 가리키는 것은 아니다). 그중에서도『불안의 서』가 최적이었다. 수기 정도의 길이여서 읽는 중간중간, 단락과 단락 사이에 고개를 들어 아이를 살펴보거나 잠시 아이 곁으로 걸어가서 아이와 말을 나누기에도, 물을 건네주거나 조끼 파카를 벗겨 주기에도 편했다. 언제든 읽기 시작할 수 있고, 언제든 끝낼 수 있었다. 마음 쓸 필요가 없었다.

여자는 어린 시절의 일을 떠올렸다. 대략 예닐곱 살 무렵, 여

---

6   「그에게 달라붙어 있는 모든 것」과 「사랑을 말할 때 우리가 이야기하는 것」
     은 모두『사랑을 말할 때 우리가 이야기하는 것』에 수록되어 있다.

자의 엄마는 한의사 특별시험을 준비했다. 대학에서 문과를 전공한 엄마에게 한의사 시험은 녹록지 않았다. 시험은 두 단계로 나뉘어 진행되었고 시험 과목도 방대해서, 엄마는 한동안 학원에서 알게 된 사람들과 밖에 방을 얻어 시험 준비에 전력으로 매진했다. 집에는 거의 오지 못했고, 집에 오시는 날도 방에서 책만 팠다. 엄마가 너무나 필요했던 그 시절, 여자는 늘 말할 수 없는 외로움을 느꼈다. 그때 여자가 제일 자주 한 일이 바로 어린이용 당시(唐詩)와 송사(宋詞) 읽기였다. 글자를 모르는 탓에 꽃, 새, 지초(芝草), 난초, 향초 등 책 속의 수묵 담채화를 한참 뚫어지게 보다가 하얀 종이에 삐뚤빼뚤 따라 그리곤 했다. 오후 시간은 어린 여자아이가 오후 내내 책상 앞에 앉아 그림을 그릴 수 있을 정도로 길고 길었다. 이도 아니고 저도 아닌 꽃, 새, 지초, 난초, 향초를 한 장 또 한 장, 한 장 또 한 장 그렸다. 다 그리고 나면 서랍에 넣어 두었다. 아이는 얼른 자라고 싶었다.

한번은 엄마가 집으로 돌아와 아이와 두 살 아래인 남동생을 데리고 공원에 놀러 가겠다고 했다. 아이는 겉으로는 좀 서먹서먹하고 부끄러워하는 티를 냈지만 속으로는 기뻐서 날아갈 것 같았다. 얼마나 좋은지 손가락 끝이 살살 떨릴 지경이었다. 엄마는 그날 연두색 정장 차림에 흰색 니트 카디건을 걸치고 손목에 옥팔찌를 찼다. 봄기운이 물씬 풍기는 차림이었다. 본인이 뭘 입고 있었는지는 기억나지 않지만 엄마가 새로 산 밀짚

모자를 씌워 주었던 기억은 아직도 생생하다. 엄마가 아이와 남동생의 손을 잡고 거리를 지나갈 때, 아이는 행복이 모자 정수리에서 퍼져 나가는 느낌을 받았다. 가볍고 보드라운 이른 아침의 옅은 안개가 손 위를, 팔꿈치 위를, 어깨 위를, 온몸 곳곳을 두루두루 뒤덮은 것 같았다. 아이는 거리의 모든 이가 자기들을 보고 있다고 생각했다. 이 얼마나 아름다운 아침인지, 이 얼마나 아름다운 엄마와 아이들인지.

단순하고 컬러풀한 플라스틱 재질의 아동용 놀이 기구, 네댓 개의 목제 벤치, 공원에 대한 대중의 기대에 부합하고자 타이완모감주나무, 마다가스카르아몬드나무 등을 몇 그루 심어 겨우 성의를 표현한 요즘 도심의 자그마한 공원과는 달리, 그 당시 공원에는 벵골보리수나무와 다람쥐가 나뭇가지 사이를 들락날락하며 사람들에게 먹이를 받아먹던 소나무, 귀신나무, 사랑나무 등이 있었고, 모래밭과 분수, 그리고 코끼리 미끄럼틀과 나무 그네, 시소 같은 튼튼한 놀이 기구들도 있었다. 세 사람은 엄마가 풀밭에 깐 파란색 바탕의 자잘한 꽃무늬가 들어간 방수 비닐 매트에 앉아 딸기잼 샌드위치를 먹었다. 남동생은 샌드위치를 다 먹자 그네로 달려갔고, 아이는 요구르트를 마시면서 미소 짓는 엄마의 옆얼굴을 쳐다보았다. 햇빛이 일부러 이 아름다운 순간을 강조하기라도 하는 듯 부드럽게 쏟아져, 엄마의 콧날과 옥팔찌에서 반짝반짝 빛이 났다. 아이는 속으로 말할 수 없는 만족감을 느꼈다.

　아이가 한참 따스한 행복의 강을 한가로이 거닐고 있는데, 엄마가 갑자기 잠시 어디 좀 다녀와야겠다고 했다. "이제 네가 누나니까 남동생 잘 돌봐 줘야 해." 대충 이렇게 당부했던 것 같다. 말투에 신중한 기대감이, 그리고 실낱같은 협박이 뒤섞여 있었다. 뒤이어 엄마는 도서관에 가야 한다고, 3층 창가 자리에 앉아 있을 건데, 거기 통유리 창으로 보면 그네와 시소, 모래밭이 보인다고 덧붙였다. "어디 가지 말고 꼭 여기서 놀아야 해. 엄마 금방 돌아올게. 엄마가 지켜볼 거야." 엄마는 재빨리 아이의 머리를 쓰다듬었고, 아이는 미처 반응을 하지 못한 채 엄마를 뚫어지게 쳐다보았다. 엄마가 네댓 권의 책을 찔러 넣은 천 가방을 들어 올리는 모습을(아이는 엄마가 이런 천 가방을 가져왔다는 사실을 전혀 모르고 있었다), 고개 한 번 돌리지 않고 공원 옆 시립 도서관으로 걸어가는 모습을 바라보았다. 아이는 엄마의 뒷모습을 멍하니 바라보다가 눈을 돌려 남동생을 찾았다. 동생은 천진난만한 모습으로 높이높이 그네를 타고 있었다. 언제라도 파란 하늘로 날아갈 것처럼 식은땀이 나게 그네를 타고 있었다.

　아이는 예전에 읽은 『불가사의한 실화 모음집』이 떠올랐다. 그중에 덴마크에서 벌어진 이야기가 있었다(그때는 덴마크가 어디 있는지도 몰랐다). 그 이야기에 등장하는 아홉 살 난 남자

아이는 그네를 높이 타는 데 빠져 있었다. 그는 속도감과 바람을 타는 상쾌함을 즐겼는데, 그네 틀에서 늘 삐꺽삐꺽 무서운 소리가 나곤 했다. 어른들은 늘 굳은 표정으로 그러면 안 된다고 아이에게 경고했다. "그러다가 우주로 날아갈지 모르니 조심하렴." 아이는 이런 별 거 아닌 위협을 당연히 귓등으로 흘려 버렸다. 그런데 어느 날, 그네를 타고 가장 높은 지점까지 올라간 아이가 돌연 두 눈을 크게 떴고, 얼굴에 온통 홍조가 퍼지더니, 그만 날아가 버리고 말았다. 경찰이 인근 숲에서 이 잡듯이 수색에 나섰지만, 남자아이는 이렇게 실종되었다. 이 이야기를 읽은 날 밤, 아이는 악몽을 꿨다. 지금까지도 책에 대충 그려져 있던 삽화가 기억난다. 허공에 높이 뜬 그네, 심하게 놀란 남자아이의 클로즈업된 얼굴, 그리고 마지막 순간 텅 비어 버린 그네까지.

　남동생은 놀다가 지루해졌는지 그네에서 폴짝 뛰어내렸다. 아이는 옆에 있는 5층짜리 도서관으로 시선을 던졌다. 엄마가 저기에 있어, 아이는 생각했다. 아이의 각도에서는 엄마를 볼 수 없었지만 엄마는 틀림없이 아이들을 볼 수 있을 터였다. 거기서 부지런히 뭔가를 암송하면서 아이와 아이의 남동생을 보고 있을 터였다. 엄마의 손은 아이가 이해하기는 너무 어렵고 심오한 책을 넘기면서, 아이로서는 이해할 수 없는 복잡한 문장을 재빨리 베껴 쓰고 있을 터였다. 바로 직전에 아이의 작은 손을 감싸 주었던, 바다가 작은 섬을 둘러싸듯 그렇게 단단히 하나로 모아 주었던 그 두 손이 말이다. 지금 엄마는 아이가 볼 수 없는 곳에서 공부에 집중하고 있을 터였다. 엄마가 보이지는 않았지만, 엄마는 우리를 볼 수 있다, 엄마가 그렇게 이야기했다. 아이는 긴장이 역력한 모습으로 남동생의 움직임을 바짝 뒤쫓는 한편(남동생은 신난 참새처럼 쉴 새 없이 사방을 뛰어다녔다. 엄마가 곁에 없다는 사실을 전혀 눈치채지 못했다. 아니면 전혀 신경 쓰지 않았거나), 목을 길게 빼서 도서관을 쳐다봤다. 하지만 어떻게 해도 보이는 건 층마다 있는 화단의 화분과 바람에 흔들리던, 곧 시들어 버릴 얼마 되지도 않는 꽃이었다.

아이가 와서 물을 달라고 했다. 여자는 가제 손수건으로 딸아이의 이마에 송골송골 맺힌 땀방울을 닦아 주었다. 많은 활동량에 양 뺨이 장미처럼 새빨갛게 변한 딸아이가 사랑스러웠다. 여자는 별안간 딸아이를 품에 안고 싶어졌지만, 딸아이는 물을 마시면서도 웃고 떠드는 다른 아이들을 바라보았고, 어서 빨리 돌아가 아이들 틈에 끼고 싶어 했다. 여자는 딸을 안고 싶은 마음을 접었다. 요즘 딸아이는 다루기 힘든 사춘기 소녀처럼 공공장소에서 엄마의 포옹을 허락하지 않았다.

본인이 직접 키우면 딸아이를 좀 더 이해하게 되리라 생각했지만 실상은 그렇지 않았다. 매일 딸아이와 함께하며 정말 많은 시간을 들여 아이와 말을 하고 환경을 탐색했지만, 딸아이는 이따금 어떤 표정을 짓곤 했다. 여자로서는 말로 표현할 수 없는, 눈에서 엄마의 말을 믿지 않는 듯한 기운이 반짝이는, 그런 괴이한 표정이었다. 그날 밤이 바로 그랬다.

저녁을 먹은 뒤 딸아이를 목욕시키고는 더러워진 옷을 세탁기에 넣고 그릇을 식기 건조기에 넣고 마룻바닥을 닦고 딸아이의 이를 닦아 주었다(어마어마한 양의 집안일을 해치워 가며 저녁 시간을 보냈다). 딸아이가『마오마오와 비비(毛毛與比比)』를 읽어 달라고 했다. 아무리 들어도 싫증이 나지 않는 이야기였다. 책을 다 읽어 준 뒤, 여자는 그림책을 침대 협탁에 놓고 불을 껐다. 눈이 어둠에 익숙해지고 나서 창밖의 희미한 불빛에 기대 딸아이의 얼굴을 내려다보며 아이의 머리칼을 쓰다듬었다. 얼마 지나지 않아 아이의 고른 숨소리가 들려왔다. 이러다가 같이 잠이 든 게 한두 번이 아니었다. 매번 이 틈에 일어나서 책을 읽어야 한다고 생각하기는 했지만, 도저히 피로를 이기지 못하고 깊은 잠에 빠지곤 했다. 그날은 딸아이가 잠든 뒤에도 깨어 있었고 그래서 조용히 몸을 일으켰다. 흥분을 감추지 못하는 여자의 모습이 꼭 나쁜 일을 하려는 아이 같았다. 일단 뜨거운 코코아부터 한 잔 탄 다음, 책을 한 무더기 가슴에 안고 와서 식탁에 올려놓은 뒤 한 권 한 권 뒤적이며 읽어 내려갔다. 마지막으로 이렇게 호기롭게 책을 읽은 때가 언제였는지 생각도 나지 않았다. 여자는 흥분이 가라앉지 않았다. 모든 책을 다 한 단락씩 읽어 보고 싶었다.

좀 추워서 숄을 가지러 가려고 뒤로 돌았다가, 돌연 뒤에 서 있던 딸아이를 발견했다. 아이는 본인이 아끼는 작은 담요를 끌면서 얼굴을 들어 여자를 쳐다봤다. 여자는 깜짝 놀랐지만 소리를 지르지는 않고 빠른 걸음으로 다가가 아이를 안아 주면서 어떻게 잠이 깼느냐고 물었다. 잠옷을 입고 있기는 했지만, 딸아이는 손이 아주 차가웠고, 이상한 눈빛으로 여자를 쳐다봤다. 까만 눈동자에 청회색 빛이 비쳤다. 여자는 딸아이의 손을 잡고 방으로 돌아갔고, 딸아이는 어린 동물처럼 여자 옆에서 몸을 웅크렸다. 어둠 속에 있으니 똑딱똑딱 시계 소리가 유난히 크게 들렸다.

아마 잠이 편히 오지 않아서 그랬을 것이다. 여자는 딸아이의 가늘고 보드라운 머리칼과 점점 더 따스해지는 손바닥을 어루만졌다. 손이 미세하게 떨리고 있긴 했지만, 아이는 다시 잠든 뒤였다. 아이가 태어난 지 몇 개월밖에 되지 않았을 때의 일이 기억났다. 여자가 손을 뻗기만 하면 딸아이는 반사적으로 여자의 손가락을 되잡고는 했다. 여자는 딸아이가 이렇게 힘껏 되잡는 게 참 좋았다. 마치 아이들이 생존의 고비에서 단단히 붙잡아야 하는 밧줄을 잡는 것 같은 그런 느낌이었다. 하지만 대략 젖을 떼기 전 무렵, 모녀를 연결해 주던 이 신비한 상징적 동작은 사라지고 말았다. 딸아이는 더는 이 친근한 반사 동작을 하지 않았다. 심지어 여자가 추억에 젖어서, 흔히 말하는 엄마와 딸의 텔레파시를 복습해 보고 싶은 마음에 이따금 딸아이의 손을 잡으면, 아이는 재빨리 손을 빼서 여자의 뒤에 있는 빛을 발하는 모든 물건을 다급히 움켜쥐었다. 머그잔, 크고 작은 블록, 찻상에 있는 컵 받침대, 여자가 대충 손 가는 곳에 둔 자잘한 꽃무늬 숄과 사방에 널려 있던 (그 안에 온 세상이 들어 있는) 책들을.

모든 물건이 딸아이의 호기심을 불러일으켰고, 마음을 분산시켰고 빠져들게 했다.

지난주에 꽃등을 보러 갔다. 아마도 고전 소설과 통속적인 사극 드라마의 암시 탓이었겠지만, 여자는 늘 꽃등 축제가 열리는 곳이 아이를 잃어버리기 가장 쉬운 장소라고 생각했다. 그래서 아이 손을 꼭 잡았다. 두 사람 다 손에서 쉴 새 없이 땀이 날 정도로 잡았더니 딸아이가 살짝 귀찮아하며 여자의 손에서 벗어나려고 했다. 여자는 쪼그리고 앉아 딸아이에게 눈을 부라리며 매섭게 으름장을 놓았다. "여기 사람 많은 곳이야. 너 얌전히 손잡고 있지 않으면 곧 엄마 못 찾게 될 거야." 아이는 이미 정신이 딴 데 팔린 상태였다. 알아들은 것도 같고 알아듣지 못한 것도 같은 모습으로 엄마를 힐끗 쳐다보더니 계속 다른 곳을 힐끔거렸다.

이 화려하고 아름다운 세계 곳곳엔 동물, 사람, 신상(神像), 집, 화원, 과일 등 각양각색의 색등이 가득했다. 알록달록 온갖 빛의 다발이 사람들 곁에, 발 옆에, 정수리 위에 화려하게 내려 앉았다. 하지만 딸아이의 시선을 사로잡은 건 많은 아이가 머리에 꽂은 나비매듭 머리띠와 동물의 귀 모양을 박아 넣은 머리 장식이었다. 플라스틱 재질의 나비매듭이 앞다투어 노란색, 녹색, 분홍색의 빛줄기를 쏘았고, 동물 귀 모양의 머리장식도 네온사인 같은 빛을 발산했다. 그 바람에 곁에 있는 적잖은 아이들이 그날 밤 하나같이 익살맞은 귀를 달고 다녔다. 꼭 넓은 경기장을 여기저기 어슬렁거리는 어린 짐승들 같았다. 그리고 크기가 저마다 다른 애니메이션 캐릭터 모양의 등롱이 있었는데, 온갖 색상에서 흩어져 나오는 원형, 타원형, 사각형의 빛의 점들이 시멘트 바닥에서 물결처럼 층층이 퍼져 나갔다. 딸아이는 눈 한 번 깜빡이지 않고 아이들이 머리에 꽂고, 손에 걸고, 목에 두른 빛의 고리를 쳐다보다가 플라스틱 재질의 장미 꽃다발 등을 파는 노점으로 다가갔다. 오색찬란한 빛이 다양한 빛깔의 플라스틱 장미꽃에서 피어났다.

딸아이가 여자의 손을 흔들더니 큰 소리로 외쳤다. 엄마 나 살래, 사고 싶어, 살래. 여자는 밀물과 썰물처럼 쏟아지는 사람들 무리에 밀쳐지는 바람에 방향을 분간할 수 없었고 어깨에는 무거운 배낭을 메고 있었다. 배낭 안에는 기저귀, 턱 받침대, 숟가락, 식판, 외투, 모자 등 아동용품이 가득 들어 있었다. 아이 손을 꼭 잡은 손바닥은 온통 땀에 젖어 버린 참이었다. 연이어 졸라 대는 아이의 소리는 여자의 속을 뒤집어 놓을 뿐이었다. 그래서 고개를 숙여 아이에게 소리쳤다. 너 이렇게 짜증 나게 할래?

여자는 기어이 사람들 무리와는 반대 방향으로 걸었고, 겹겹의 포위망을 뚫고 아이를 데리고 나가 결국 좀 넓은 오토바이 주차장에 도착했다. 안도의 한숨을 쉬고 있는데, 딸아이가 돌연 손을 풀고 다른 쪽으로 달려가더니, 사방에서 동요가 흘러나오는, 앞뒤로 흔들리는 놀이용 차를 타고 있는 한 여자아이의 모습을 서서 바라보았다. 딸아이는 옆에 있던 노란색 기차에 기어 올라가더니만 그럴듯하게 힘껏 핸들을 흔들어 댔다. 이 순간, 딸아이를 잃어버릴지도 모른다는 긴장감이 점차 피부를 떠나갔다. 남은 거라고는 목덜미가 은근하게 간질거리는 느낌뿐이었다. 방금 전, 왜 별 이유도 없이 딸아이를 야단쳤을까 싶은 자책감에 지갑으로 손을 뻗었으나 동전이 없었다. 주변을 둘러보니 등롱 파는 여자가 열몇 개의 알록달록한 등롱 아래 앉아 있는 모습이 보였다. 다채로운 빛깔의 전구에서 흐르고 돌아 나오는 원형의 점과 빛줄기가 어지럽게 여자의 둥그렇고 평평한 얼굴에 투영되었다. 그게 꼭 화려하고 자잘한 주근깨 같았다. 여자는 등롱 파는 여자에게 다가가 지폐를 동전으로 바꾸었다. 고개를 돌렸을 때, 기차는 텅 비어 있었다. 딸아이가 먹을거리 노점상 쪽으로 뛰어가는 게 보였다. 당황한 딸아이가 겁먹은 채 소리쳤다. 엄마, 엄마! 여자는 즉시 뒤를 쫓으며 딸아이의 이름을 크게 외쳤다. 소리를 지르고 나서야 쉬어 버린 목소리가 부들부들 떨리면서 떠들썩한 사람들 소리와 음악 소리가 만들어 내는 거대한 잡음에 묻혀 버렸다는 사실을 깨달았다. 딸아이는 여전히 귀신에게 홀리기라도 한 것처럼 울부짖으며 큰길을 향해 달려갔다. 여자가 한걸음에 딸아이를 따라잡아 그 어깨를 힘껏 움켜잡자(그 마르고 가느다란 팔이라니, 여자는 그 깡마름에 가슴이 찔리듯 아팠다), 딸아이는 곧장 뒤돌아 여자에게 안겼고, 그 홀쭉한 두 팔로 여자의 목을 감았다. 여자는 딸아이의 심장이 미친 듯이 뛰고 있다는 걸 느낄 수 있었다. 여자의 심장도 그랬다.

바람 한 점 불지 않는 밤, 여자는 딸아이가 좌우로 흔들리는 놀이 기구 위에서 무서움은 일찌감치 잊었다는 듯, 앞뒤로 흔들리는 차를 따라 이빨을 드러내며 웃는 모습을 지켜보았다. 여자는 딸아이가 자신을 찾아 큰길을 내달리던 그 아슬아슬한 순간에서 아직 정신이 돌아오지 않은 상태였다. 사지의 맥이 풀리고 온몸의 힘이란 힘은 순식간에 다 빠져나간 것 같았다. 여자는 이제 이 붐비는 야간 꽃등 축제에서, 다채로운 인조 색등의 행렬로부터, 이 세속적인 시끌벅적함에서 벗어나고만 싶었다. 저 앞 등롱 파는 여자는 여전히 그 자리에 앉아서, 저렴한 빛다발이 둥글고 평평한 얼굴을 갈라 놓도록 내버려 두고 있었다. 자세히 살펴보니 그 여자의 앞에도 역시나 플라스틱 장미꽃이 몇 송이 놓여 있었다. 어떤 장미 등은 불이 켜져 있었고 어떤 장미 등은 꺼져 있었다. 등이 켜지지 않은 장미는 어둡고 컴컴했다. 마치 차량에서, 큰길에서, 가로등에서, 주말과 휴일 사람들 사이에 뒤섞여 있는 즐거움과 피로에서 비롯된 겹겹의 두꺼운 먼지에 뒤덮여 있는 것 같았다.

딸아이의 시선에서 엄마가 멀어졌을 뿐 아니라, 모녀 사이의 갈등은 점점 더 심해졌다. 다투고 난 뒤 감정에서 빠져나와 이성을 회복하고 나면, 여자는 때때로, 어쩌다가 채 두 살도 되지 않은 여자아이와 하나하나 다 따지고 들게 되었을까 싶어 놀라곤 했다.

한동안 여자가 가장 골치를 앓던 문제가 있었는데, 딸아이가 밥을 반 정도 먹다가 별안간 그릇을 아래로 던져 버린다는 거였다. 그 안에 뭐가 담겨 있든, 완두콩이든 꼬마 옥수수든 두부덮밥이든 아니면 버섯탕면이든 상관없이, 딸아이는 밥을 어느 정도 먹다가 돌연 뭐가 생각나기라도 한 것처럼 그릇과 접시를 내던지곤 했다. 양념에 버무려진, 국물이 흥건한 음식물이 시원스러운 포물선을 타고 커튼에, 의자 방석에, 외투에, 벽에, 책에, 선반과 선반 위의 액자에 은혜를 고루 하사하며 엉겨 붙었다. 음식물 부스러기는 찰나의 몇 초 사이에 은밀하면서도 정확하게 방충망 틈에, 나무 바닥의 결을 따라 난 홈에, 시구(詩句)와 시구 사이에, 육안으로는 알아볼 수 없는 시공의 틈새에 박혀, 바퀴벌레 정예 부대를 한 무더기 또 한 무더기 대량으로 번식시켰다.

도무지 대비할 수가 없었다. 설사 일찌거니 눈치를 챈다 한들, 딸아이는 더 일찍 여자의 마음을 꿰뚫어 본 것 같았다. 마음을 살짝 놓았다가 어느 순간 정신을 차려 보면, 그릇과 접시는 울려 퍼지는 맑은 소리와 함께 이미 바닥에 떨어져 있었고, 음식물은 사방으로 날아가 흩어진 뒤였다(이런 무지한 식습관에 대처할 수 있는, 바닥에 흡착 빨판이 달린 그릇이 있다는 사실을 알게 된 건 그로부터 한참이 지난 뒤였다). 아이의 이런 행동에 여자는 끼니때마다 초긴장 상태에 빠지곤 했다. 특히 식당에서 친구와 함께 식사할 때면, 여자는 늘 한 손으로 밥을 먹으며 다른 한 손으로는 딸아이의 밥그릇을 눌렀다. 그렇게 했는데도 밥그릇은 몇 번이나 박살 났고, 뭇사람들의 따가운 시선을 감당해야 하는 경험을 숱하게 했다. 낯가죽이 얇아도 너무 얇은 여자는 이런 시선에서 느껴지는, 예전에 아이가 없었을 땐 여자도 수많은 엄마에게 보냈던 책망과 동정과 경멸을 도무지 감당할 재간이 없었다. 심지어 여자의 어머니조차 여자를 야단쳤다.

"넌 어쩜 그렇게 애를 못 보니."

그래서 카레 덮밥이 또 한 번 바닥으로 내던져졌을 때, 카레 국물이 순식간에 신발장 틈새로 튀어 들어가 여자가 오랫동안 신지 않았던 운동화로 천천히 스며들어서는 운동화에 원래 들어 있던 자갈과 모래를 대신하기라도 하듯 누런 흙처럼 운동화 코에서 신기록을 주조했을 때, 피로에 절어 마음이 찢어진 여자는 눈을 부릅뜨고 딸아이의 눈을 바라보며 말했다. "나 너 꼴도 보기 싫어."

"맞아요. 나 애 못 봐요. 내 잘못이에요. 더는 쟤 보고 싶지 않아요." 여자는 한밤중에 본인이 꿈속에서 끊임없이 어머니와 대화를 나누며 반박하는 소리를 들었다.

'나 너 꼴도 보기 싫어.'

시간이 지나고 나서야 여자는 서서히 깨달았다. 정말로 번거롭고 없애기도 어려운 건 바닥에 쏟아지고, 커튼에 묻고, 하얀 벽에서 춤을 추는 카레, 토마토 수프, 국수, 밥알이 아니라 드라마틱하게 파열되는 과정에서 딸아이가 순식간에 마음으로 전부 빨아들인, 파괴적인 눈빛과 모질고 신랄한 막말, 과장된 손짓과 눈물 공세, 이 온갖 것들이라는 사실을. 아무것도 모른다고 생각했던, 게다가 언어 능력이 거의 없다고 생각했던 딸아이가, 야단을 맞고도 헤헤거리던 딸아이가, 사태가 진행되는 와중에 취사선택이라고는 없이 이 모든 걸 한껏 받아들이고는, 예상

218

하지 못한 찰나에 똑같은 눈빛과 말투로 여자를 매섭게 공격했다. 그 순간 여자가 느낀 감정은 분노라기보다는 경악이었다.

어느 날 밤, 여자는 끊어졌다 이어지기를 반복하는 딸아이의 기침 소리에 잠에서 깼다. 아이는 기침을 하고 이불을 걷어찼다. 여자가 번번이 일어나서 이불을 덮어 주었지만, 그건 그저 여자를 무너뜨린 마지막 둑에 불과했을 뿐, 진짜 핵심은 낮에 여자를 괴롭힌 온갖 일들이었다. 예정했던 책을 읽지 못하고 써야 할 원고를 쓰지 못한 것, 남편의 무심함과 여자 본인의 눈물의 성토, 공원에 갔다가 딸아이가 외투를 입지 않겠다고 고집을 부리는 바람에 한기가 든 것……. 여자는 엄마가 된 뒤 모든 게 달라지기 시작했다는 느낌이 들었다. 아무도 여자의 말을 들어 주지 않는다는 데에서 온갖 난감함과 서운함이 밀려왔다. 자질구레한 모든 것들이, 아직 정리되지도 않았는데 곧바로 또다시, 또 다른 잡다한 다툼과 서로가 서로에게 빚을 지는 혼란을 불러왔다. 이 혼탁하게 이어지는 흐름 속에서 여자는 침대에서 튕기듯 일어섰다. 벌써 네 번째 일어난 터라 더는 참을 수 없었다. 여자는 무지막지하게 딸아이의 이불을 잡아끌었다. 누렇게 변해 버린 역사의 문서에 감춰 둔 여자와 딸아이 사이의, 심지어 여자와 엄마 사이의 모든 팽팽한 감정이 이 동작으로 까발려져 빛을 보았다. 여자는 딸아이의 팔을 잡아당겼다. 그 가녀린 손이 여자의 거친 행동을 감당할 수 있을까? 소름이 끼친 여자는 멈칫했지만 멈출 수는 없었다.

딸아이가 잠에서 깼다. 그러나 여자는 딸아이가 울지 않는다는 데 더 놀라고 말했다. 예상과 달리, 딸아이는 연약한 동물처럼 무서워하며 흐느껴 울지 않았고, 어두컴컴한 구석에 숨어 덜덜 떨지 않았다. 아이는 상반신을 곧게 세우더니 여자를 똑바로 응시한 채 날카롭게 고함을 질렀다. 온 힘을 다해, 몸속 깊은 곳에서 쥐어짜 내고 밀어 올린 것 같은 소리로 강렬하면서도 절대적인 자유 의지를 선언했고, 그 자유 의지는 확고했고, 아이는 자기 자신을 지키려 했다. 두 살배기 아이가 낼 법한 소리가 아니었다. 여자는 이 소리에 압도당했다. 아이를 매섭게 때려 주려고 했던 손이 허공에 멈춰 서고 말았다. 돌연 본인이 그렇게 할 충분한 이유와 절대적인 권위를 잃어버렸다는 느낌이 들었다. 정신이 돌아오고 나서야 딸아이가 고함을 지른 것만이 아니라는 사실을, 그 아이는 우렁차게 단언한 것이었음을 알아챌 수 있었다. '나 더는 당신 꼴 보기 싫어.'

어두운 밤, 여자는 아이에게 손을 뻗어 끌어안았다. 죄책감에서 나온 행동이었고, 공포에서 비롯된 행동이기도 했다. 딸아이는 꼼짝도 하지 않았다. 여자의 몸이 딸아이의 잠옷과 머리칼에 닿았을 때 정전기가 따끔하게 여자를 찔렀다. 많은 이가 깊이 잠든 밤, 흔들리는 희미한 빛에서 파파팟 소리를 따라 가느다란 불빛이 일어난 것 같았다.

아이의 엄마가 도서관에서 공원으로 돌아온 건 두 시간 남짓 지난 뒤였다. 물론 당시 아이에겐 시간 감각이라는 게 없었다. 아직 손목시계도 잘 못 볼 때였다. 정확히 말하면, 손목시계는 갖고 있지도 않았고 그냥 해가 이동하는 각도를 보고 대충 밥 먹을 시간이 됐다는 걸 가늠한 정도에 불과했다. 하지만 배는 전혀 고프지 않았다. 남동생은 넘어져 이마가 깨지고 말았다. 역삼각형의 상처에서 피가 계속해서 흘러나왔고, 동생은 끔찍하게 울어 댔다. 초조해진 엄마는 남동생을 데리고 구급차에 오르면서 아이에게 알아서 집에 가라고 했다. 집에 가는 길, 창피함과 죄책감이 먹장구름처럼 어깨를 내리눌렀다. 머릿속은 온통 엄마의 힐난으로 가득 차 있었다. "넌 어쩜 그렇게 애를 못 보니?", "이게 다 네가 애를 제대로 보지 않아서 생긴 일이야!" 급기야 구급차가 떠나기 전, 문틈을 통해 밀려 나온 말은 "집에는 혼자서 가. 엄마는 너 보고 싶지 않아."였다.

여러 해를 지나면서 이 말들은 덩굴지어 자라 무수한 가시나무가 되었고, 여자의 책상과 침대와 꿈을 광범위하게 덮어 버렸다. 북국의 두꺼운 눈처럼, 대대적으로 여자의 시야를 가리고 여자의 말을 지워 버렸다.

켜켜이 쌓인 지난날의 상념에서 정신을 차려 보니, 공원에 있던 엄마와 아이 들은 거의 사라진 뒤였다. 책을 잘 챙겨 넣고 딸아이를 데리고 점심을 먹으러 가려는데, 눈길 닿는 곳에 딸아이의 그림자가 보이지 않았다. 그래서 딸아이의 이름을 부르기 시작했다. 어렸을 때 부르던 이름을 부르다가 이름 전체를 다 불렀다. 무심코 대충 부르다가, 다급하게 외치기 시작했다. 작은 공원을 돌면서 소리를 질러 댔다. 철봉, 미끄럼틀, 플라스틱 다리를 따라 걸으면서 아이를 찾았다. 딸아이가 별안간 장난스럽게 등 뒤에서 튀어나와 앳된 목소리로 '나 여기 있지롱.' 이렇게 말하길 기대하면서. 하지만 그런 일은 일어나지 않았다. 햇볕은 점점 뜨거워졌고, 여자는 긴장감에 땀을 흘렸다. 이제 끝장이었다. 딸아이가 정말 보이지 않았다. 여자의 어깨는 경직되었고, 허벅지에서 무릎까지 온 다리의 힘이 풀려 제대로 서 있을 수가 없었다. 마음속은 순식간에 무너져 내려 텅 비어 버렸다.

있을 수 없는 일이었다. 딸아이가 사라질 리 없었다. 그런 일은 일어날 수 없었다. 전에도 없었고, 지금도, 앞으로도 일어나서는 안 될 일이었다. 여자는 긴장이 역력한 모습으로 공원 인근의 큰길을 뒤지고 사방을 두리번거렸지만, 어디로 가서 찾아야 할지 알 수 없었다. 맞은편 빵집을 보니, 안이 가끔 아이들 무리를 데리고 가서 수제 과자를 사다가 모든 아이에게 골고루 나누어 준 일이 떠올랐다. 여자는 뜨거운 기대를 안고 빵집으로 뛰어 들어갔지만, 안에는 안도 딸아이도 없었다. 여자는 빵 진열대를 힐끗 바라봤다. 언제나 여자와 딸아이를 유혹했던 빵들이 지금은 돌덩이처럼 보였다. 한바탕 위가 조여들었다.

이제 정말 끝장이었다. 딸아이가 보이지 않았다. 여자는 남편에게 전화를 걸어야 한다고 생각했다. 그러다 곧 일단 경찰에 신고부터 하는 게 맞겠다는 생각이 들었다. 경찰에게 뭐라고 해야 하지? 아마 아이가 입은 옷의 색깔을 말해야 할 거야. 그런데 애가 오늘 어떤 옷을 입었지? 파란색 바탕에 흰 줄무늬가 들어간, 미피가 그려진 옷이었나? 분홍색 바탕에 동그란 녹색 점이 들어간 윗도리였나? 여자는 도대체 어느 게 딸아이가 오늘 입은 옷이고 어제 입은 옷인지, 그게 딸아이가 입은 옷인지 아니면 다른 아이가 입은 옷인지 확신이 서지 않았다. 머릿속이 온통 뒤죽박죽이었다. 그제야 휴대폰이 배낭에 있다는 사실을 깨달았다. 그런데 배낭은 여전히 공원 벤치에 있었다. 여자는 공원으로 뛰어갔다. 머리는 온통 땀투성이였고, 여자는 정말이지 똑바로 서 있지도 못할 지경이었다.

공원에는 열대아몬드나무 몇 그루가 우뚝 서 있었다. 갈녹색 잎과 검붉은 빛깔의 잎이 서로를 빽빽하게 둘러싼 채 철 지난 옛 정취를 발산했다. 여자는 돌연 온몸이 버려진 듯한 기분에 사로잡혔다. 텅 빈 미끄럼틀과 철봉이 더할 나위 없이 쓸쓸해 보였다. 여자는 배낭에서 휴대폰을 꺼내 그사이 걸려 온 부재중 전화가 있는지 살펴봤다. 없었다. 그래서 다시 휴대폰을 배낭에 던져 넣었다. 여자는 그 김에 보온병을 꺼내 물을 마셨다. 따뜻한 물을 마시니 그제야 문득 방금까지 입이 정말 말이 안 될 정도로 말라 있었다는 걸 깨달았다. 입술도 말라붙어 있었지만 그렇다고 립글로스를 꺼내 바를 때는 아니었다. 너무 황당하고 너무 웃겼다. 여자는 물을 마시고 나서 조용하고도 빠르게 기도했다. 제발 부탁드립니다. 절대로 그 아이를 잃어버릴 수 없어요. 이 순간처럼 이렇게 경건하게 간청해 본 적이 없었다. 자신이 아무짝에도 쓸모없는 존재라는 사실을 깨달았다. 코너에 몰리고 난 뒤에야 진심을 다하게 되다니. 하지만 그와 거의 동시에 기묘한 생각이 마음속을 떠돌아다녔다. 딸아이는 사라지지 않을 거라는, 단 한 번도 딸아이가 사라질 거라는 생각을 해 본 적이 없으니 딸아이는 사라지지 않을 거라는 생각. 이건 할리우드 영화가 아니었다. 사회면 뉴스도 아니었다. 리얼리티 쇼도 아니었다. 사람 겁줄 요량으로 만들어진 환상도 아니었다. 소설은 더더욱 아니었다. 이곳은 현실 세계였다. 딸아이가 사라져서는 안 되는 거였다.

명치가 아팠지만 여자는 그래도 진정하려고 노력했다. 몇 번 숨을 깊이 들이쉬고 한 번 더 공원을 돌며 찾아 보기로 했다. 어쩌면 아까는 딸아이가 자주괭이밥을 따려고 구석에서 허리를 굽히는 바람에 보지 못했을 수도 있었다. 여자는 자리에서 일어나서 순찰하는 경찰관처럼 침착하게 확인했다. 흰꽃도깨비바늘이 떼 지어서 피어 있는 풀밭, 높낮이에 따라 세 개가 나란히 붙어 있는 철봉, 노란색 플라스틱 다리와 그 위에 있는 대형 주판, 숫자 회전판(딸아이는 한때 이 숫자들을 힘껏 돌리는 걸 제일 좋아했다), 반 밀폐된 플라스틱 다리 아래(딸아이는 다른 아이와 함께 무슨 비밀 결사라도 되는 양 그 안에 숨어 있는 걸 좋아했다), 직선으로 뻗은 미끄럼틀, 물결 미끄럼틀(딸아이의 웃음소리가 들리는 것만 같았다)을 뒤지면서 힘 빠진 목소리로 아이의 아명(兒名)을 외쳤다. 여자는 이 순간이 되어서야 이 복합식 미끄럼틀이 거대하고 무겁고 견고하기가 그야말로 수풀 같다는 사실을 깨달았다. 미끄럼틀이 꼭 모든 아이를 흡착해 안에서 싸고 있는 거대한 무지갯빛 숲 같았다. 마지막으로 간 곳은 파이프 미끄럼틀이었다. 딸아이가 가장 좋아하는 곳이었다. 빨갛고 파랗고 푸르고 노란 파이프 미끄럼틀이 구불구불 이어졌고 머리와 꼬리가 맞물려 있는 구조였다. 출입구를 제외하면 완벽한 밀폐형이라 그 자체가 세상의 비밀 통로였다.

여자는 왼쪽으로 가로놓이고 오른쪽에서 꺾어지는 파이프 바깥을 더듬어 가며 앞으로 나아갔다. 노란색과 파란색 파이프의 접합 부위에서, 그러니까 밀폐된 곳 중간 다리에서 검은 그림자를 발견했다. 희미하고 따스하고 연약한 검은 그림자 덩어리가 파이프 중간에 있었다. 여자는 거의 울음이 터져 나오려 했다. 온몸을 덜덜 떨며 자그마한 플라스틱 계단을 올라가 몸을 통로 안으로 억지로 욱여넣자 순식간에 그 검은 그림자에 몸이 닿았다. 자그마한 머리, 머리 중간의 낯익은 검은색 가마 두 개. 딸아이는 뜻밖에도 이곳에서 자고 있었다. 정오의 햇빛이 투명했다. 모녀는 노란 파이프의 빛무리에 뒤덮였다. 계시 같기도 했고 경고 같기도 했다.

여자가 딸아이를 끌어내는데, 팟, 정전기가 손끝을 찔렀다. 딸아이의 머리칼과 윗도리에 달린 모자의 털끝이 여자를 찌르고 있었다. 아니 어쩌면 따스한 선의로 일깨워 준 것일지도. 딸아이를 찾았다. 미세한 떨림이 여전히 여자를 휘감고 있었다. 태아를 싸고 있는 태반과 막처럼 투명하고, 충성스럽게.

3장

그해 여름의 흉터

컴퓨터 책상 위의 딸아이는 미소 짓는 양 그림이 가운데에 그려진 보라색 윗도리를 입고 있다. 옆에는 푸른 풀잎과 노랗고 빨간 꽃송이가 펼쳐져 있고, 흰 구름이 떠 있다. 아이는 왼쪽을 보고 있다. 카메라 렌즈 밖 무엇인가가 시선을 끄는지 눈빛이 장난스럽다. 초롱초롱한 두 눈과 짝을 이룬 양 갈래로 묶은 긴 머리가 어수선하게 헝클어진 걸 보니 방금 신나게 논 게 분명하다. 엄청 신나게 놀았나 보다.

네 살이 된 딸아이가 얼굴을 들며 이거 언제 찍은 거냐고 묻는다.

"너 두 살 되고 한 3개월 지나서였을 거야."

사실 속으로 한 말은 이거였다. '아직 네가 다치기 전에 찍은 거야.' 수증기를 내뿜으며 끓어 넘치던 그 찻물이 아직은 네 두 다리로 쏟아지지 않고 테이블에 놓여 있었을 때. 네가 빛나고 하얀 두 다리를 갖고 있었던 때. 온 거리에 울려 퍼지던 구급차 소리, 붕대, 거즈, 화상 연고, 비명과 울부짖음, 잠 못 이루는 밤과 한없는 눈물로부터 떨어져 있었던 때. 천진하게 살고 있었던 시절.

그 이후 삶에 새로운 분기점이, 새로운 구분점이, 새로운 편년(編年)이 생기고 말았다.

그전까지 내 삶의 전환점을 상징했던 것들은 엄마가 된 것, 타이중에 거주하게 된 것, 채식주의자가 된 것, 인도와 네팔을 여행한 것 등등이었다. 이 많은 사건이 내가 불결을 뛰어넘고, 익숙한 것에서 벗어나, 벨벳과 새틴 같은 사치와 화려함을 버리도록 이끌어 주었다. 지금의 나는, 나의 완강함과 나약함은, 나의 슬픔과 고통 그리고 한없는 기쁨은 이 사건들이 쌓고 섞어 놓은 고통과 환희의 진흙, 모래와 자갈이 나이와 함께 쉼 없이 앞으로 돌진하고 쌓여 만들어진 것이다.

딸아이의 화상은 가장 파괴적인 충격이었고, 가장 선혈이 낭자한, 뼈를 녹이는 편년이었다. 그 이후, 과거와 현재를 명확하게 구분하게 되었다. "XX가 언제 있었던 일이에요?" 사람들이 물으면 아이가 두 살 되던 그해라고, 그 여름이라고, 우리가 타이중에서 살았던 첫 번째 집을 팔기 전이라고 대답하지만, 마음속에는 이런 생각이 스치고 지나간다. 단 한 순간도 빛을 버리고 떠나지 않는 그림자처럼 빠르게, 자연스럽게 떠오른다. 그 일은 딸아이가 다치기 전 일이라고, 그 전에 있었던 일이라고.

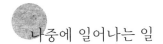

나중에 일어나는 일

단 한 번도 내가 이런 식으로 그 젊은 여성의 이름을 보게 될 거라는 생각을 해 본 적이 없었다. 적어도 그 젊은 여성의 이름과 이야기가 반복적으로 텔레비전 정각 뉴스를 통해 흘러나올 때까지는 내가 그 젊은 여성의 옆얼굴을, 붕대가 칭칭 감긴 두 다리를, 그 여성의 그 고요함을, 그리고 당연히 그의 어머니를 힐끔거리게 될 줄 몰랐다.

딸아이를 데리고 중환자실에 입원한 첫날 밤, 나는 잠을 이루지 못했다. 심장 전체가 단단하게 바짝 조일 대로 조여진 듯한 느낌이 또렷하게 들었고, 목구멍은 솜에 마구 틀어막힌 것만 같았다. 그 뜨거운 차가 차라리 내 몸으로 쏟아졌기를 얼마나 바랐던지. 나와 딸아이 사이에 놓여 있던 주전자 속에서 뜨겁게 끓어 넘치던 그 차가 몇 초, 그 찰나의 순간에, 그것이 정말 필연적으로 일어날 수밖에 없는 일이었다면, 운명처럼 정해져 있었던 그 궤적에서 벗어나, 시간의 축에서 새로운 불꽃을 일으켜 내 몸에 쏟아졌기를, 악의로 가득 찬 뜨거운 열이, 할 수만 있다면 내 피부를 좀먹어 들어갔기를 얼마나 바랐던지. 나는 차라리 그 무섭고 더러운 물이 내 거죽을 잔인하게 한 겹 한 겹 벗겨 내기를 바랐다. 딸아이가 고통받기를 원치 않았다.

애가 타들어 가는 기나긴 밤, 나는 링거 펌프가 시간에 맞춰 내는 소리를 들으며 우리와 함께 입원해 있는 맞은편 환자를, 거의 전신에 붕대를 둘둘 휘감고 있는 환자를, 그 아이를 어림짐작해 보았다. 이튿날 병실을 나서다가 무의식적으로 병실 문 앞에 걸려 있는 이름을 힐끗 바라보았다. 정각 뉴스에 반복적으로 등장하던 그 이름이, 의식의 토양에 깊이 묻혀 있던 씨앗처럼 홀연 가지를 뻗고 잎을 무성히 틔우기 시작했다.

나는 그 아이의 어머니를 생각하지 않을 수 없었다. 그 어머니는 얼마나 잠을 이루지 못할까. 사건이 일어난 첫날, 그 어머니도 거대한 공포에 잡아먹히지 않았을까. 고통스럽게 자책하지 않았을까. 끊임없이 가정하고, 추측하고, 자문하지 않았을까. 그 어머니가 눈물을 쏟았을 거라는 건 확신할 수 있었다. 그 많은 눈물이 끊임없이 그 여인의 눈에서 용솟음쳐, 순식간에 열 살은 늙어 버린 얼굴 위로 좁고 가늘고 깊은, 더는 메울 수 없는 강줄기를 파 냈으리라. 여인은 틀림없이 미간을 잔뜩 찡그린 채 심장을 찌르는 고통을 느꼈을 것이다. 말 그대로 심장을 찌르는 그 고통이, 과연 맑고 투명하게, 날카롭고 뾰족하게 갈린 고드름처럼 심장으로 내달아 사납게 찔러 댔을 것이다. 그 여인은 틀림없이 그렇게 마음이 찢어졌으리라.

시간이 흐르고 나면 그 여인은 괜찮아 보일지도 모른다. 시장에 장을 보러 가서 예전에 그랬듯 양파와 토마토 또는 양배추를 비닐봉지에 잘 담아 수레에 넣을 수도 있을 것이다. 차표도 사고 아무 일 없었던 것처럼 플랫폼에 서서 자신을 향해 달려오는 열차를 기다릴 수도 있을 것이다(운명의 열차가 방향을 바꿔 자신을 치어 주면, 그래서 갈가리 찢기고 부서지면 얼마나 좋을까, 여인이 돌연 이런 희망을 품지는 않을까). 심지어 출근을 할 수도 있을 것이다. 낙엽을 쓸 듯, 호치키스로 종이를 찍거나, 어서 오세요, 감사합니다, 괜찮습니다, 이런 말을 할 수도 있을 것이다. 또는 미소를 짓거나 허리를 굽히고 머리를 끄덕일 수도 있으리라. 여인은 겉보기에는 별로 달라 보이지 않을 것이다. 옷은 여전히 적당히 몸을 덮고 있을 것이고, 적당한 신발을 신고 심지어 장소에 따라 모자를 쓰거나 실크 스카프를 두르고 있을 수도 있을 것이다. 여자는 별로 달라 보이지 않을 것이다. 기껏해야 좀 마른 걸 빼고는.

한 엄마가 내게 알려 주었다. 일이 일어나고 나서 두 달쯤 지나니 딸아이의 맞은편에 입원해 있던 환자의 어머니가 그렇게 말라 가더라고. 조금씩, 한 방울씩, 초췌해 가더라고.

잔인한 일은 엄마들의 몸에 뜨겁게 달아오른 낙인을 남긴다. 셔츠 두 번째 단추 아래에, 귀 뒤에, 복사뼈에, 이곳저곳에, 태어날 때부터 갖고 태어난 반점처럼 사방에 남는다. 나는 죽은 뒤 불에 태워져 재가 된다 한들, 그 흔적은 변함없이 번뜩이며 생멸(生滅)해 영원한 상처가 되지 않을까 의심해 보곤 한다.

그 사건은 한때 온 신문의 헤드라인과 지면을 차지했다. 매미가 시끄럽게 울던 초여름, 정시 뉴스에서 대규모로 발생한 환자들에 관한 소식이 방영되었다. 그들의 꿈과 이야기, 젊디젊은 그들의 삶의 모든 디테일이 다채로운 화면과 소리를 통해 수많은 이의 망막으로 세세히 전해지며 푸르죽죽한 그림자를 드리웠다. 이제 막 더워지기 시작한 여름날, 나는 딸아이의 손을 잡고(아직은 아이가 손에 화상을 입기 전이어서 평소와 다름없이 온전하고 보드라웠던 그 손을 잡고) 거리를 돌아다녔다. 식당, 사진관, 생활 잡화점, 병원, 약국 등 크고 작은 점포들을 지나쳤다. 그 모든 점포의 텔레비전에서 이 사건을 내보냈고, 사람들은 다들 초연하게 먼 곳을 응시했다―아, 그건 틀림없이 먼 곳에서 일어난 일이었다. 같은 도시에 살아도 발밑의 땅이 흔들리지 않는 한, 재난은 늘 먼 곳에 있었다―눈 깜짝할 새에 번져 버린 불, 놀라 허둥대는 외침 소리, 자욱하게 긴 짙은 연기 그리고 연이어 전해진 젊은이들의 이야기들. 식당에서 처음 그 뉴스를 들었을 때는 우울했다. 그리고 나서 밥을 다 먹고 돈을 낸 뒤 무더위를 피하려고 딸아이의 손을 잡고 가급적 기루(騎樓)¹로 걸어 다녔다. 별생각 없이 점포의 텔레비전을 들여다보았다. 유리창 너머 연속해서 나오는 화면이 꼭 무성영화 같았다. 나는 딸아이의 손을 잡고 집으로 걸어갔다. 그 얼마나 일상적이었는지.

지금에 와서야 깨달았다. 부드럽게 대지에 누운 식생(植生)처럼 그저 피부가 몸을 알맞게 덮고 있는 것만으로도, 수포가 떼지어 생기지 않고, 벌겋게 부어오르지 않고, 피부가 벗겨지지 않고, 피가 흐르지 않는 것만으로도, 아, 심지어 고통이 없는 것만으로도, 악몽의 저주처럼 몸을 괴롭히는 그 많은 고통이 없는 것만으로도, 축배를 들어 축하할 일이라는 걸. 윤기가 흐르는 깨끗하고 섬세한 피부가 햇볕에 검게 그을리거나 거칠어지더라도 전과 다를 바 없는 온전한 피부가, 그 평소와 다를 바 없음이, 아, 평소와 다를 바 없다는 것 그 자체로 축복이라는 걸.

아마 바로 그 오후였을 것이다. 내가 언뜻 그 젊은 여성의 이름을 보고, 왜인지는 모르겠지만 그 이름이 이야기와 함께 머릿

---

1 건물 1층에 기둥을 여러 개 세워 사람이 자유롭게 오갈 수 있는 통로를 만든 건축 양식.

속에 남아 버린 때가. 어찌 알 수 있었을까. 두 달 뒤 내 딸이 그 젊은 여성의 맞은편에 입원하게 될 줄을. 나는 그 젊은 여성의 어머니를 향해 고개를 끄덕였다. 그 여인의 눈에 깃든 슬픔이 보였다. 그 여인도 분명히 내 슬픔을 보았으리라.

일이 일어나고 두 달 남짓 시간이 흘렀을 무렵, 애초에 뉴스 머리기사를 차지했던 이 사건의 후속 보도는 얼마 되지 않았다. 맨 처음 논란을 불러일으켰던 여러 보도는 사건을 놀랍고 부정적인 궤적으로 몰아갔다. 언어는 증식하고 얽히고설켜 무시무시한 연기가 되었고 짙은 안개가 되었다. 사람들은 진실을 목도하기라도 한 것처럼 아주 그럴싸하게 이야기했다. 이어진 여러 보도를 통해 그 아이들이 하나둘 퇴원했다는 몇 가지 소식과 관계 기관의 기증과 지원 그리고 희생자 관련 소식이 전해지기 시작했다. 딸아이가 두 번째 변연절제 수술[2]을 받은 그날 아침, 수술실 밖에서 기다리고 있는데 앞줄에 앉은 중년 남자가 신문을 펼쳤다. 대형 헤드라인에 이렇게 쓰여 있었다. '열두 명의 희생자, 그리고 죽음과 애도에 관하여'. 이어진 뉴스도 대략 다 그 정도일 수밖에 없었고, 더 이어진 이야기는 없었다. 모든 뉴스 보도가 그렇듯, 열기가 지나가고 나면, 그보다 더 활활 타오르

---

2   죽은 조직을 제거하고 세균 증식을 방지해 피부의 치유를 돕는 수술.

는 또 다른 재난과 고통 그리고 온정이 뒤따르기 마련이다.

  잠이 오지 않는 얼마나 많은 밤에, 나도 모르게 나를 서글프게 했던 보도들을 떠올렸던가. 출산을 앞두고 고속도로에서 교통사고를 당한 뒤 구조되었으나 배 속 아이는 죽고 의식 없이 병원에 누워 있는 엄마에 관한 보도가 있었다. 또 다른 엄마가 아이를 낳다가 갑자기 위급한 상황에 부닥쳤다는 보도도 있었다. 의료진이 응급 구조를 하면서 아이 아빠에게 "아이 엄마를 살리시겠습니까, 아니면 아이를 살리시겠습니까."라고 묻자, 아이 아빠는 어찌해야 할지 몰라 당황해했다고 한다. 그 뒤 모녀를 위해 SNS에 응원 페이지를 개설했고, 많은 사람이 힘을 모아 응답했으나 이후 아기는 세상을 떠나고 말았다. 그 엄마는 어떻게 되었을까? 그리고 또 최근 접한 뉴스 중에는 몇몇 젊은이들이 친구 결혼식에 참석했다가 돌아오던 중 교통사고가 일어나 불행히도 모두 사망하고 말았다는 뉴스도 있었다. 그렇다면 그 젊은이들의 부모들은? 그 사람들이 지금도 목으로 넘길거 순조롭게 넘기면서, 편히 숨 쉬며 살고 있을까? 그 사람들이 보는 모든 풍경이 전부 아이의 마지막 모습이나 사건 당시의 화면에 가로막혀 있지는 않을까? 그리고 남은 그 사람은? 그 사람은 앞으로 일어날 일을 알고 있을까?

  그리고 또, 보도조차 되지 않은 일들도 있다. 몇 년 전 우리 과의 한 학생이 스스로 목숨을 끊었다. 일이 일어난 뒤 동료와 함께 학생의 아버지를 위로해 드리러 갔는데, 그때 그분의 처연한 표정이 지금도 잊히지 않는다. 이듬해, 그분은 먼저 간 딸을 대신해서 졸업식에 참석했다. 나는 그해 6월[3], 애통함이 어떻게 까무잡잡하고 건장한 한 아버지를 갉아먹는지 목격했다. 초저녁이기는 했지만, 강렬한 햇빛이 그분의 뺨 위로 흐르는 눈물을 태워 버릴 듯 비추었다. 그것은 푼크툼이었다. 지금도 눈을 뜨든 감든 그 푼크툼이 눈에 선하다.

이 모든 게 어떤 일이 일어나고 나서 나중에 일어나는 일들, 더는 보도되지 않는 일들, 내가 모르는 일들이다.

딸아이는 일반 병실로 옮겨진 뒤, 매일 아침 드레싱을 할 때마다 울부짖었다. 그게 나한테 어떻게 고통이 아닐 수 있었겠는가. 도저히 견딜 수 없었던 나는 어느 날 결국 병실을 걸어 나갔고, 끝없이 눈물을 쏟았다. 한 환자의 어머니가 나를 보고 어깨를 다독이며 달래 주었다. "다 좋아질 거예요. 걱정하지 말아요." 몸은 깡말랐지만 얼굴에는 늘 따뜻한 미소가 걸려 있던 분, 하지만 일이 터진 첫 달에는 그 어머니도 더는 어떻게 웃어야 할지 모르겠었다고 말했다. 나중에 그분이 이런 말을 했다. 처음 중환자실 밖에서 나를 봤을 때, 속으로 비참한 생각이 들었

---

3   타이완에서는 6월에 졸업식이 열린다.

다고. 또 다친 아이가 들어왔구나 싶어서, 또 슬픔에 젖은 엄마가 들어왔구나 싶어서. 또 다른 환자의 가족은 딸아이를 보러 자주 오곤 했다. 깨끗한 보름달 같은 얼굴에 가늘고 긴 눈썹과 눈을 가진 그분은 딸아이에게는 그림책 한 권을, 내게는 불경을 선물해 주셨다. 언젠가는 우란분회(盂蘭盆會)[4]에서 중생에게 올린 부처의 손을, 밀가루 반죽으로 만든 부처의 손을, 중생을 위로하는 그 손을 선물로 주기도 하셨다.

비바람이 몰아치던 그 시절, 사고로 다친 이들의 가족들은 이렇게 서로에게 다가가 기대었다. 고통을 겪고 있었기에 고통받는 가족과 친척에게 사소한 감로(甘露)를 나누어 주는 데에, 위로의 말, 이해하는 눈빛 등 온갖 것들을 건네는 데에 인색하지 않았다. 나는 그들과 이야기를 나누는 과정에서 강함과 자비를, 그들의 지지를 온몸으로 느꼈다. 한 어머니는 내게 본인의 기쁜 소식을 나눠 주었다. 딸이 드디어 침상에서 내려올 수 있게 되었다고, 다시 걷는 법을 배우기 시작한 스물세 살 난 딸을 부축해 주다가 자기도 모르게 첫돌이 지나고 뒤뚱뒤뚱 걷던 딸의 기억이 살아났다고 했다. 또 다른 엄마는 걱정에 휩싸여 있었다. 친구들이 하나둘 찾아와 격려해 주었지만, 혼자 남는 시

---

4   음력 7월 15일에 열리는 불교의 행사.

간이 되면 딸은 늘 자기만의 깊은 우울의 그림자 속에 누워, 알 수 없는, 고단한 미래를 어림짐작하며 말했다. "내 인생은 끝났어."라고. 그는 "정말 어떻게 아이를 위로해 줘야 할지 모르겠다."라고 말했다.

매번 휴게실을 지나칠 때면, 유리창 너머 텔레비전에서 온종일 방송되는 최신 소식들이 눈에 들어왔다. 낭자한 선혈, 울음소리, 터지고 갈라진 몸, 망가진 가정과 같은 소식들이었다. 오래된, 그러면서도 새로운 불행과 재난 들이 밤낮을 아끼지 않고 윤회를 거듭해 과할 정도로 강렬하게 환자와 가족의 눈동자로 쏟아져 들어왔다. 그 불행과 재난은 분명히 똑똑똑똑 떨어지는 물방울로(아, 설마 무형의 방울은 아니었겠지) 눈동자에 조밀하게 주입되었으나, 모든 사람이 무심히 두리번거리는 분초 사이에 눈앞까지 당도한 것은 늘 격렬하게 와르르 무너지는 폭발이었고 절정이었다. 그러나 뉴스가 끝나고 나면 우리는 계속해서 도시락을 먹고 또 먹었고, 앞으로 일어날 일에 개의치 않았다. 우리 곁에 늘 숱하게 많은 암시가 머물고 있었음에도, 따스한 암시가, 슬픈 암시가, 서서히 흘러가는 암시가 우리 곁에 머물러 있었음에도, 서로의 육신과 머리털과 피부 사이에서 일어나는 이런 것 그리고 또 저런 것 들에 개의치 않았다.

두 번째 변연절제 수술을 마친 그날 밤, 딸아이는 진통제가 효과를 발휘한 뒤에야 잠들었고, 나는 창가에 기대 병원 건물 몇 동을 바라보았다. 사각으로 난 창틀을 하나하나 살펴보았다. 어느 창은 커튼이 다 쳐져 있었고 어떤 창은 커튼이 반쯤 열어 젖혀져 있었다. 어떤 창에서는 밝은 불빛이 새어 나왔고 어떤 창은 어두컴컴했다. 휴대폰을 들여다보고 있는 이가 있는가 하면 한창 이야기를 나누고 있는 이도 있었으리라. 어떤 사람은 고통과 외로움을 참고 있었을 테고. 아마 보도가 될 수많은 사건, 아니 어쩌면 아는 이 하나 없는 수많은 사건이, 맥락을 잃고 중간에 끊어져 버린, 정확히 셀 수도 없이 수많은 삶의 서사가, 그 이후 일어난 일들이, 머나먼 거리를 사이에 두고 있는 나로서는 정확히 볼 수 없는 일들이, 바로 그 순간 그곳에서 끝도 없이 계속되고 또 계속되고 있었다.

※이 글은 2015년 12월 8일자《연합보(聯合報)》에 게재되었다. 글에서 언급된 사건은 그해 6월 27일에 일어난 '바셴 사건(八仙事件)'[5]이다.《연합보》의 비전 프로젝트팀에서는 부상자들에 관해 꾸준히 후속 보도를 진행했고, 사건 발생 1주기에는 논단을 개최했다. 특별히 설명을 덧붙인다.

---

5   바셴 놀이공원에서 열린 파티에서 일어난 폭발 사건으로, 15명이 사망하고 484명이 중상을 입었다.

여행이 아니다

얀 헨드릭 판 덴 베르흐는 『병상의 심리학(The Psychology of the Sickbed)』에서 한 아버지가 병에 걸렸을 때 받은 느낌을 이렇게 묘사한다. 그 사람이 일상생활에서 부재(不在)하게 되었다고, 온 세상에서 그에게 남은 거라고는 몸을 눕힐 침대뿐이었고, 발을 바닥에 내려놓을 때면 흡사 '앨리스의 이상한 나라'에 들어가는 것만 같았는데, 손으로 벽을 짚으며 화장실에 가는 게 '험난하면서도 도무지 현실로 다가오지 않는 원행(遠行)'이었다고. 판 덴 베르흐는 글에서 여러 번 여행, 원행 등으로 병의 양태를 묘사하는데, 내내 건강한 세상에서 살아왔기에 이를 전혀 지각할 수 없었던 사람에게는 병에 걸리면서 일어나는 온갖 일들이 분명 미지의 나라로 떠나는 여행으로 다가온다는 것이다.

궁줘쥔(龔卓軍)은 리차드 자너의『고통스러운 목소리(Troubled Voices)』를 읽을 때,『슬픈 열대』를 펼친 것 같았다고 한다. 클로드 레비스트로스가 위험 지역으로 발을 들여놓으며 모험을 강행한 것처럼, 병원 안에서 맺어지는 의사와 환자의 관계가 너무나 드라마틱했던 것이다. 라이샹인(賴香吟)의『그 후(其後)』에서도『슬픈 열대』가 언급된다.

나는 대학에 개설한 '의료 문학과 생명의 서사'라는 강의에서 질병과 여행을 다룬 텍스트를 몇 권 제시하고, 학생들과 함께 생각해 보곤 했다. 여행과 질병이라는 두 가지 상태를 어떻게 병치할 수 있을까? 전자는 아득하고 끝없는 세상과 가뿐하고 능동적인 신체의 감각을 향해 떠나는 여정이다. 설사 위험한 탐험에 발을 들인다 한들, 피부 위로 솟아오른 흥분과 쾌감과 공포가 뒤섞인 알갱이를 한 알 한 알 느낄 수 있고, 피가 급격한 속도로 용솟음친다. 하지만 병에 걸리면 어디에도 갈 수 없을뿐더러, 몸은 좁디좁은 공간에 갇혀 버리다 못해 침상이라는 외로운 섬으로 그 한계가 축소된다. 갇히는 것은 몸만이 아니다. 그로 인해 심지어 모든 감각기관이 둔해지고 고요해지며, 결국 거의 움직일 수 없는 지경에 이른다. 그런데 어떻게 질병을 여행과 함께 놓고 이야기한단 말인가? 시간 감각도 마찬가지이다. 여행 중에 이동할 때에는 시간이 쏜살같이 흘러가는 느낌을 받지만, 병상에 누워 있으면 하루가 1년 같다. 이토록 차이가 큰

이 둘을 어떻게 병치할 수 있단 말인가?

『병상의 심리학』의 서술자는 냉정한 태도로, 병에 걸렸을 때 일어나는 일들을 옆에서 하나하나 지켜보고 하나하나 분석한다. 그 일들 속에서 철학적 사유의 빛을 환히 밝히면서도 유머와 해학을 잃지 않는다. 질병을 여행으로 볼 수 있다는 것은, 당연히 위험 지역으로 뛰어들어 온갖 고통의 윤곽과 그 깊이를 검증하겠다는 어떤 담담함과 고요함의 발로이며, 당연히 어떤 초월이다. 나는 학생들에게 묻곤 한다(오후의 햇빛이 그들의 건강한 피부색 위로 아주 엷게 비쳐들 때, 그들의 청춘의 머리칼과 땀구멍을 둘러싸기 시작할 때, 조금도 개의치 않는 그 표정과 태도야말로 그들이 건강하다는 최상의 증거이다). 병든다는 것이, 병원에 입원한다는 것이 여행이 될 수 있을까요?

친구들에게 떠밀려 강단에 올라온 한 남학생이 농구를 하다가 발을 삐끗해서 다친 경험을 이야기했다. 다치고 나서 첫 이틀은 기숙사 책상에서 화장실까지 걸어가는 게 정말이지 고단한 여정이었다고 했다. 한 여학생은 교통사고로 반년 휴학한 경험을 들려주었다. 의식을 잃었다가 깨어나서 보니 하반신에 소변줄이 꽂혀 있었고, 그게 너무 아파서 발가락을 좀 움직여 보려고 했는데 아무런 감각이 느껴지지 않았다고. 자신을 옆으로 안아서 다른 침상으로 데려다주는 간호사를 보고 너무 놀라 간호사를('왜 간호사가 있는 거지? 나 어디에 있는 거야?'), 그리고 엄마를(분명히 어머니 역시 당황해서 안절부절못했으리라) 바라보았다고 한다. 본인에게 도대체 무슨 일이 일어난 건지 알 수 없는 상황에서, 넋을 놓은 채 중얼거릴 수밖에 없었다고. "이 거 꿈인가?" 이렇듯 다 지나고 난 뒤 생각하면 텔레비전 드라마 대사의 향이 물씬 느껴지는 이 말은, '이거 꿈인가?'라는 중얼거 림은 차차 분노가 뒤섞인 성토로 변해 갔고, 툭하면 눈물을 닦 아 대는 엄마에게 울며불며 물어보곤 했단다. "엄마, 이거 꿈이 라고 얼른 나한테 말해 달라니까!" 학생은 여기까지 말을 하다 감정이 북받쳤는지 강단에서 눈물을 쏟고 말았다.

강단 아래 있던 학생들 몇 명도 눈시울을 붉히며 코를 훌쩍 였다. 학생이 내게 마이크를 건네주는데, 강단 아래 여기저기 서 콧물 훌쩍이는 소리가 들렸다. 이건 결국 판 덴 베르흐가 말 한 '앨리스의 이상한 나라'가 아니다. 나무 아래 구멍도 없고, 토 끼도 없고, 미소 짓는 고양이도 없고, 커졌다가 작아지는 동물 도 없다. 순식간에 일상으로부터 단절되어, 아무런 예고도 없이 뽑혀 버린 플러그처럼, 마비와 기능 상실 상태가 기다리고 있을 뿐이다. 하지만 학생들은 청춘은 무적이라고, 건강이 영원하리 라고 착각한다.

10분을 쉬었다. 한 여학생이 차가운 표정으로 나를 찾아왔 다. 기숙사에 항불안제를 가지러 가겠다고 했다. 다른 학생이 방금 강단에 올라가서 해 준 이야기를 듣다가 조울증으로 병원에서 보냈던 날들, 숨이 막히는, 차마 돌이키기 힘든, 일말의 희망도 볼 수 없었던 숱한 낮과 밤들이 떠올랐던 것이다. 나는 약을 가지러 가라고 했다. "기숙사에서 조금 쉬었다가 다음 시간에 와도 괜찮아요." 그 학생에게 가만히 말해 주었다.

딸아이가 화상을 입은 뒤 다섯 시간 만에 받은 변연절제 수술을 떠올려 본다. 첫 번째 수술이 끝난 뒤(그때는 당연히 수술을 한 번 더 하게 될 줄은 몰랐다), 회복실로 간 딸아이가 천천히 두 눈을 뜨더니, 울며불며 비명을 질렀다. 그 울음소리에 찔려 상처 입은 나는 무기력하게 아이를 달랠 수밖에 없었다. 괜찮아, 엄마 여기 있어, 괜찮아. 당연히 괜찮을 리 없었다. 적어도 슬픔이 찾아온 그 순간에는, 다시는 그 이전으로 돌아갈 수 없다. 그 이후 아이의 두 다리에는 흉터가 남았고, 내게는 새로운 근심과 공포의 근원이 생겼다. 당시 딸아이는 걸핏하면 하반신을 긁고 움켜쥐었다. 나는 한참이 지나고 나서야 아이가 날카로운 울음소리를 통해 '쉬 마려워요'라는 의사를 전하고 싶어 했다는 걸 희미하게나마 알아챘다. 알고 보니 아까 몸에 꽂은 소변줄이 무섭고 너무 불편해서, 배변을 하고 싶어진 아이가 자꾸만 침상에서 내려오려고 발버둥을 친 것이었다. 기저귀를 뗀 지 겨우 석 달밖에 지나지 않았을 때였지만, 아이는 이미 침상에서 쉬를 할 수 없었다. 소변줄이 소변을 보게 도와주는 데도 그랬다.

딸아이는 정확히 말로 표현하지 못했다. 그때 아이의 언어 능력은, 희미하기는 해도 이미 생겨나기 시작한 자존을 표현하기에는, '나'라는 존재가 하나의 개인이 되는 것과 관계된 능력에 비해서는 한참 뒤처져 있었다. 딸아이는 침대에 오줌을 싸는 바람에 시트가 더러워지는 걸 두려워했고(그럴 리 없어, 아가야), 몸을 침입해 들어오는 소변줄을 무서워했으며(괜찮아, 아가야), 기계음과 그르렁그르렁 가래를 뱉으려 애쓰는 소리를, 어지러운 발소리 등 여기저기서 들려오는 일상적이지 않은 소리를 두려워했다. 할 수 있는 한 최선을 다해 친절하게 말을 건네는 간호사가 다가와 체온을 재는 것조차 아이로서는 감당하기 어려운 일이었다. 우리는 서둘러 집으로 돌아가고 싶었다. 이 낯설고 어지러운 모든 것에 우리 모녀는 질겁하고 말았다. '걱정하지 마세요. 하루 이틀 정도만 입원하시면 댁으로 돌아가실 수 있을 겁니다.' 의료진에게서 얼마나 이 말을 듣고 싶었던지. 하지만 그런 말은 들려오지 않았다. 간호사는 예의 바르면서도 친절하게 말했다. "조금 있다가 의사 선생님이 오셔서 설명해 주실 거예요." 하지만 의사는 아무것도 언급하지 않았다. 그는 온화하고도 신중하게, 모호하면서도 상상의 여지가 큰 단어를 선택했다. "좀 더 지켜보도록 하겠습니다." 그는 집에 가도 된다는 말은 하지 않았다. 결코 하지 않았다.

이건 여행이 아니었다(엄마, 이거 꿈이라고 얼른 나한테 말해 달라니까).

전화기 저쪽에서 SY가 간호사가 꼭 가져와야 한다고 한 물품들을 적어 내려갔다. 아이의 옷가지, 슬리퍼 같은 것들이었다. 내가 불안해서 몇 가지 물품을 더 추가했지만, 결과적으로는 물건 대부분을 탈의실 수납장에 넣고 열쇠로 잠가 달라는 요구를 받았다. 간호사의 손을 거쳐 소독을 하지 않는 한, 그 물건들을 중환자실에 갖고 들어가는 건 금지였다. 거의 잠을 이루지 못한 채 병실에서 하룻밤을 지새우고 나니, SY가 집에 돌아가서 샤워 좀 하고 쉬라며 교대를 하러 왔다. "올 때 당신 마음이 편해질 수 있는 물건을 좀 가져와." 그가 말했다.

집으로 돌아가 침실로 들어가니, 사건 당일 아침 갈아입고 단정히 개어 두었던 내 잠옷과 딸아이의 분홍색 잠옷이 눈에 들어왔다. 여전히 천진하게 게으름을 피우고 있는 잠옷 속 새끼 고양이 그림을 보고 있으니, 돌연 현기증이 밀려왔다(이거 꿈인가?). 아이의 자그마한 몸을 감싸고 있던 그 잠옷이 알고 보니 안온한 일상을, 그러니까 평온한 심장 박동과 숨소리, 앳된 얼굴 그리고—생각이 여기에 미치면 나는 늘 날카롭게 찌르는 고통에 뚫리고 만다—그 매끈하고 티 없이 깨끗했던 피부를 보호해 주고 있었다는 걸 나는 몰랐다. 아무렇게나 벗어 무심코 개어 둔 잠옷 혹은 침대 전체가 무지의 온기에 둘러싸여 있었다. 그것들은 우리가 그날 어떤 일을 겪었는지 알지 못했다. 뜨거운 물에 닿자마자 순식간에 밖을 향해 확장되고 구불구불 오그라지고 붉어진 피부를, 마침내 밝혀진 진상처럼 바깥을 향해 벗겨지고 떨어져 나간 표피를 알지 못했다. 잘려 나간 옷, 옷에 들러붙어 버린 피부, 이보다 더 두려움에 떨고 있을, 눈빛을 알지 못했다.

나를 덮친 건 이런 것들만이 아니었다. 앞으로 딸아이가 병원에서 준 옷만 입어야 한다는 걸 잘 알면서도, 옷장을 열 필요가 없는데도, 나는 옷장을 열었다. 많은 옷가지와 바지가 가지런히 놓인 채 초봄과 한여름의 빛깔로 정확하게 나를 찔러 왔다. 내가 어제 긴바지를 입혔더라면 다친 범위가 좀 줄어들었을까? 어째서 그렇게 짧은 반바지를 입혀 아무 죄 없는 허벅지를 드러내 놓게 했을까? 이런 생각을 하지 않을 수 없었다. 대부분 헌 옷이기는 했지만, 딸아이 몸에 입혀 놓으면 또 다른 층의 피부가 되어 아이의 이름과 체온이 날인되었고, 모이고 모여 내 기억이 되기도 했다. 이 옷은 아이를 처음 화롄(花蓮)에 데려갔을 때 입힌 옷이었고, 저 옷 옷깃의 얼룩은 두 살 생일 때 파스타를 먹다가 남은 것이었다. 그리고 또 이 빨간 옷은 한 살 때 아이가 가장 좋아했던 옷이었고. 그 무렵의 여자 아이들은 빨간색을 좋아해서 무엇이든 다 눈에 띄는 빨간색으로 해 달라고 조르곤 한다. 넘치게 사랑받는 것처럼 보이는 그런 색 말이다.

매번 짧은 여행을 떠나기 전이면, 특히나 북부에 있는 부모님댁에 며칠 다녀오려고 할 때면 변화무쌍한 날씨에 맞춰 어느 옷을 가져가고 어느 옷은 두고 가야 하는지 늘 고민이었다(이제 와 깨달았지만, 사실 가장 걱정해야 할 건 날씨가 아니었다. 끝없이 변하는 세상사는 영원히 예측할 수 없고, 우리로서는 전혀 방비할 수 없으니). 겨울에는 잠옷을 가져가야 했는데, 두 아이의 잠옷만으로 여행 가방이 꽉 차 버리곤 했다. 딸아이는 이따금 옆에서 내 말에 동조하거나 항의하곤 했다. 빨간색이 아니면 가져가지 못하게 했고, 심지어 다 개어 둔 옷을 짓궂게 던져 버리기도 했다. 모녀가 여행 가방을 정리하면서 벌이는 자잘하고 달콤한 다툼, 타협, 큰 지장이 되지는 않을 방해와 복수가 지금에 와서 나를 숨 쉬지 못하게 했다.

내가 싸야 할 건 이런 것들이 아니었다. 이건 여행이 아니었다. 이게 여행이 아니라는 사실은 지금의 나를 쉼 없이 부숴 버릴 뿐이었다. 그 무지하고 아름다웠던 과거가 나를 무너뜨렸다. 결국, 내가 입을 면 티셔츠와 헐렁하고 얇은 긴바지 몇 벌을 개어 넣고, 조리 샌들만 챙겨 들었다. 예전엔 화려한 속세의 등불이 내 얼굴을 밝게 비추도록, 이런 차림으로 콜카타와 컨딩(墾丁)의 길거리를 거닐고 다채로운 야시장을 돌아다녔다.

그때 나는 청춘의 왕성한 기운과 자만을 머금은 채, 검게 그은 피부와 세상 물정에 대한 이른 깨달음을 품고 다양한 도시를 돌아다녔다. 요가와 좌선을 배웠고 심신을 단련했다. 나는 내가 정말로 강하다고, 이미 온갖 슬픔과 냉담을 막아 낼 수 있게 되었다고, 칼도 총알도 뚫고 들어올 수 없을 정도로 단단하다고 거의 확신했다. 이제야 알게 되었지만, 그건 내게 아이가 없었기 때문이었고 내가 여전히 아이였기 때문이었다.

서재로 들어갔다. 널찍하고 탁 트인 서재 책장에 꽂힌 수백 수천 권의 책이 자신들의 황당무계하고 애절한 이야기 속에 안전하고 적절하게 자리하고 있었다. 옷장에 있는 그 아무 잘못 없는 알록달록한 옷들이 그러했듯이, 이 순간, 각자가 그 새로운 혹은 누렇게 뜬, 날카로운 속표지나 접히면서 붙어 버린, 약해진 페이지로 내 가장 약한 곳을 공격했다. 시절은 더는 고요하고 평화롭지 않았고, 책은 더 이상 내 마음을 뒤흔들지 못했다. 그 어떤 유머러스한 서사도, 혹은 그 어떤 심오한 서사도, 이제는 내 털끝 하나 움직이지 못했다. 결국『보문품』과『약사경』, 딸아이가 즐겨 듣는 CD 정도만 집어 들었다. 예전에 나와 수많은 여행길을 함께해 주었던『도덕경』,『불안의 서』,『작은 것들의 신』등은 포기했다―예전에는 여행 가방과 책장 앞에 오래 서 있다 못해, 어느 책을 가져가야 여행에서 마주할 풍경, 여행하면서 느낄 기분과 잘 어울릴지, 어떤 책이 두께가 적당해서 공간을 잡아먹지 않으면서도 또 반복해서 읽고 끊임없이 음미할 수 있을지, 그렇다고 주객이 전도돼서 숙소에 박혀서 책만 읽는 일이 일어나지 않을 수 있을지 이것저것 다 따져볼 정도였다. 단호하게 서재 문을 닫고 나오는 순간, 천진했던 과거와 작별을 고한 것 같았다. 의식(儀式)은 여행을 떠날 때의 의식과 다를 바 없었으나, 마음은 더는 여행을 떠날 때의 마음이 아니었다. 앞으로 나는 맨손으로, 맨주먹으로 격렬하게 싸우고 찌르고 공격하게 될 터였다. 두자춘(杜子春)[6]도 이겨 낼 수 없었던, 아이로 인해 강해지지만 또 아이로 인해 극도로 나약해지는, 이 사람 미치게 하는 마음에 도전하게 될 터였다.

이건 여행이 아니었다. 적어도 너무나 극심한 화상의 고통으로부터 매서운 정면 공격을 받는 상황에서 나로서는 이것이 여행이라는 데 동의할 수 없었다. 연초록빛 기대와 흥분이라고는 없었고, 짐을 싸면서 대수롭지 않은 판단을 내리는 일도, 별것 아닌 것들을 포기하는 일도 없었으며, 1분 1초를 카메라 렌즈에 정지시켜 담으려는 욕망도 없었다. 별 의미 없이, 하지만 너무도 유쾌하게 시간을 낭비하는 일도 없었고, 세세한 것

---

6 당나라 때 소설의 주인공으로, 온갖 고통과 고난을 견디면 신선이 되게 해 주겠다는 조건을 받아들여 모든 시련과 고통을 참고 견디지만, 자식의 고통 앞에서 무너지고 만다.

들에 지나치게 집착하고 매달리는 일도 없었다.

딸아이가 화상을 입는 모습을 목격했을 때, 수도꼭지 아래서 죽어라 찬물을 끼얹던 그 과정 내내, 나는 지옥에 있었다. 일단 머리가 텅 비어서 생각이라는 걸 할 수 없었고, 눈앞은 캄캄했으며, 두 다리에 힘이라고는 없이 온몸이 미세하게 떨렸다. 나는 무서운 심연에 밀려들어 가고 말았다. 무상(無常)은, 수시로 닥쳐오는 변화는 삶을 극단적으로 단절시킨다. 알고 보니 온전하고 깨끗해 보였던 일상 속에 상처가 벌어진 채 숨어 있었다. 나는 내가 무상의 의미를, 수시로 변화가 닥쳐온다는 그 말의 의미를 안다고, 늘 뉴스에 등장하는 두려움이 깃든 눈빛의 의미를 안다고 착각했다. 그러나 그것이 실제로 들이 닥치고 나서야 나는 내가 아무 준비가 되어 있지 않았음을 깨달았다. 위기가 도처에 도사리고 있는 곳을 그야말로 발가벗은 채 걸어가고 있었던 것이다.

병원으로 가는 길, 나도 모르게 시시(西西)가 『유방을 애도하며(哀悼乳房)』[7]에서 병원에 들어갈 때 어느 책을 가져가야 할지 고민하는 모습을 묘사한 단락이 떠올랐다. 『죄와 벌』은 너무 무겁고, 『멋진 신세계』는 가져가고 싶지만 올더스 헉슬리의 아내

---

[7] 작가가 본인의 유방암 투병 경험을 바탕으로 쓴 작품.

가 유방암으로 세상을 떠났기에 포기한다. 결국 고른 책은 더 두껍고 무겁지만, '가볍고 유쾌한'『가르강튀아와 팡타그뤼엘』. 시시는 책에서 서로 다른 번역본을 놓고 우열을 가리기도 한다. 처음『유방을 애도하며』를 읽었을 때, 나는 '번역본'이라는 단어를 시시가 숨겨 놓은 핵심 단어로, 시시가 앞으로 '몸의 번역본'에 대한 자기 생각에 대응시키려고 숨겨 놓은 핵심 단어로 보았다. 당시 나는 이 책을 탐정 소설로 생각하고 읽었다. 책에는 잘 알려진 대화문과 호문(互文)[8]이 수없이 나왔고, 작가가 깔아 둔 실마리도 정말 많았다. 작가가 던져 주는 밝은 또는 어두운 힌트를 따라 나는 타자의 병든 육신을 거닐었다. 그해 내가 스물두 살이었을 것이다. 밀짚모자를 쓴 채 캠퍼스 나무 그늘 벤치에 앉아 바나나 아이스크림을 핥아 먹으면서 이 책을 읽었고, 흐릿한 이미지 하나하나를 야심만만하게 해체하고 책 속의 수많은 텍스트를 줄줄이 하나로 꿰매고 기워 내가 간절히 웅변하고 싶었던 청춘의 호기를 장식했다. 지금 생각하면 그 책에서 느껴지던 명쾌함과 유머에는 분명히 슬픔이 깃들어 있었다. 문학 평론가 윌리엄 테이가 이 작품을 '애상(哀傷) 삼부곡' 중 하

---

8   고대 시문에서 나타나는 수사법. 의미가 달라 보이는 두 개의 문장 혹은 한 문장 안의 두 구절이 사실상 서로 호응하고 상호 보완하면서 한 가지 의미를 드러내게 하는 것을 뜻한다.

나라고 본 게 이상할 게 없다. 하지만 그러면서도 놀라울 정도로 용감한 작품이기도 하다. 방사선을 쬐기 전 몸에 그은 선을 호안 미로의 그림으로 묘사할 정도다. 판 덴 베르흐가 질병의 고통 속에서 걸어가는 것을 여행으로 보았듯, 이는 강한 영혼의 발로이며, 무엇보다도 어떤 경지이다.

　병원에 뭘 가져가야 할까, 이건 정말 선택의 지혜에 의해 결정된다. 내 혼란스러운 머릿속을 스치고 지나간 건 『마지막 사진 한 장』이었다. 발터 셸스는 임종실의 사람들을 찍었다. 살아 있을 때 한 장, 사망한 뒤에 한 장. 그리고 베아테 라코타는 깨끗하고 간결한 글로 이들의 이야기를 풀어 나갔다. 연약한 영혼을 수호하듯 신중하게 어휘를 고르고 담담한 문체로 썼는데도, 나는 이 책을 읽으며 눈물을 흘렸다. 그 소박한, 그러나 우리가 늘 그냥 넘어가 버리는 깊은 이치에 충격과 두려움을 느꼈다. 이야기 하나를 다 읽고 나면 일단 책을 덮고 일어나서 걸어야 했고, 차를 진하게 우리거나 창밖의 풍경을, 아무것도 모르는 이 걱정스러운 일상적인 풍경의 표정을 바라봐야만 다음 편을 계속 읽어 나갈 수 있었다. 이 책에 나오는 사람들 대부분은 곧 닥쳐올 죽음에 마음의 준비를 하지 못하고 있었다. 살아 있을 때 죽음을 준비해야 한다는 것을 의식하는 사람은 거의 없다고 말하는 게 맞으리라. 그중에는 오래도록 병을 앓은 사람도 있었고, 온 세상을 얻은 것 같은 한창때 사신의 심판을 받은 사람도 있었다. 그러나 가장 무서웠던 것은 천사 같은 아이의 죽음이었다.

중국어판 『마지막 사진 한 장』의 표지에 등장하는 야니크 뵘펠트는 네 살 때 뇌에서 희귀 종양을 발견했고, 아이의 엄마 실케 뵘펠트는 넉 달 뒤 유방암 진단을 받았다. 아이 엄마는 본인이 아이보다 먼저 죽기를 바랐지만, 생과 사의 경주 앞에서 이를 정확하게 맞힐 수 있는 사람도, 그걸 계산해 낼 수 있는 사람도 없었다. 야니크는 엄마보다 25일 앞서 세상을 떠났다. 겨우 여섯 살이었다. 여섯 살에 죽은 얼굴은 어떤 모습을 하고 있을까? 같은 방향으로 결을 따라 자란 눈썹, 살짝 벌어진 입술, 드문드문 난 주근깨, 무엇보다 그냥 지나치기 힘들었던 것은 그 짙고 무성한 속눈썹이 지키고 있는, 다시는 떠질 리 없는 두 눈이었다. 죽음은 그냥 잠든 것처럼 보였다. 나는 생각했다. 눈 가장자리에서 가느다랗게 빛을 발하고 있는 듯한 속눈썹이 잠들기 전 엄마가 가장 즐겨 입을 맞춰 주던 곳이었을까(아들이 잠들고 나면 내가 그 아이의 길고 빽빽한 속눈썹에 입을 맞추듯이)? 마찬가지로 질병의 고통에 시달리고 짓밟혔던 실케, 그 가련한 엄마는 아들이 살아 있을 때 이미 아들에게 가까이 다가가려 하지 않았고, 아들의 손을 잡고 대화를 나누지도 못했다. "아내는 그렇게 하지 못했습니다." 실케의 남편이 한 말이다. 하지만 아들의 장례를 치르던 그날, 실케는 휠체어에 앉아 아들의 무덤을 응시했고, 심지어 친구들이 선물한 화환을 자세히 들여 다보기도 했다. 가련한 실케.

짓밟힌 엄마가 또 있다. 파테메 하카미의 쌍둥이 딸 중 하나 였던 엘미라 상 바스티안은 생후 17개월에 죽었다. 역시나 머리에서 자란 큰 종양이 거의 두개골의 3분의 1을 차지한 상태였다. 심지어 마지막에는 이 종양이 머리 전체를 다 덮을 정도로 커져서 아이의 왼쪽 눈동자가 튀어나오는 지경에 이르렀다. 사진에서도 보인다. 감을 수 없었던 아이의 두 눈이 세상을 탐색하고 싶어 갈망하는 듯한 모습이. 저자는 곁에서 아이의 임종을 지키며 미쳐 버린 엄마를 이렇게 묘사했다. "파테메가 정말 비명을 지르고 싶어 할 때가 있었지만, 파테메는 그렇게 할 수 없었다."

극도의 혼란에 빠져 있던 그 순간, 이 책이 머릿속에서 번뜩이며 떠올랐지만 병원에 가져가지는 않았다. 너무 두꺼워서가 아니라 내가 준비되어 있지 않았다. 딸아이가 퇴원하고 반년이 지난 어느 날, 무방비 상태에서 이 책을 열어 보게 되었다─나는 내가 이미 다 치유되었다고 생각했지만, 결코 아니었다. 엘미라가 죽은 뒤 촬영한 사진을 본 순간, 나는 제대로 숨을 쉴 수 없었다. 가슴 한가운데가 부풀어 오르고 통증이 느껴졌다. 그 흑백 사진이 조용히 선언한 하나의 진실, 그건 바로 죽음이 아주 멀리멀리 떨어져 있다고 착각하고 있을지 몰라도, 사실 죽음은 내내 곁에 있었다는 것, 책장까지 와 있다는 것, 내가 잠들고 쉬는 침대에서, 아침을 먹는 식탁에서, 그래 봤자 방 하나 거리 정도밖에 떨어져 있지 않다는 것이었다. 내가 정말 애써서 사과나무색 책장을 골라 두었다 한들, 벽을 봄의 빛깔로 칠해 두었다 한들, 죽음은 시종일관 그곳에 서식하면서 기다리고 있었다.

　나는 예전부터 생과 사에 관한 책을 즐겨 읽었다. 생과 사에 관한 종교적, 철학적 변론을 다룬 책도 있었지만, 대부분은 죽음의 윤곽에 관해 반복적으로 사색한 산문과 소설 들이었다. 어쩌면 바로 그 때문에 죽음을 아주 쉽게 함부로 입에 담고, 아무렇지 않게 죽음에 관해 써 내려갔던 것이리라. '사람은 언젠가 한 번은 죽는다' 따위의 케케묵은 그런 표현을 말이다. 지금 생각하면 그건 죽음이 내게 아직 이름 붙여지지 않은 신비로운 별처럼 멀리서 희미한 보랏빛 안개를 발산하고 있었기 때문이었다. 하지만 딸아이가 다치자 나는 내가 사실 죽음을 두려워하고 있음을, 상실을 두려워하고 있음을, 사랑하는 이와의 이별을 두려워하고 있음을 목도했다. 나는 조금도 용감하지 않았다. 상실의 공포가 신경과 눈동자를 억눌렀다. 그즈음 내 눈에는 그 어떤 것도 들어오지 않았다. 그 어떤 예사롭지 않은, 기괴하고 황당무계한 줄거리에도 더는 충격받지 않았고, 웃음을 터뜨리거나 등골이 서늘해지지 않았다. 예전 같으면 늘 두 번, 세

번 음미하고, 반복해서 되새기고, 심지어 베껴 쓰고 싶은 마음
이 들 정도로 감탄을 금치 못했을 빛나는 글귀들이 이제는 그
저 나를 불안하게 하고 숱한 의심을 불러일으키게 할 뿐이었다.
그 이야기들과 줄거리 속에 불길한 예시가, 너무나 정확한 경고
가 숨어 있는 것 같았고, 그것들이 진정한 인생의 본보기인 것
만 같았다. 아니, 그건 그저 모방해서 나온 본보기는 아니었다.
어떻게 더 왜곡하려야 왜곡할 수 없는, 가까이 가서 직시할 수
조차 없는 그것이 바로 진짜 삶이었다.

나중에 내가 실제로 가져간 책은 생과 사에 깊이 관련된『약
사경』이었다. 전에는 결코 그렇게 생각하지 않았지만, 여러 번
마음을 가라앉히고 소리 내어 읽어 보니『약사경』은 아득한 생
과 사의 바다에 내던져진 밧줄이었다. 빙빙 돌아가는 경전의 글
귀와 신화와 같은 풍경 속에서 나의 애타는, 두려운 마음은 저
절로 숨을 죽였다. 나는 약사유리광여래[9]의 비원(悲願)을 따라,
헤아릴 수 없이 많고 많은 중생을 따라, 고생스러운 여정 끝에
몸과 마음의 번뇌 하나 없는, 전신이 환하고 영롱한 경지에 이
르렀다.『약사경』이 허락한 청량지(淸凉地)에, 발광지(發光地)

---

9 약사여래, 불교에서 병든 자를 구원해 주는 부처.『약사경』은 약사여래의 공
덕을 설명한 경전으로 총 열두 가지의 원(願)으로 구성되어 있다.

에, 염혜지(焰慧地)에 이르렀다.[10] 경전을 암송할 때면, 내 목소리에 의해 그 휘황찬란한 세상이 순식간에 눈앞에서 형상화되었다. 정교하고 오묘한 건축물, 성(城)과 해자, 숲. 그곳은 또 다른 세계였고 내 유일한 여행지였다. 그랬다. 피부가 약물 냄새에 단단히 뒤덮이고, 귓가가 온통 기계음과 기침 소리와 어지러운 발소리에 전면적으로 공격당하고 점령당하던 그 시기에, 갑작스러운 슬픔과 과도한 자책과 막아 낼 수 없는 분노에 지배당하던 그 시절에, 경전의 글귀를 쫓아 낭송하는 소리는 곧 지금 이 세상에 내던져진 밧줄이었다. 나는 그 밧줄을 기어 올라가 짧디짧게, 절박하게, 병실에서 잘려 나온 하나의 시공에서, 그곳에서, 병원 안의 고통과 눈물과 다리를 다친 딸아이와 그아이가 느끼는 당혹감과, 그 아이의 울부짖음과 잠시 작별했다. 그게 내 유일한 원행이었다. 거의 병상 곁을 떠날 수 없었음에도 나는 경전의 글귀를 따라 그런 세계를 넘나들었다. 여행을 가듯이(이게 꿈이었을까?).

딸아이는 입원한 지 2주 만에 집으로 돌아왔다. 나는 아이를

---

10 청량지는 마음의 번뇌가 없는 쾌적한 경지를, 발광지는 모든 번뇌를 끊고 지혜의 밝은 빛이 발현되는 경지를, 염혜지는 번뇌가 사라지고 지혜가 불꽃처럼 용솟음치는 경지를 말한다.

차에서 안고 내린 다음, 아이를 안아 올려 유아차에 태웠다(유아차 아래 칸에는 병원에서 쓰던 온갖 가재도구들이 빽빽이 들어차 있었다). 나는 딸아이가 탄 유아차를 밀었고, 남편은 한 손으로는 아들의 손을 잡고 다른 손으로는 여행 가방을 끌었다. 딱 여행에서 돌아온 사람들 모습이었다. 그래서인지 오랫동안 얼굴을 보지 못한 아파트 관리인과 이웃들이 물었다. "해외여행 다녀오시나 봐요?" 우리가 온갖 고난을 거쳐 돌아오는 길임을, 두 번의 수술과 숱한 눈물, 잠들지 못한 숱한 밤을 거치고 돌아오는 길임을 아무도 알지 못했다. 아파트 로비에서 중정(中庭)으로 미끄러져 들어가, 평상시와 다를 바 없는 9월의 밤하늘을 우러러보았다. 하늘은 내가 얼마나 오래 하늘을 보지 못하고 살았는지 알았으리라.

딱히 좋은 것도 없던 이 길이, 그렇게 여러 번 걸었는데도 걸으면서 제대로 신경 한 번 써 본 적 없는 이 길이, 집으로 오는 이 길이, 온 가족과 함께 걸어온 이 길이, 이렇게 드물고 귀한 길이었다니. 이렇게 무의식적으로 두 다리를 흔들며 걸을 수 있는—적어도 딸아이는 한동안 할 수 없는 일이었다—길이었다고 말하는 게 맞으리라. 딸아이의 두 다리 위에는 의료용 옷감이 덮여 있었고, 면과 마 또는 폴리에스테르의 날실과 씨실이 촘촘하게 얽히고설켜서 만들어진 새로운 피부가 발걸음을 따라 서서히 흔들리고 있었다. 알고 보니 매일 뜨는 둥근 달처럼,

무심결에 우리를 보호해 주고 있었던 건 바로 이런 것들이었다.

나는 목 놓아 울었다.

집에 도착해 내가 여행 가방을 정리하는 사이, 딸아이는 유아차에서 일어나 수납장을 짚고 천천히 앞으로 나아갔다. 침상에서 2주 넘게 누워 있었던 탓에 아이는 자기 다리를 써 보고 싶어 안달이 나 있었다. 힘겹게 두 걸음 걸은 게 다였지만, 아이는 큰 소리로 환호했다. "엄마, 나 봐 봐. 나 다시 걸을 수 있게 됐어."

나는 딸아이의 손을 잡고 앞으로 크게 내디뎠다.

판 덴 베르흐가 말했다. 이건 평탄치 않은, 그다지 현실적이지 않은 원행이라고.

이건 여행이 아니다. 이건 여행이다.

하얀 거짓말

　나 같은 엄마는 아이가 잠들기 전 『백설 공주』나 『신데렐라』, 『빨간 모자 소녀』가 아니라 시시, 펑쯔카이(豊子愷)[11], 무라카미 하루키의 글을 읽어 준다. 작가로 키우려고 조기 교육을 하는 건 아니고, 원고와 논문을 쓰고 강의를 준비하는 김에 아이에게 읽어 주는 거다.

　"시시가 누구야?" 아이가 물었다.

　"홍콩 작가야." 나는 아이에게 『유방을 애도하며』의 내용을 이야기해 주었다.

─────

11　중국의 문학가 겸 화가.

"시시가 유방암에 걸린 뒤 치료하는 과정을 글로 쓴 거야."

"유방암이 뭐야?" 아이가 물었다.

"찌찌가 아파서 수술해야 하는 거야. 병원에 입원도 하고."

"나 데여서 병원에 있었을 때처럼?" 아이가 물었다.

"그래."

"그럼 엄청 힘들었겠다."

"그렇지. 엄청 힘들었지."

"그래서 시시네 엄마가 마음 아파했어?" 아이가 물었다.

"시시네 엄마야 좀 놀랐지. 왜냐면 시시가 엄마한테는 친구 집에 놀러 간다고 해 놓고(그래서 어머니가 돌아온 시시를 보자마자 한 말이 "잘 놀다 왔니?"였다) 실은 병원에 가서 수술을 했으니까. 수술이 끝나고 나서야 엄마한테 말했어."

"그러니까 시시가 엄마한테 거짓말한 거네?" 아이가 말했다.

"그래. 시시는 엄마한테 솔직히 말하지 않았어. 엄마가 충격을 견디지 못할까 봐 걱정한 거야. 어른들은 가끔 선의의 거짓말을 하거든. 영어로는 '화이트 라이(white lie)'라고 해. 하얀 거짓말이라는 뜻이야."

하지만 애야, 너는 엄마한테 하얀 거짓말은 하지 말아 주렴. 지금도 앞으로도. 엄마가 충격을 견디는 방법을 열심히 배워 둘게. 비록 지금은 많이 약하지만, 그래도 엄마가 강해지도록 더 노력할게.

"그거 알아? 시시는 사실 아주 유머러스한 방법으로 자기 찌찌가 아픈 과정을 써 내려갔어. 그걸로 상까지 받았단다."

"유머러스한 게 뭐야?" 아이가 물었다.

"유머러스하다는 건 웃기고 재미있다는 뜻이야."

"찌찌가 아픈 게 웃기고 재미나?" 아이가 물었다.

"아니. 하지만 시시는 남다르니까."

"시시는 아주 용감하구나." 아이가 말했다.

"그래, 엄마는 시시가 아주 용감하다고 생각해."

아이가 책장에 있던『마지막 사진 한 장』에 손을 댔다. 한 번, 두 번, 세 번.

"엄마, 나 이 책 읽어 주면 안 돼?" 아이가 물었다.

"다음에. 엄마 너무 바빠."

또 그 책을 펼쳤다.

"엄마, 나 이 책 읽어 주면 안 돼?"

"이 오빠 어떻게 된 거야?" 아이가 물었다.

"오늘은 이런 이야기 읽기 적합한 날이 아니야. 엄마 너무 피곤해."

아이가 또다시 물었다.

"엄마, 이 이야기 읽어 줘."

"이 아가 어떻게 된 거야? 아가가 눈을 감았어."

"오늘은 이런 이야기 듣기 적합한 날이 아니야. 동생 생일이잖아. 우리 케이크도 먹고 촛불도 불고, 다들 기분 좋은데. 다음에 읽자."

결국 다음번이 되자 아이는 본인이 직접 책을 꺼내 읽기에 이르렀다. 물론 글자를 읽지 못하니 저쪽에 앉아서 조용히 사진을 보는 게 다였다. 확대된 흑백 사진, 죽기 전에 찍은 한 장과 죽은 뒤 찍은 한 장. 사진 크기가 거의 일대일 비율이었다. 책속 아기의 얼굴이 딸아이의 얼굴보다 딱히 얼마 더 크지도 않았다.

딸아이가 조용히 책을 보는 모습이 좀 안쓰러워서 차마 그냥 있을 수 없었다. 그래서 이야기를 해 주었다. 꾸밈없다 못해 냉담하게.

"아기 머리에 덩어리가 생겼어. 아기 엄마가 의사 선생님한테 물었지. 우리 아기 병이 나을까요? 의사 선생님은 아마 어려울 거라고 하셨어. 엄마는 다른 의사 선생님을 여러 명 찾아가서 온갖 방법을 시도해 봤어. 심지어 점도 보러 갔지."

"점이 뭐야?" 아이가 물었다.

"특별한 사람에게 아주 신비스러운 방법을 써서 앞으로 어떤 일이 일어날지 알려 달라고 하는 거야."

"점을 치고 나서 좋아졌어?" 아이가 걱정스러워하기 시작한 게 틀림없었다.

"점을 치고 난 뒤에도 좋아지지 않았어. 어떤 거로도 아기를 고쳐 줄 수 없었어. 결국 아기는 조용히 잠들어서 하늘로 갔어. 천사처럼."

아, 사랑하는 딸아, 죽음이 뭔지는 사실 엄마도 잘 몰라. 아마 아주 무겁고 아주 깊고 아주 탁하고 아주 무서운 걸 거야. 하지만 엄마가 '죽음'이라는 단어를 입 밖에 내지 못하는 점을 용서해 주렴. 나는 아직은 너와 함께 그 난해한 문제에 빠져들지 않을 생각이거든. 엄마의 '화이트 라이'를 용서해 줘. 엄마의 하얀 거짓말을.

"아기 엄마가 마음 아파했어?" 아이가 물었다.

"틀림없이 아주 마음이 아팠을 거야."

"밥도 못 먹고 잠도 못 잤어?"

"밥도 못 먹고 잠도 못 자는 그런 종류의 느낌이었을 거야." 나는 가능한 한 가벼운 말투로, 마치 나와 상관없는 이야기를 하듯 말했다.

"자, 됐다. 이야기 끝."

하지만 아이는 여전히 조용히 책을 들여다보고 있었다.

돌연 아이가 울음을 터뜨렸다. 아주 힘껏, 아주 가슴 아프게 울었다.

"아유, 너 왜 그래." 마음이 약해져서 이 이야기를 들려준 게 후회스러웠다.

"미안해. 엄마가 너 힘들게 이런 이야기해 주는 게 아니었는데."

"나 안 힘들어. 나, 나, 나 엄청 배고파. 뭐 먹고 싶어." 아이 얼굴이 온통 눈물 콧물 범벅이었다.

"정말이야? 너 슬프잖아. 엄마 속이면 안 돼. 엄마한테 (하얀) 거짓말하면 안 돼."

"나 엄마 안 속여. 나 정말 배고파."

"하얀 거짓말 하면 안 되는데."

"아니라니까. 하얀 거짓말 아니라니까."

"정말이야? 그럼 동그란 과자 먹을까?"

"동그란 과자, 좋아."

나는 냉장고에서 과자를 꺼냈다. 통통통통. 과자가 파란색 그릇에 떨어지면서 빗방울이 떨어지는 것 같은 소리가 났다. 나는 온통 죄책감에 휩싸이고 말았다. "더우장(豆漿)[12] 줄까?"

"더우장은 됐어. 동그란 과자면 돼."

---

[12] 중국식 두유.

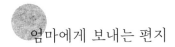

엄마에게 보내는 편지

이 편지를 발견한 때는 마침 앨리스 먼로의 『공개된 비밀 (Open Secrets)』을 읽고 난 이튿날이었다. 『공개된 비밀』에는 단편이 몇 편 실려 있는데, 모두 편지글 형식으로 되어 있다. 편지 내용이 이야기로 발전하고, 수많은 일이 편지로 인해 일어난다. 여기저기를 오가는 저마다 다른 편지들이 저마다 특수한 서사의 관점과 시각을 구성하며, 편지를 쓴 한 사람 한 사람이 써 내려간 글귀가 사실은 그 사람의 편린들이다. 이것이 표현하는 광점(光點)을 통해 독자는 광활하고 무한한 세계의 전모를, 어쩌면 '진상'일지도 모를 무언가를 끼워 맞추게 된다.

음, 일단 여기서 멈춰야겠다. 이 글에서 『공개된 비밀』 이야기를 하려는 건 아니니까. 내가 하고 싶은 이야기는 『공개된 비밀』을 읽은 다음 날 아침, 내가 세 들어 살던 아파트에서 이사를 나가기 전 마지막 확인 작업을 하고 있었고, 낡은 나무 책상 서랍에서, 정확히 말하면 서랍 칸막이 바닥에서 편지 한 통을 발견했다는 것이다. 더 정확하게 말하면, 그것은 유서였다.

누렇게 바랜 편지 봉투에 거칠게 흘려 쓴 'Mom'. 그것은 엄마에게 보내는 편지였다.

나는 첫 두 줄을 읽고 이것이 유서임을 알아차렸다. 세상에나. 나는 깜짝 놀라 숨을 들이켤 새도 없이, 아무런 마음의 준비도 하지 못한 상황에서 추리 소설의 플롯 속으로 떠밀려 들어가고 말았다. 이사 나간 지 이틀밖에 되지 않아서 아직 옮기지 못한 자질구레한 물건들이 남아 있었고, 쓰레기와 분리수거해야 할 것들도 아직 다 정리하지 못한 참이었다. 어제 온종일 비가 내리는 바람에 오늘 오후 날이 갠 틈에 오토바이를 타고 정리하러 온 터였다. 책상에 있던 폐지들을 정리한 뒤, SY가 갑자기 아이가 서랍 뒷면에 블록 장난감이나 퍼즐 조각 같은 걸 쑤셔 넣는 걸 좋아한다는 사실을 떠올렸다. 그래서 서랍 전체를 빼냈다가 이 편지를 발견한 것이다. 나는 별생각 없이 편지를 열었고(편지 봉투가 봉인되어 있지 않았다), 이내 이것이 유서임을 깨달았다. 머릿속에서는 이미 내가 경찰서에 앉아 경찰이 조서에 쓸 단서를 제공하고 있는 풍경이 그려졌다.

아무런 마음의 준비를 하지 못한 상황에서 이 유서를, 다른

이의 사망 계획을 읽었다. 나는 그저 새로운 집으로 이사를 했고, 이 집을 집주인에게 돌려주기 전에 우리가 이 집에 남겨 둔 물건을 말끔히 치우고 싶었을 뿐이었다. 정리를 마치고 나서 처리해야 할 일도 수두룩했다. 이를테면 새집에 놓여 있는 서른세 개의 종이상자 같은 것들 말이다. 개학하기 이전에 그 안에 있는 책과 서류, 아이들 장난감, 식구들 옷가지 등의 물건을 구분해서 새집의 수납장이나 서랍에 넣어야 했다. 적어도 칫솔과 비누, 냄비, 올리브유, 양배추 반포기, 냉동해 둔 삼색 채소, 아이들 양말과 이불, SY의 운동화와 내 조리 샌들은 구분해서 있어야 할 곳에 넣어 놔야 했다. 동시에 서평 한 편과 곧 홍콩에서 발표하게 될 논문도 써야 했고, 논문 두 편의 심사를 앞두고 있었으며, 읽고 수정해야 할 학생들의 주간 인턴 기록도 쌓여 있었다. 거기에 이런저런 잡다한 잡문들은 덤이었다. 이런 자질구레하고 번잡한 일들 탓에 숨을 쉬지 못하고 있었다기보다는, 오히려 인간 세상의 이 시끌벅적함과 평범함이 나를 지탱해 주고 그러모은듯, 또 한데 모여 눈과 귀와 코와 혀가 되어 주었음을, 그것이 지금 이 세상을 마주하고 있는 내 얼굴임을 솔직히 인정해야 할 것이다. 선생님의 얼굴, 글 쓰는 사람의 얼굴. 일상을 점거한 이 일정들은 너무도 뜨겁게 진실했다. 흔히 말하는 인생의 가치와 존재감에 아주 근접해 있었으며, 죽음으로부터는 내내 멀찍이 떨어져 있었다.

지금 이 유서가 이 모든 것들을 잠시 중단시켰다. 나는 정리를 하다 말고 멈춰 섰다. 정오의 햇살 가득한 방이 돌연 불길하게 여겨졌다. 작열하는 광선이 날카로운 눈빛처럼 적잖은 경고의 의미를 담아 내 연약한 목덜미를 찔러 댔고, 붉은 발진 하나하나가 선명하게 곤추서기 시작했다. 햇빛은 촬영 스튜디오 안 조명처럼 예전에 우리가 늘 쓰던 책상을, 내가 논문을 쓰고 글을 쓰고 책을 읽고 인터넷을 하던 그 책상을 비추었다. 과거 그 긴 시간 그 편지가 그곳에 누워 있었던 것이다. 빛을 보지 못한 수많은 비밀을 품고서. 미안함과 당부할 것들 그리고 더 많은 미안함과 더 많은 당부할 것들을 품고서.

엄마, 엄마가 이 편지를 발견하실 즈음이면 저는 이미 세상에 없으리라 생각해요. 제 결정을 용서해 주세요. 저 예전부터 늘 멋대로 행동하는 이기적인 아이였잖아요. 죄송해요. 제 마음속에서 엄마는 언제나 정말 멋진 분이셨고, 멋진 경영자셨어요. 여러 해 동안 보살펴 주셔서 감사해요.

이어진 단락에는 엄마에게 처리를 부탁하는 유품이 하나하나 열거되어 있었다. 이를테면 옷은 언니와 사촌 여동생에게 주라든지, 책 대부분은 기증해 달라든지, 특정 책과 만화는 친구 누구누구에게 주라든지, 기타 과월호 영어 잡지는 사람들한테 선물로 주거나 버리면 된다든지, 3단 서랍장에 있는 여행 기념품은 누구누구에게 보내라든지, 침대의 강아지 베개는 친구 샤오링(小玲)에게 줘도 된다든지 하는 것들이었다. 맞다. 오른쪽 서랍 안에 딱딱한 빨간색 커버에 쌓인 소책자가 있는데, 이 사람들 전화번호가 거기 다 있다고, 다들 좋은 사람들이니 분명히 열심히 나서서 도와주려고 할 거라는 말도 있었다. 마지막에는 모모 은행의 본인 명의 계좌번호, 비밀번호와 함께 은행 두 곳의 신용카드와 체크카드 비밀번호도 덧붙여져 있었다. 이걸로 신용카드 대금을 납부해 달라는 말과 함께.

너무 슬퍼하지 마세요. 제가 또 다른 세상에서 행복하게 지내도록 축복해 주세요.

마지막에 날짜가 붙어 있었다.

01/12, 후이(惠)

이 집으로 이사 왔을 무렵, 이 책상 오른쪽 맨 마지막 서랍에서 가오슝(高雄)에서 이곳으로 보낸 카드를 발견했다. 후이에게 보내는 카드였다. 맨 끝에 찍힌 연도가 1999년이었다. 누렇게 변한 카드와 빛바랜 하늘색 편지 봉투의 누런 얼룩이 곳곳에 번져 있었다. 세월의 흔적이었다.

역시나 누렇게 변한 편지지를 보건대, 이 편지를 쓴 시기와 이 편지를 서랍 아래 칸에 넣어 둔 때가 이 여성이 카드를 받은 때로부터 아주 멀리 떨어진 시기는 아니었으리라 추측했다. 만약 그렇다면, 우리가 이 서랍을 끄집어낼 때까지 이 편지가 15년 동안 발견되지 않았다는 뜻이다. 후이의 어머니는 아마 이 편지를 보지 못했을 것이다. 아니 틀림없이 보지 못했을 것이다. 딸의 유서를 남겨 둔 채 이 책상과 이 집을 같이 다른 사람에게 팔아 버릴 엄마는 없으니까. 이 집이 그사이 몇 사람의 손을 거쳤을지 모를 일이었다. 확신할 수 있는 건 이 집을 산 지 반년밖에 되지 않았다던 집주인도 어떤 여성이 어두컴컴한 시공의 단면 속에서 이 편지를 남겨 두었다는 사실을 몰랐으리라는 것이다.

우리의 즉각적인 반응은 이 편지를 후이의 어머니에게 보내주자는 것이었다. 하지만 거기에는 이 딸이 이미 세상을 떠났어야 한다는 전제가 깔려 있었다. 생각이 여기에 미치자 나는 사실 어떤 기묘한, 그러면서도 가벼운 공포를 느꼈다. 이 얇디얇은 편지 두 장에―항공 우편 보낼 때 쓰는 얇고 투명한 편지지였다―나이가 얼마였는지 알 수 없는 한 여성이 삶에서 느낀 절망이, 그러면서도 죽음에는 이토록 냉정했던 순간이 담겨 있었다. 나는 이 여성이 이미 세상에 존재하지 않을 가능성이 크다고 생각했다. 마지막까지 발버둥 쳐서 살아남았다면, 과연 예전에 쓴 유서를 서랍 틈새에 남겨 두었을까? 사실 나는 그 여성이 살아 있기를 바랐다. 그렇다면 이 편지를 읽지 않은 척 그냥 조용히 원래 있던 자리에 두면 될 텐데. 사실 난 정말이지 그 편지를 되돌려 놓고 아무 일도 일어나지 않았다고 생각하고 싶었다. 하지만 그 어머니를 생각하지 않을 수 없었다. 슬픔에 젖었을, 혹은 너무나 곤혹스러워했을 그 얼굴이 머릿속에서 어슴푸레하게 떠올랐다. 만일 그 여성이 결국 세상을 떠났다면, 고통에 젖었을 그 어머니는 딸아이가 마지막으로 어떤 말을 남겼는지 알고 싶지 않을까? 딸아이가 유서를 남기지 않은 이별이 더 절망적일까, 아니면 셀 수 없이 여러 번 자신을 설득하고 설득해서 상처에서 걸어 나온 지 여러 해가 흐른 뒤 별안간 유서를 전해 받는 쪽이 더 치명적일까?

나는 망설였다. 새집으로 돌아가는 길에, 유서 속 어머니의 얼굴과 체형이 점점 더 또렷해졌다. 겉보기에는 완전히 치유돼서 일도 정상적으로 잘하는 것 같은 어머니가 밤이면 또다시 산산이 부서져 약물에 의존해야만 찢어진 상처를 가라앉히고 순조롭게 잠들 수 있게 되지는 않았을까?

어쨌거나 이 편지의 수신자는 그 어머니이고, 그 어머니의 것이어야만 했다. 적어도 딸이 몇 마디를 남겼다는 사실은 확실히 알아야 했다. "우리가 그 어머니에게 꼭 돌려 드려야 해." 집으로 가는 길에 조용히 SY에게 말했다. 돌연 SY의 검은 배낭 틈새를 의식했을 때, 서류 더미와 아직 납부하지 않은 대금 고지서 그리고 노트북 사이에 끼어 있을 유서에 생각이 가닿았을 때, 갑자기 SY의 옆얼굴이 좀 달라졌다는 느낌을 받았다. 오려 붙인 것 같은 옆얼굴, 진짜로 사칭하는 듯한 위화감, 마치 어떤 남자가 내 남편의 피부를 뒤집어쓰고 그의 말투를 흉내 내고 있는 것 같았고, 익숙한 주변 풍경도 일부러 위장된 것만 같았다. 오려 붙인 것 같은 남자가 입을 열었다. "그래, 그 어머니에게 꼭 돌려 드려야지." 검은 옷을 입은 남자가 특별히 우리를 선택해 신중하게 비밀 임무를 맡기기라도 한 듯, 나와 SY는 음력 7월의 사흘째 되는 날, 거의 타오를 듯 이글거리는 햇볕 속에서 말없이 합의에 이르렀다.

그 후의 일은 다 SY가 처리했다. 나는 집 안의 크고 작은 상자들을 열어 물건들을 제자리에 가져다 놓고, 동시에 일주일 뒤 떠나기로 한 가족 여행의 짐을 싸야 했다. 이런 일들 말고도 쓰다 만 원고와 서평, 강의 계획 최종안이, 보다 만 학생들 과제물이, 진행하던 논문 심사 등의 일이 기다리고 있었다. 그러니 매일 잠에서 깨면 하나둘 이어지는 종이 상자들이, 세상에 나오기를 기다리는 글들이 먼저 눈에 들어왔고, 밤이 되면 아이들에게 밥을 먹이고, 연락장을 써 주고, 아이들을 씻기고 이를 닦아 주고, 침대에서 재웠다. 이런저런 일들이 나를 앞으로, 더 앞으로 이끌며 다그쳤다.

정신없이 바쁘다는 건 아주 좋은 핑곗거리였다. 일거리가 겹겹이 쌓인 일정 속에서 낮게 엎드려 앞으로 나아갔고, 이런 일상 덕에 나는 무상(無常)함 앞에서조차 긴장이 풀어졌다. 딸아이가 화상을 입은 뒤 두 달여 동안, 경계하고 또 경계하는 눈빛으로 다니던 내 모습이 기억난다. 계단, 창문, 자물쇠, 클립, 다리가 높은 의자, 수건, 커튼 끈, 삽, 끓는 물, 세찬 불꽃, 고속으로 질주하는 열차, 무해해 보이는 모든 것이 위험을 숨기고 있었고, 소박해 보이는 가정용품들이 하나같이 피비린내를 예고하고 있었다. 미세하게 떨면서 가시밭길을 걸어가고 있는 듯한 기분이었다. 그러나 얼마 지나지 않아, 망각은 내가 다시금 고개를 빳빳이 들고 살아가게끔 해 주었다. 아이들의 장난에 화가 나지 않을 도리가 없었고, 심지어 몇 번인가는 나도 모르게 아이 볼을 때려 벌겋게 만들어 놓기도 했다.

그로부터 거의 1년이 지난 뒤, 이 편지가 내 익숙한 일상에 뛰어든 것이다. 새집을 정리하느라 바빴지만, 정신을 딴 데 팔다 보면 누런 죽음의 얼룩으로 장식된 편지지가 꽃생강의 향기처럼 농밀하게 떠올랐다. 할 수 있는 한 또박또박 써 내려간 그 필체, 자신과 상관없다는 듯 평온한 말투, 간단한 사과(저예전부터 늘 멋대로 행동하는 이기적인 아이였잖아요. 죄송해요)와 기나긴 당부. 후이라는 이름을 써넣은 이 여성에게 도대체 무슨 일이 일어났던 걸까? 더 고민스러운 건 그의 어머니였다. 와서 유품을 정리했을 그 어머니, 더는 미간을 마음 편히 펼 수 없었을 어머니, 마르도록 눈물을 흘렸을, 내 딸이 어떻게된 걸까, 어디에 있는 걸까, 밤이고 낮이고 소리를 지르며, 생각을 되짚고 또 되짚었을 그 사람.

이 유서의 등장으로 나는 내가 죽음에 관해 얼마나 많은 금기를 갖고 있는지 알게 되었다. 그런 거에야 일찌감치 면역이 됐다고 생각했건만, 온갖 상상력으로 점철된 엄마의 이런저런 황당한 금기를 수차례 비웃던 나였건만, 공포감을 조성하고 위협을 가할 목적으로 만들어진 온갖 금기들은, 결혼과 임신, 육아를 거치면서 집대성되었고, 알고 보니 나는 내 엄마의 의심병을 모조리 이어받은 터였다. 아마 어린 시절부터 다 커서까지나를 깜짝 놀라게 했던 민간 고사들 탓이었는지, 나는 이 편지를 우리 집에 두는 게 걱정스러웠다. "아, 이 편지가 어떤 느낌을 주느냐면, 어떤 느낌을 주느냐면……" 나는 가급적 '유서'라는 단어를 쓰지 않았다. "기분이 좀 이상해져." 미신에 빠진 사람처럼, 신경질적인 사람처럼 보이지 않으려고 신중하게 단어를 선택했고, 공포를 축소했다. 2분 뒤, SY가 컴퓨터 모니터에서 시선을 돌려 고개를 들고는 나를 쳐다봤다. "그러니까 어디

두자는 건데? 근처 공원에 있는 나무 밑에라도 두자고?" SY는
진지한 얼굴이었다. 농담하는 것 같지 않았다.

결국 유서를 연두색 카드 봉투에 넣어 명상 음악과 종교 음
악 CD가 꽂혀 있는 CD 수납장에 넣어 두었다. 옆 수납장에는
전부 불교 경전들이 꽂혀 있었고, 아래 칸에는 장향(藏香), 촛대,
등촉이 있었다. 그래 바로 여기야. 나는 이 유서를 보관하는 데
이보다 더 나은 곳은 찾을 수 없으리라 생각했다.

죽음은 어디에 숨어 있을까? 사전에 어떤 암시를 남길까? 비
스듬히 내리꽂히는 햇빛 같고, 어지러이 흔들리는 그림자 같고,
빠른 속도로 이동하는 구름 같을까. 아니면 걸쭉한 혈장(血漿)
같은 자홍색 하늘을 닮았을까. 하지만 유서는 지극히 평범한 날
에, 짐을 옮겨서 텅 빈, 낡은 가구 몇 가지만 남은 곳에서 발견
되었다. 백합처럼 하얀 벽, 베이지색 타일, 철창 하나, 가장자리
가 살짝 벌어진 방충망, 바람결을 따라 위로 솟구치는 하얀색
바탕에 컬러풀한 동그란 점이 박힌 커튼이(틀림없이 집주인이
이 집을 사들인 뒤 설치한 것이리라) 걸린 곳에서.

유서가 숨겨져 있던 책상도 너무나 평범해서 가구점이든 쓰
레기장이든 어디서 보여도 의심스러울 게 없는 책상이었다. 죽
음은 그곳에 숨어 있었다. 태연자약하게 10년이 넘는 시간 스
스로 침묵의 화신이 되어서.

육중한 책상에는 과거의 죽음을, 죽음을 앞두고 쓴 이 작별의 한 글자 한 글자를 가리키는, 그리고 그보다 더 이전에 수없이 되풀이해서 다듬었을 생각을 가리키는 그 어떤 단서도 없었다. 그보다 더 이전, 그보다 더 이전에는 아마도 절망과 슬픔이 더 컸을 것이다. 한없는 절망과 슬픔이 밤의 거무스름한 물결처럼 반복해서 해안을 내려쳤을 테고, 멈추지 않는 물결은 끊임없이 자라나는, 심지어 흘러넘치는 곤혹스러움을 양분으로 삼았을 것이다(계속 살아가야 할 이유를 찾을 수 없을 것 같아). 부글부글 거품이 일렁이는 물보라가 부서진 마음을 세차게 밀쳤을 테고, 후이를 옥죄고 두려움에 떨게 했을 것이다. 이런 결정을 내릴 수밖에 없게 했을 것이다. 그래서 펜을 들고 어머니에게 편지를 썼을 것이다.

후이는 어떤 풍파를 겪은 것일까? 어떻게 떠났을까? 그리고 그 어머니는 또 어떻게 유서 하나 남기지 않은 딸의 이 모든 것을 마주했을까? 어수선한 침대 매트리스나 옷이 가지런히 걸려 있는 옷장이 어떤 단서를 던져 줄 수 있었을까(걸어 둔 보라색 정장은 샤오양(小羊)에게 주셔도 돼요. 걔가 무척 마음에 들어 했거든요)? 가죽 상자 안에 가지런히 놓여 있던 신용카드는 또 어떤 가능성을 말해 주었을까(저 대신 지난번 고지서 대금 좀 납부해 주세요)? 어쩌면 후이가 이 책상에서 인생을 마감하기라도 했을까? 그렇다면 예전에 내가 가르쳤던 한 학생의 아버지처럼, 한밤중에 다급히 달려와 딸의 어린 시절 이름을 목 놓아 부르며 책상 위쪽에서 컴퓨터 전원 케이블로 목을 매 늘어져 있던 딸을 풀어 주었을까(제 불효를 용서해 주세요. 예전부터 말 잘 듣는 아이는 아니어서 늘 엄마에게 걱정을 끼치곤 했었죠)? 아니면 차가운 밤바람을 실어다 주는 저 창으로 몸을 내던졌을까? 침대 옆 좁은 탁자 안에 있는 수면제가 이 모든 걸 빨리 끝내게 해 주었을까? 한 번에 모든 가능성을 질식시킬 수 있는 연탄불이었을까? 그리고 이 집은 후이의 집이었을까, 아니면 후이가 세 들어 살던 곳이었을까? 본인 집이었다면, 어째서 유서를 서랍 칸막이 아래 틈에 숨겨 두었을까? 누군가에게 발견될까 봐 두려워서?

나는 풀리지 않은 숱한 질문 속에서 계속해서 상자를 뜯고, 수납을 하고, 짐을 쌌다. 더 많은 상자를 뜯고, 상자를 엎어 물건을 찾고, 접고, 개고, 짐을 싸는 데 빠져들었다. 텅 빈 종이 상자를 하나둘 버리고, 폐지와 서류를 버리고, 반만 쓰고 더는 쓰지 않은 보디로션을 버렸다. 아예 뜯어 보지도 않은 아이크림을 버렸고, 낡은 옷가지를 정리하고, 낡은 옷가지 사이에 숨어 있던 자잘한 바퀴벌레알과 바퀴벌레알의 껍데기를 치웠다. 어미 바퀴가 패딩 조끼 안에서 사력을 다해 번식을 거듭한 뒤였다. 미천한, 그러나 떠들썩한 생과 사가 내가 2년 내내 열지 않았던 종이 상자 밑바닥에서 조용히 진행되었던 것이다. 번식이 몇 세대에 걸쳐 반복되었을지 알 수 없었다. 자그마하게 셀 수 없이 많이 일어났을 윤회, 치열한 생, 맹렬한 생, 그야말로 멈출 수 없는 생이었다.

비행기에서 『공개된 비밀』에 수록된 「황야의 역(A Wilderness Station)」을 다시 읽었다. 작가는 1852년에서 1959년 사이에 오간 수많은 편지를 통해, 다양한 사람들의 편지나 회고록을 통해, 독자들이 애니 혜론의 남편이 맞이한 죽음의 진상과 미친 여자 취급을 받았던 애니의 진면모를, 그 퍼즐 조각을 끼워 맞추게 한다. 하지만 현실의 삶은 누가 쓴 소설이 아니다(오케이, 사실 나도 그렇게 확신하지는 못한다). 적어도 지금 우리에게는 이 유서와 1999년에 후이 앞으로 보내진 카드 한 장 외에는 아무런 단서가 없다.

타이완행 비행기가 이륙할 때, 타이완에 돌아가면 후이에게 카드를 보낸 사람에게 편지를 보내 나중에 후이가 어떻게 되었는지 물어볼 수 있겠다고, 내 멋대로 생각했다. 비행기가 이륙하는 순간 느껴지는 그 강력한 추진력으로 인한 공포에서 벗어날 길이 없는 나는, 그때가 되면 몸이 기체를 따라 비스듬히 기울면서 무한한 미지를 향해, 허공을 향해 날아간다. 그때가 되면 차양, 접어 놓은 테이블, 좌석 그리고 두꺼운 양탄자가 깔린 바닥이 강렬하게 진동한다. 이럴 때는 나 자신을 허공으로 솟구치는 추진력 바깥에 두기 위해, 늘 바빠서 죽음으로부터는 한참 떨어져 있는 것 같은 사람으로 변신하기 위해, 번거롭고 골치 아픈 자질구레한 일들을 떠올리며 정신을 돌려야만 한다.

편지를 써 보내는 일은 일어나지 않았다.

죽음의 위협은 아이가 하얀 벽에 남긴 손때처럼 조금씩 옅어졌다. 신경 쓰이고 조심스러웠지만, 점차 마음에서 옅어져, 보이지만 보이지 않는 습관이 되었고, 나는 또다시 격렬한 생활 속으로 빨려 들어갔다. 어쨌든 에세이를 쓸 때 세세한 부분을 어떻게 다뤄야 하는가와 같은 강의 내용을 준비하는 게 우선이었고, 어쨌든 회의 테이블에 들어가기 전 뜨거운 페퍼민트 차를 마시면서 눈발처럼 흩날리는 수많은 일과 관련한 결정을 내리는 게 먼저였고, 어쨌든 아이들 옷가지부터 개어 옷가지와 함께 대낮 햇빛의 내음을 잘 말아 두어야 했다. 매일 얼굴에 팩트 파우더를 바르고(내일 얼굴에 바를 팩트 파우더가 정말 있다고 확신하면서) 밤이 되어 클렌징 오일로 지우려면 백화점에 가서 팩트 파우더부터 사야 하듯이, 공과금을 내려면 편의점에 가야 하듯이, 여기저기 돌아다니려면 자동차 연료 탱크부터 가득 채워 놔야 한다는 것도 기억해야 했다. 그렇다. 절대 잊지 말아야 할 게 공과금 납부이다(아이들 학비, 아파트 관리비, 보험료, 연료세, 토지가치세, 부동산세, 신용카드 고지서 같은 것들 말이다). 편의점에서 지폐와 동전을 꺼낼 때도 더우장을 하나 사서 냄비에 넣고 데워 둬야 한다는 걸 잊으면 안 된다(내일 다시 데우려면 남은 더우장은 냉장고에 넣어 놔야 하고).

결국 SY와 경찰서에 가서 물어봤다. 유서 내용을 제시하면서 이 유서를 그 어머니에게 돌려주고 싶다는 뜻을 전했지만, 전제는 후이가 여전히 살아 있는지부터 명확히 확인해야 한다는 거였다. 친절한 젊은 순경이 후이의 이름 전체를 주민 등록 말소자 조회 시스템에 입력했고, 기간은 1999년 이후 3년 동안으로 설정했다. 결과는 '해당 사항 없음'으로 나왔다. 그 기간 동안 이 이름으로 제적된 사람의 자료는 없었다. "이 여성이 사망했다는 직접 증거는 없는데요. 만일 있으면, 틀림없이 검색됐을 겁니다." 순경이 두 팔로 팔짱을 꼈다. "통장님께 가서 물어보시죠." 순경이 나를 똑바로 바라봤다. "통장님은 모르는 게 없으시거든요."

통장님은 한창 차를 우리고 계셨다. SY의 설명을 듣고 난 통장님이 말씀하셨다. "자살한 사람이야 이 근처 아파트 몇 동에서 거의 다 나왔는데. 약 먹은 사람도 있고, 또⋯⋯" 통장님이 내민 두 손가락이 공중에서 툭 떨어졌다. "그리고 또⋯⋯" 통장님이 허공에서 두 손으로 가상의 올가미를 받쳐 들며 눈을 치켜떴다. 통장님은 입 밖에 냈다가는 더 많은 재앙이 불어닥치기라도 할 것처럼 자살 방법은 입 밖으로 내지 않고 피해 갔다.

"이런 거야 내가 다 알지만, 말씀하신 그 동은 정말 들어 본 적이 없는데."

통장님이 SY에게 관리인에게 가서 물어보라고 권하시는 바람에, 나와 SY는 아파트 단지로 돌아왔다. 관리인을 통해 이 집의 주인이 그사이 두 번이나 바뀌었다는 사실을 전해 들었다. "그 전 집주인이…… 그러니까 그 사람이……" 관리인은 천장을 뚫어지게 쳐다보며 잠시 생각에 잠기더니만 조심스러우면서도 시큰둥하게 내뱉었다. "투기꾼이었지요." 흡사 이 몇 글자가 본인의 인격을 모욕하기라도 하는 것 같았다. 관리인의 설명에 따르면, 우리 집주인은 집을 사들이고 나서 그래도 세는 주는 '투자꾼'인 데 비해, 이전 주인은 거의 와 본 적도 없다 했다. "아마 턱없이 싼 값에 샀을 거예요." 사치세(奢侈稅)[13]가 부과되는 2년이 지나자마자 집을 팔아 치웠다고 했다. "아마 적잖이 챙겼을걸."

정리를 좀 해 보자. 현 집주인은 작년에 이 집을 샀다. 그로부터 2년을 거슬러 올라간 해가 바로 두 번째 집주인이 원 집주인으로부터 싼값에 이 집을 산 해이다. 계산해 보니, 딱 2012년.

---

13 소득 양극화 해소와 부동산 투기 억제를 목적으로 부과하는 세금으로, 본인이 실거주하지 않는 부동산을 취득한 뒤 2년 이내에 양도할 경우 세금이 부과된다.

12라니. 펑! 유서 말미에 적혀 있던 숫자가 떠올랐다. '01/12'

잠깐만, 그러니까 01/12가 1월 12일이 아니라 2012년 1월일 수도 있다는 거다.

합리적인 가설은 이렇다. 딸이 세상을 떠난 그해, 어머니는 15년을 넘게 살던 집을 '턱없이 싼 값'에 황급히 팔아 버렸다. 만약 그렇다면, 어머니가 집을 팔아 버림과 동시에 책상 서랍에 등장한 누렇게 빛바랜 카드도 설명하기 어렵지 않았다. 슬픔에 빠진 엄마는 이 책상을 남겨 두었을 것이다. 딸의 온갖 물건을 다 정리하고 비웠지만 후이의 학교 친구가 1999년에 후이에게 보낸 카드를 딸에게 건네는 마지막 작별 인사처럼 남겨 둔 것이다. '이건 네 거니까, 네가 간직하렴!' 하지만 이 곤혹스러움과 슬픔에 빠진 어머니는 본인이 남긴 게 이 카드만이 아니라는 사실을, 서랍 칸막이 아래에 편지가 더 있다는 사실을, 딸의 마지막 메시지가 더 있다는 사실을 몰랐으리라.

첫 번째 집주인에 관해 물으니, 이곳에 온 지 3년밖에 되지 않은 관리인은 모른다고 했다. 때마침(이 글을 쓰고 있는 지금, 별안간 냉장고에 붙여 둔 부엉이 자석이 떨어지듯이) 우리 맞은편에 사는 이웃 주민이 지나갔다. 이 아파트가 완공되고 난 뒤부터 지금까지 살고 계신 분이었다. 그분의 설명을 통해, 우리는 이 집의 첫 번째 주인이 패스트푸드점에서 일하는 중년 여성과 그 딸이었다는 사실을 알게 되었다. "그분 따님이 그쪽이 가르치는 학교에 다녔던 것 같은데요!" 이웃이 웃음을 지어 보였다. 내 심박이 한 박자 빨라졌다.

"그 후에는 어떻게 됐는데요?" 나는 시치미를 떼며 물었다.

"그 후에는 이 근처에서 일한 것 같은데 본 적은 거의 없어요." 나는 침착한 척했다. 지금은 그 어머니가 어디 계신지 확실히 확인하는 게 급선무였다. "그러니까 그분들이 직장을 옮기면서 이사를 하신 걸까요?"

"그 어머니는 몇 년 전에 이 집을 팔고 나서도 계속 이 부근에 사시는 것 같던데, 직장을 옮겼는지는 모르겠네요?" 이웃이 더 이상 말을 덧붙이지는 않았지만, 나는 그분이 뒤이어 뭘 물으려고 하는지 감이 왔다.

이웃에게 해명이라도 해 줘야 할 것 같았다. "저희가 편지를 한 통 발견했거든요." 나는 할 수 있는 한 가볍게 설명했다(그나마 '편지'라는 단어가 덜 무섭게 느껴질 것이다. 아니면 사실 내가 무서워하지 않으려고 그렇게 말한 것이었을까?). "그 어머니에게 보내는 편지더라고요." 겨드랑이가 땀에 젖어 차가웠다. 눈 부신 햇살에 이웃의 표정이 잘 보이지 않아서 저 끝없이 흘러내리는 어마어마한 햇빛을 가려 보려고 이마 끝에 손을 짚었다. "그 어머니에게 편지를 돌려 드리고 싶어요."

20년 넘게 자살 예방 치료와 상담을 해 온 친구의 권유에 따라, 일단 이 편지를 쓴 여성이 지금도 살아 있는지부터 확인해 보기로 했다. 이미 세상을 떠났다면 그때 그 어머니의 주소를 알아보기로 했다. 친구는 유서를 그 여성의 어머니에게 돌려드 려야 할 때가 되면, 자기도 그 현장에 함께 있어 주겠다고 했다. 친구로서는 자기가 해야만 하는, 하고 싶은 일이었다.

우리는 아파트 단지를 떠나 경찰서로 갔다. 앞 길목에서 교통 사고를 목격했다. 오토바이 두 대가 쓰러져 있었고, 세 남녀가 인도에 앉거나 서 있었다. 그중 둘은 휴대전화로 통화 중이었 고, 노란 안전모를 쓴 여성은 길에 앉아 고개를 수그리고 있었 다. 아직 구급차와 경찰은 보이지 않았다. 방금 일어난 사고인 듯했다.

경찰서에 가서 유서를 내밀며, 찾아온 이유를 설명했다. 쉰이 좀 넘은 것 같은, 믿음직스러워 보이는 경찰관이 잠시 기다리라 고 하더니 사망자 자료를 검색하려 했다. "1999년부터 올해까 지요?" 우리는 그렇다고 대답했다. 경찰관이 천천히 숫자를 입 력하는 모습을 머릿속에서 그려보았다. 어쩌면 자료가 뜨기를 기다리고 있는 것이었으리라. 경찰관이 손으로 턱을 괴고 입술 을 가리면서 미간을 찌푸렸다. "흠, 나오는 자료가 없는데요."

"없나요?" 내 목소리가 잠기기 시작했다.

"보아하니 없는 것 같은데요. 실종 인구에서 찾아볼 수는 있겠네요."

"예, 부탁 좀 드릴게요."

결과를 기다리는 그 짧은 순간, 구급차가 쩌렁쩌렁한 소리를
내며 쌩하니 스쳐 지나갔다.

4장

나의 엄마 이야기

○
○

낮잠을 자고 일어나니 엄마가 거실에서 빈 접시를 들고 있었다. 엄마는 묘한 웃음을 지으며 조용히 말했다. "너 주려고 흑설탕 빙수 사 왔어." 엄마가 조금 덜어 먹었는지 접시 한쪽이 비어 있었다. 나는 빙수 생각 없다고 했다. 엄마는 밖이 너무 더워서 너 열 좀 내리라고 일부러 사 왔다고 하셨다. 나는 생각 없다고, 단맛 나는 빙수 먹으면 갈증만 점점 더 심해진다고 말했다. 엄마는 그럼 룽이나 좀 먹이라고 했고, 나는 걔한테 빙수 먹이지 말라고, 감기 나은 지 얼마 안 됐다고 했다.

엄마는 아무 대답도 하지 않았다. 잠시 생각해 보다가 내가 한발 양보하기로 했다. 푸딩, 선초(仙草)*, 율무 같은 빙수 속 재료나 먹이면 되겠다 싶었다. 신이 난 엄마가 차갑고 달콤한 속 재료를 룽에게 가져다주셨다. 아이는 짭짭거리고 먹으며 빛나는 여름날처럼 웃기 시작했다. 엄마도 그랬다. 이런 둘을 보다가 나도 좀 가져다 먹었다. 확실히 더위가 가라앉기는 했다.

한 시간 전, 엄마를 차에 태우고 대나무 돗자리를 사러 갔었다. 계산을 마치고 주차장으로 와서 브로콜리, 더우장, 바나나까지 카트에서 다 꺼냈는데, 딱 하나 대나무 돗자리만 빼먹고 말았다. 대나무 돗자리부터 꺼내서 벽에 세워 놓고는 그만 잊어버렸던 것이다. 집에 와서야 그걸 알았고, 한바탕 엄마의 잔소리가 이어졌다. 나도 화가 나서 반격했다. 결국 엄마 혼자 대나무 돗자리를 들고 돌아오는 길에, 흑설탕 빙수를 사 온 거다. 감정을 표현하는 옛날 방식이다.

바깥은 바람 한 점 없이 무덥고, 여름날의 오후는 언제나 그렇듯 길기만 했다.

거실에서 세 여자가 빙수를 먹는데, 낡은 선풍기 소리가 요란하게 울려 퍼졌다. 창밖을 바라보니, 햇빛이 녹나무 이파리 가장자리마다 입혀 놓은 금박이 반짝거렸다. 저 멀리, 근처에 새로 문을 연 파란색 가게에 손님을 끄는 커다란 흰색 글자가 몇 개 보였다. '옛날 흑설탕 빙수'.

• 더위를 식히는 데 효능이 있다고 알려진 약초로, 빙수 재료로 많이 쓴다.

장대비

늘 중학교 2학년 때 있었던 그 일이 기억난다.

어느 날 초저녁, 갑자기 장대비가 쏟아지기 시작했다. 우산을 가지고 나가지 않았던 나는 즉시 공중전화로 전화를 걸어 엄마에게 데리러 와 달라고 했다. 빗발이 엄청나서, 엄마 목소리가 이어지다 끊기기를 반복했고 또렷하게 들리지 않았다. 기억나는 건 엄마가 마지막에 한 말뿐이다. "엄마 기다리고 있어. 데리러 갈게." 그때 내 곁에는 친구 윈(雲)이 함께 있었다. 다들 우리가 바늘과 실처럼 떼려야 뗄 수 없는 단짝 친구라고 생각했지만, 나는 내가 그 아이의 위세에 눌려 있다는 걸 너무나 잘 알고 있었다. 보통 자기 생각을 말하는 쪽은 윈이었고 나는 잘 맞춰 주는 쪽이었다.

비가 장막을 치듯 촘촘하게 쏟아지는 놀라운 광경을 바라보며, 나는 엄마가 정말 날 데리러 올지 걱정하기 시작했다. 학교에서 집까지 5분 거리밖에 안 되는데, 시간은 이미 20분이 지나가 버렸고, 엄마는 여전히 그림자도 보이지 않았으니까. 빗발은 온 힘을 다 쏟아붓겠다는 의지로 교정 구석구석에 세차게 내리꽂혔다. 장제스 동상, 불꽃나무, 경비실, 모든 것이 자욱한 안개비에 덮이고 말았다. 윈은 내 속을 꿰뚫어 보기라도 한 듯 나를 태우고 집으로 데려다주겠다고 했다. 윈이 말한 건 본인의 자전거였다. 평상시에 책가방을 얹어 두는 뒷좌석에 잠시 나를 태워주겠다는 뜻이었다. "우비가 엄청 크니까 넌 내 뒤에 숨듯이 딱 붙으면 문제없을 거야."

"하지만……" 나는 윈 앞에서는 늘 머뭇거렸고 주눅이 들어 있었다. 그리고 바로 이 점이 늘 윈의 기분을 언짢게 했다. "엄마한테 이미 말해 놨는데." 내 이런 설명에 윈은 더 언짢아하며 눈까지 흘겼다. "내가 장담하는데, 너희 어머니 지금 전화 통화하다가 잊어버리셨을걸. 우리 엄마처럼."

윈의 말이 떨어지자마자, 나도 모르게 머릿속에서 평소 전화 통화를 하는 엄마 모습이 떠올랐다. 엄마는 전화를 할 때면 한 손으로 수화기를 들고 다른 한 손으로 종이에 낙서하는 습관이 있었다(결국 이 낙서들은 연말 대청소 때 전부 다 쓰레기통으로 직행하곤 했다). 통화를 하다 흥이 나면 종종 실눈을 가늘게 떴고, 눈꼬리 주름이 전부 드러났다. 내가 배고프다고 밥 먹고 싶다고 옆에서 소리치며 엄마를 불러도 수다 떠느라 신난 엄마 귀에는 들어가지 않은 게 한두 번이 아니었다. 내가 전화를 끊은 뒤, 또 누구누구누구 아주머니들이 한바탕 전화를 걸어 왔을 거고, 엄마는 틀림없이 그 아주머니들과 통화를 하다가 나를 까맣게 잊어버렸을 터였다.

생각이 여기에 미치니 내심 서글픈 마음을 금할 길이 없어서 원의 제안대로 하기로 했다. 자전거 뒷좌석에 앉았다. 상반신은 노란색 우비에 둘러싸였고, 비는 세차게 우비를 때렸다. 쏴쏴쏴, 쏴쏴쏴. 우비에 숨어 있으니 밖이 전혀 보이지 않았다. 고개를 수그려 벌어진 틈새 사이로 책가방, 파란색 교복 치마, 하얀 양말, 운동화를 힐끗 바라보았다. 전부 젖어 있었다. 춥고 우울했다. 하지만 정말 나를 슬프게 한 건 젖어 버린 하반신이 아니라, 책가방에 넣어 둔 산 지 얼마 되지도 않은 번역 소설이 빗물에 다 젖어 버렸다는 사실이 아니라, 나를 둘러싸 버린 어떤 깊은 외로움이었다. 버려진 것만 같았다. 엄마는 나를 분명히 잊었을 거야. 엄마는 내가 차가운 빗속에서 엄마를 기다리고 있어도 전혀 신경 쓰지 않을 거야. 이 흠뻑 젖어 버린, 움츠러든 몸을, 그리고 내 이런 마음을 조금도 신경 쓰지 않을 거야.

엄마는 신경 쓰지 않을 거야.

집에 도착하자마자 나는 레인맨처럼 난감한 모습으로 거실로 걸어 들어갔다.[1] 책임을 따져 묻겠다는 모양새였다.

아버지가 나를 보자마자 놀라서 물었다. "너 엄마 못 만났니?"

나는 고개를 가로저었다. 내 눈에서 분명히 관심 없는 척하는 눈빛이 느껴졌을 것이다.

"엄마가 전화로 한의원 한창 바쁘니까 너한테 잠시만 기다리라고 하지 않았어? 바쁜 일 끝나면 바로 너 데리러 가겠다고?"

나는 말문이 막히고 말았다. 그 부분은 전혀 듣지 못했는데.

알고 보니 엄마는 바쁜 일이 끝나자마자 안전모 두 개를 집어 들고 다급히 우비를 뒤집어쓴 채 비를 맞으며 학교로 달려간 참이었다.

나는 위층에서 샤워를 했다. 욕실이 온통 수증기로 가득 차올랐다. 열기가 자궁처럼 나를 감싸고 있었다. 나는 새틴 같은 안개 속에서 눈물을 흘렸다.

샤워를 마치고 나니 엄마 목소리가 어렴풋하게 들렸다.

한참을 망설이다가 결국 아래층으로 내려갔다. 엄마는 우비를 벗고 있었다. 머리칼에서 빗방울이 대롱거렸고, 안경에는 김이 서려 있었다. 엄마의 눈이 보이지 않았다.

---

1   영화 〈레인맨〉의 주인공 레이먼은 몸을 움츠리며 걷는다.

"돌아왔구나." 엄마가 벗은 안경을 꼼꼼히 닦으며 말했다.

"응." 나는 엄마를 등진 채 짐짓 무심한 척하며 대답했다.

엄마는 더는 아무 말 하지 않았다. 나도 아무 말 하지 않았다.

5년 사이, 나는 일 때문에 타이중으로 이사를 왔다. 아이가 둘 생기면서부터는 친정 한번 다녀오기도 힘들어졌다. 요 몇 년, 얼굴을 볼 때마다 엄마는 태블릿 PC를 끼고 모든 메시지를 하나하나 다 클릭해서 읽는다. 시시때때로 본인 일상을 업데이트하고, 어떤 때는 둘이 식당에서 같이 식사를 하는 와중에도 태블릿 PC 화면에 고개를 파묻고 있는데, 어쩌다가 고개를 들어서는 누구누구가 또 바닷가로 휴가를 보내러 갔다느니, 누구누구가 또 손자를 봤다느니 이런 이야기를 늘어놓는다. 나는 엄마가 강의 중에도 스마트폰만 만지작거리는 내 학생들 같다며 웃지만, 사실 속으로는 실망을 금치 못한다. 모처럼 만났는데, 몇 마디 나누지도 못하니.

하지만 가끔, 중학교 2학년 그때, 장대비가 내리던 그 초저녁, 강이 되어 버린 길 위로 오토바이를 몰아 다급히 딸을 데리러 갔던 엄마를 떠올리곤 한다.

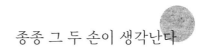

종종 그 두 손이 생각난다

종종 그 두 손이 생각난다. 열한 살 소녀의 하얗고 고운 손.

초등학생 시절 같은 반에 조(Joe)라는 영어 이름을 가진 친구가 있었다. 외모와 성적은 그저 그랬지만 우리 반 여자아이들은 다 조의 말을 들었다. 아마 조의 아버지가 정부 관료였다는 사실과 관련이 있었을 것이다. 반에서 조는 늘 최신 장난감을 가진 친구였다. 책가방, 필통, 운동화 등 갖고 있는 모든 물건이 다 반짝반짝 빛이 나는 것만 같았다.

조는 누군가에게 뭘 시키는 걸 즐겼고, 반 친구들도 기꺼이 조가 하라는 대로 했다. 조가 누구를 따돌리기로 하면, 그 죄 없는 아이는 즉시 반 전체의 공공의 적이 되어 버렸다.

한번은 조가 우리 집에서 점심을 먹고 싶다고 했다. 우리 집이 학교에서 걸어서 5분밖에 되지 않는 거리에 있었기 때문에, 나는 늘 집에 돌아가서 밥을 먹고 학교 종이 울리면 다시 학교로 돌아갔다. 그날, 우리 집에 오고 싶다는 조의 말에 나는 기분이 좋으면서도 한편으로는 불안했다. 나는 반에서 아웃사이더였다. 말도 적고 겁도 많았다. 피구를 하면 제일 먼저 공에 맞아 경기장 밖으로 나가는 아이가 바로 나였고, 경기장 밖에 우두커니 서 있다가 툭하면 공을 놓치는 아이도 또 나였다. 공에 얼굴 정중앙을 맞아 코피가 터지는 바람에 오후 내내 양호실 신세를 지며 누워 있었던 적도 있다.

반 친구가 우리 집에 밥을 먹으러 오자 기분이 좋아진 엄마는 신경 써서 이것저것 음식을 준비했다. 조는 엄마의 음식 솜씨와 엄마가 최근 한 파마를 치켜세웠고, 엄마도 조가 어른스럽다며 누차 칭찬했다. 밥을 다 먹은 뒤 조가 화장실에 가고 싶다고 해서 화장실이 아버지 진료실 옆에 있다고 알려 주었다. 조는 정오 뉴스가 큰 소리로 울려 퍼지고 있던 거실 밖으로 걸어 나갔다.

엄마는 부엌으로 돌아가서 과일을 잘랐고 아버지는 낮잠을 자러 방으로 들어갔다. 잠시 기다렸는데도 조가 돌아오지 않아서 가서 살펴봤더니 화장실은 텅 비어 있었고, 무슨 일인지 진료실에서 자잘한 소리가 들렸다. 밖에서 가만히 둘러보다가 그만 두 손을 보고 말았다. 무슨 집안일 같은 건 해 보지 않은 듯한 하얗고 고운 왼손이 조용히 서랍을 받치고 있었고, 역시나 하얗고 고운 오른손이 서랍 안에서 500위안 구권(舊券)을 한 장 꺼내 재빠르게 교복 치마 주머니 속으로 쑤셔 넣었다.

나는 뒤를 돌아 잰걸음으로 거실로 돌아와서는 아무 일도 없었던 것처럼 텔레비전을 뚫어지게 바라봤다. 엄마가 과일을 잘라서 받쳐 들고나오는데, 조가 때맞춰 나타났다.

학교로 돌아가는 길, 조는 뭘 좀 사고 싶다고 했다. 나는 그러자고 했지만 바짝 말라 조여든 목에서는 노인네처럼 쉰 목소리가 나왔다. 나는 조를 따라 한 선물 가게에 들어섰고, 조가 예쁜 천 인형 두 개를 꼼꼼하게 고르는 모습을 지켜봤다. 하나는 분홍색 양장 차림이었고 다른 하나는 노란색 양장 차림이었다. 둘 다 가슴께에 빛나는 진주가 박혀 있었다.

계산할 때가 되자 조는 주머니에서 구겨진 500위안 지폐를 꺼내, 가슴 찢어지도록 보드라운 그 두 손으로 지폐를 잘 펴서 점원에게 건넸다. 그 두 손, 열한 살 소녀의 하얗고 고운 손으로.

돈을 내고 나서 조가 말했다. 너 하나 줄게. 조는 노란 양장 차림의 인형을 내게 주었다. 처세에 능하다고 해야 할지 아니면 마음이 자비롭다고 해야 할지 모르겠을 무언가가 조의 눈에서 뿜어져 나왔다. 그 무언가가 인형의 가슴께에 박혀 빛나는 진주처럼 반짝이며 점멸했다.

머리가 아파지기 시작했지만 나는 목을 가다듬고 힘겹게, 그리고 미약하게 소리를 냈다. 고마워.

선물 가게를 나서자 정오의 뜨거운 태양이 금속 같은 강렬한 빛을 내뿜었다. 머리가 더 아팠다.

학교가 파하고 집에 돌아온 나는 그 인형을 옷장 가장 깊숙한 곳에 조용히 숨겨 버렸다. 고통스러운 비밀을 나무 밑동이 패여 생긴 가장 어두컴컴한 구멍에 깊이 묻어 버리고 싶다는 듯이.

두 달 뒤, 또 똑같은 일이 벌어졌다. 조가 이번에 내게 준 것은 하늘색 저금통이었다. 하지만 그 뒤 그런 일은 다시는 일어나지 않았다.

그런데 그때부터 그 뽀얀 손이 시시때때로 나타나기 시작했다. 환한 대낮에, 서늘한 바람이 부는 초저녁에, 어둠이 밀물처럼 밀려온 컴컴한 밤에, 그 두 손이 내게 다가와 내 목을 움켜쥐었다. 아주 오랫동안 나는 밤이면 밤마다 자리에서 일어나 물을 마셨다. 잠을 자려고 하면 늘 가슴 한가운데에서 압박감이 느껴졌다. 어른들은, 그분들은 이렇게 말씀하셨다. 시험 스트레스야. 마음 편히 가지렴.

나는 누구에게도 이 일을 언급하지 않았다. 그러다 스물여덟 살 무렵, 카트만두의 여관에서 별안간 옆에 있던 낯선 이에게 이 일을 빠짐없이 온전하게 이야기해 주었다.

페퍼민트 차를 홀짝이던 그 이른 아침이 되어서야 나는 문득 깨달았다. 중학생 시절의 침묵과 위축, 그룹 안에서 리더에게 느낀 공포와 불신, 악에 대한 고의적인 무관심과 무시가 단단한 갑옷을, 방관자의 눈을 낳았다는 것을. 그 천사 같던 손이 열한 살 무렵부터 질식할 것만 같은 하루하루를 향해 다가왔다는 것을.

하지만 한 번도 가지고 논 적 없는 그 인형과 저금통은 도무지 찾을 수가 없다. 완벽한 밀실 살인처럼, 단서 하나 남기지 않고 완벽하게 사라지고 말았다.

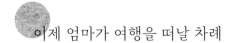
이제 엄마가 여행을 떠날 차례

2월의 햇볕은 따뜻하고, 건조하다. 시트나 이불, 옷을 말리기에 안성맞춤이다.

그날 오후, 나는 집 뒤꼍에서 겨울 햇볕 아래 목욕을 하고 있는 내 커다란 배낭을 발견했다. 엄마가 말리려고 가지고 나온 모양이었다.

나는 귀국할 때마다 배낭 안에 있는 물건을 하나하나 꺼내서 씻거나 수납해 두고, 그 커다란 배낭은 어두운 창고에 처박아 두었다. 집으로 돌아오면 꼭 치르는 의식이었다. 여행의 마침표를 찍듯이.

하지만 엄마는 늘 배낭 좀 빨아 놓으라고 잔소리했고, 내가 들은 척도 하지 않으면 날씨 좋은 날을 골라 잔소리를 늘어놓으면서 창고에서 배낭을 꺼내 거품 가득한 대야에 푹 적신 다음 솔로 빈틈없이 문질러 빨아 두었다. 솔로 박박 문질러서 빨고 햇볕에 널어 말린 탓인지, 파란색과 보라색 줄무늬가 들어가 있던 배낭은 심하게 물이 빠지고 말았다. 산뜻하고 화려했던 색깔이 부드럽고 거무튀튀해진 게 꼭 스무 살 전후의 청춘에서 서른, 마흔으로 접어든 내 초상 같다.

이 배낭은 열아홉 살 되던 해 엄마가 내게 준 생일선물이다. 당시 대학 1학년이었던 나는 구국단(救國團) 훈련에 참여했는데, 그중 산속 체험 활동이 있었다. 엄마가 등산용품점으로 나를 데리고 간 기억이 난다. 진열대에 알록달록 화려한 대형 배낭들이 잔뜩 걸려 있었고, 그중 한눈에 쏙 들어온 게 바로 이 산뜻한 색깔의 배낭이었다. 그다지 저렴한 편은 아니어서 엄마가 사 주지 않을 거라고 생각했다. 엄마는 내가 좋아하는 게 보였는지 가격표를 뒤집어 보았고, 적잖은 가격에 눈살을 찌푸렸다. 하지만 배낭을 진열대에 되돌려 놓으라고 하지는 않았고, 오히려 사장님과 가격을 흥정하기 시작했다.

엄마는 가격 흥정의 달인이다. 이미지 같은 건 생각지도 않고 목청 높여 가며 주인과 가격 흥정에 나선다. "비싸도 오죽 비싸야. 이렇게 비싸면 이걸 누가 사." 이러다가 "사장님, 그래 봤자 몇십 위안 덜 버는 것 아녜요. 내 앞으로 계속 여기 와서 살 테니까……." 하는 식이다. 목청 높여 떠드는 소리에 어떤 때는 가게 안 손님들이 죄다 신기하다는 듯 우리를 흘끔거리기라도 하면, 나는 창피해서 견딜 수가 없어 엄마의 옷깃을 잡아끌곤 했다. "됐어. 사지 말고 그냥 집에나 가자." 몇 번인가는 거의 화를 내기도 했다. 엄마의 태도가 하도 기세등등해서 사람을 괴롭힌다는 생각이 들었다. 결국 물건을 사든 말든(설사 물건을 사도 가게 주인의 기분을 다 망쳐 놓기 일쑤였다), 집으로 돌아온 나는 항의의 표시로 입을 닫아 버렸다.

다행히 그때는 성격 좋은 가게 주인 덕에 나는 그 커다란 배낭을 순조롭게 손에 넣었고, 산속 활동 중 이 배낭은 산뜻한 색감으로 이목을 집중시켰다.

이후 내가 동아리를 떠난 뒤에도 이 배낭은 나와 함께 곳곳을 여행했다. 연기와 먼지로 가득한 뭄바이와 델리, 카트만두를 함께 걸었고, 파리, 샌프란시스코, 암스테르담, 브뤼셀, 교토, 쿠알라룸푸르, 포카라를 비롯한 수많은 도시를 함께 다녔다. 다람살라의 싼 여인숙에 박혀 있을 때에는 안에 있던 물건을 비우고는 반으로 접고 또 반으로 접은 뒤 겉을 수건으로 싸서 베개로 쓰기도 했다. 홀로 여행을 하다가 혼자 묵는 숙소에 돌아가면 구석에 박혀 있던 배낭이 익숙한 가족처럼 외롭고 기나긴 밤을 함께해 주곤 했다.

그러나 타향을 떠돌던 내가 배낭을 보며 엄마를 떠올리고, 엄마가 생일 선물로 이 배낭을 사 준 기억을 떠올리는 일은 거의 없었다.

나는 엄마 생각을 거의 하지 않았다. 인도에서 펑(風)과 얼굴을 붉히고 집에 전화했을 때가 유일했다.

당시 나는 다정하게 굴다가도 또 돌연 냉담하게 구는, 마음이 죽 끓듯 변하는 펑의 태도에 질려 있었다. 스트레스도 심했고 섭섭함도 컸다. 하지만 그렇다고 펑이 책상에 쪽지 한 장 달랑 남겨 놓고 나를 버리고 먼저 떠나 버릴 줄은 몰랐다. "우리 인연은 다한 것 같아. 난 너 필요 없으니까, 이제 떠나라." 펑의 말투가 물씬 느껴지는 쪽지였다. 냉담한 말투가 흘려 쓴 글자를 통해 새어 나왔다. 몸이 덜덜 떨려서 침대 위로 쓰러졌다. 어떻게 해야 좋을지 알 수 없었다. 몇 시간 뒤 게스트하우스에서 걸어 나온 나는 길고 긴 길을 돌고 돌아가서 집으로 국제 전화를 걸었다. 엄마 목소리가 들리자마자 눈물이 뺨을 타고 흘렀지만, 소리를 낼 수는 없었다.

내가 전화를 걸었다는 걸 눈치챈 엄마가 초조한 말투로 물었다. "왜 그러니?" 엄마 목소리가 머나먼 광야에서 들려오는 것만 같았다. 나는 펑과의 관계가 냉각기에 접어들었다고 쉬지 않고 이야기했고, 엄마는 전 과정을 세세히 귀 기울여 듣다가 마지막에 가서야 한마디 했다. "그러면 일정을 좀 당겨서 타이완으로 돌아와."

독신인 펑은 떠나고 싶으면 떠나고 돌아오고 싶으면 돌아오는 사람이었다. 펑은 나이가 엇비슷한 친구들에 비해 아주 남다른 인생을 살고 있었고, 서른여덟 살에는 인도에서 참선을 공부했다. 나중에 현지에서 게스트하우스를 열려고 했지만 저축해 둔 돈이 부족해서 내가 같이 투자하자며 엄마와 외할머니를 설득했다. 두 분이 각각 돈을 내놓았지만 결국 흐지부지되고 말았고 돈도 회수하지 못했다. 이 기간에 엄마는 펑이 타이완에서 진 빚도 몇 가지 처리해 주었다. 펑은 이 사실을 알고도 담담하게 '알겠습니다' 이 몇 글자 적어서 인편에 보낸 게 전부였고, 엄마는 그 때문에 며칠을 울적해했다. 당시 나는 바로 엄마를 위로하지 않고 오히려 펑 편을 들면서 그런 사소한 일까지 다 마음에 담아 두느냐며 엄마를 원망했다.

　나는 늘 엄마의 반대편에 서 있었다.

　내가 펑을 찾아 인도로 가려 하자, 엄마는 펑이 나한테 독신 생활, 인도 살이, 참선, 심지어 출가 등 이상한 관념을 주입했다며 걱정했다. 인도에 도착했을 당시 펑은 정말 내 롤 모델이었다. 자유롭고 강인하면서도 아름다운 삶이 동경을 불러일으켰다. 우리는 한 달을 함께 여행했다. 뭄바이에서 기차를 타고 델리로, 바라나시로, 부다가야로, 사르나트로 갔다. 흔들리는 기차 객실 안에서 서로 기대어 잠을 잤고, 보리수 아래에서 그 시절 붓다의 족적을 돌이켜 보기도 했다. 펑은 나를 데리고 인도

의상을 사러 가고 코를 뚫는 곳에도 데리고 가서, 나를 그야말로 인도 여성으로 변신시켜 놓기도 했다. 한때 그렇게 즐거운 시간을 함께했건만, 이후 우리는 이런저런 사정으로 헤어지게 되었다.

열몇 시간 전만 해도 펑의 물건은 다 이곳에 놓여 있었다. 그 커다란 검은색 배낭에 세 벌이 한 세트인 인도 의상 여러 세트, 사리[2] 두 벌, 휴대용 히터봉, 스테인리스 텀블러, 여권, 베갯잇, 로션, 대나무 샌들, 손수건, 작은 원형 부채와 소형 다리미(펑은 아침에 일어나면 빨아서 쭈글쭈글해진 옷을 다렸다. 나는 빛을 등진 펑의 아름다운 그림자를 넋을 잃고 바라보곤 했다)를 포함한 펑의 모든 물건이 들어 있었다. 외지에 있으니 마음이 불안했고, 모든 물건에 쉽게 마음을 빼앗겼다. 펑의 물건은 정말 펑의 몸처럼 내게 어마어마한 안정감을 주었다. 그런데 이제 펑과 펑의 몸과 펑의 향이, 남아 있던 모든 물건이 전부 사라지고, 무서운 고요와 커다란 공간만 남고 말았다. 모든 공간이 딱 하나의 잔혹한 메시지를 가리키고 있었다. 그건 내가 남겨졌다는 것이었다.

2　인도 여성들이 입는 전통의상. 너비 1미터, 길이 5~6미터 내외의 한 장짜리 천으로 되어 있다.

나는 인도 자이푸르의 파란색 게스트하우스에 남겨졌다. 방이 엄청 컸다. 사막의 도시에서 한 조각 바다인 양 넘실거리는 파란색이 사방에 칠해져 있었다. 무더운 바람과 더위가 작은 창을 통해 쏟아져 들어와, 사람을 혼미하게 하고 지치게 하는 파도가 되어 일파만파 번져 나갔다. 침대에 누워 있으니 현기증이 나고 속이 매스꺼웠다. '난 남겨졌어.' 머릿속에서는 온통 이 소리만 웅웅 울려 퍼졌다. 화장실에 가서 토하기까지 했다. 쓰디쓴 누런 액체를 토하고는 바닥에 앉아 대성통곡했다. 눈물, 콧물 다 쏟으며 울었다. 낭패감이 극에 달했다.

그 순간, 엄마에 대한 그리움이 강렬하게 밀려들었다. 그래서 얼굴을 닦고 거울을 보며 힘겹게 미소를 쥐어짜 냈다. 게스트하우스에서 걸어 나와 엄마에게 전화를 걸 준비를 했다.

내가 분비해 낸 쓰디쓴 진액에 빠져 있었던 당시의 나는, 사실 남겨진 사람은 엄마였다는 사실을 생각도 하지 못했다.

엄마의 여동생이 먼저 엄마를 타이완에 남겨 놓고 떠났고, 그다음은 딸인 내가 엄마를 남겨 놓고 떠났다. 엄마가 늘 이 두 혈육이 타이완에 남겨 놓고 떠난, 시시콜콜 골치 아픈 일들을 처리해 준 덕에 그 둘은 타향에서 자유롭게 살았다. 엄마를 더 걱정스럽게 했던 것은 딸이 본인 여동생의 뒤를 이을지도 모른다는 것이었다. 반항적이고, 괴상하게, 변변한 직업도 없이.

"부모께서 살아 계시는 동안에는 멀리 가지 아니하며, 멀리 갈 때는 반드시 방향이 있어야 하느니."[3]

20년 넘게 공부를 했건만 이 구절의 함의를 세심하게 곱씹어 본 적이 없었다. 이십 대의 나는 늘 엄마와 엇나갔다. 자유라는 이름으로 혼자 먼 타지로 떠난 게 한두 번이 아니었다.

30년 넘는 세월을 가정주부로 산 엄마와 심장에 스텐트를 달고 있는 아버지를 남겨 두고서.

심지어 나는 내가 공부를 많이 했다는 착각에 빠져 있었다. 특히 여성주의, 육신에 대한 이론 등에 관해서는 엄마를 '재교육'하려 들었다.

미리 물어보는 법은 거의 없었다. 언제나 일단 여행 일정부터 짜고 항공권을 예약했다. 출발 2주 전이 되면 그제야 생각이 나서 다급히 엄마에게 말했다. "나 출국해."

"나 출국해." 내가 말했다.

나를 등진 채 손으로 옷을 비벼 빨고 있던 엄마가 물었다. "어디 가는데?"

"인도."

"언제?" 엄마는 여전히 나를 등지고 있었다.

---

3   『명심보감』「효행편」의 한 구절.

"열흘 뒤에."

엄마는 잠시 입을 닫았다.

그래서 내가 한 마디 덧붙였다. "항공권 예약했어."

엄마는 잠시 잠자코 있다가 내가 자리를 뜨려고 하면 그제야 비로소 나지막이 중얼거렸다. "다 결정해 놓고서야 말을 하니, 원."

아이 낳고 강의하면서 바빠 살다 보니 내 여행은 거의 중단되었다. 이때부터 엄마의 여행이 시작되었다. 물론 엄격하게 정의하자면, 그건 여행이라고 부를 수 없는, 그래 봤자 나들이라고 할 수밖에 없는 것이어서, 등산회 친구들과 산에 가거나 마음 맞는 친구들과 차를 몰고 여기저기 돌아다니는 정도였다. 하지만 온종일 집에서 쉬지도 않고 바빠 지내던 때에 비하면, 요 몇 년 엄마는 거의 집에 붙어 있지 않았다. 이란(宜蘭) 자오시(礁溪) 지역에 온천 여행을 갔다가 방금 돌아와 놓고, 다음 날 바로 차를 몰아 주베이(竹北)로 친구를 만나러 가는 식이었다. 일요일에는 또 친구와 골프를 치러 나갔고, 오후에는 애프터눈티를 즐기곤 했다. 엄마의 일정은 놀기 좋아하는 여학생의 그것처럼 빽빽했다. 엄마는 짧은 여행에서 돌아오면 곧바로 다음 여행을 계획하기 시작했다.

사실 엄마는 늘 해외여행을 가고 싶어 했다. 나처럼 비행기

티켓 사 놓고 이제 내 일 아니라는 듯 엉덩이 툭툭 털며 일어나 시크하게 "나 출국한다." 이 한 마디 던져 놓은 채, 아무리 말려도 말릴 수 없이, 그 커다란 배낭 하나 메고 눈앞에서 사라져 버리고 싶어 했다. 하지만 어쨌거나 엄마는 내가 아니었다. 마음 대로 뛰쳐나가지 못했다. 그건 아버지와 관련이 있었다. 아버지가 집에 있다가 병으로 쓰러진 적이 두 번 있는데, 그중 한 번은 엄마가 마침 등산을 가 있던 탓에, 혼자 집에 있던 아버지는 발버둥을 친 끝에 가까스로 작은아버지에게 전화를 걸었다. 작은아버지는 차를 몰고 와서 구급차를 불러 아버지를 응급실로 모시고 간 다음에야 밖에서 놀고 있던 엄마에게 이 사실을 알렸다. 허둥지둥 응급실로 뛰어 들어온 엄마는 작은아버지와 큰아버지로부터 강한 책망의 시선을 받아야 했다.

아버지의 건강이 호전되자 엄마는 다시 밖으로 나돌기 시작했다. "네 아버지는 밖에 나가는 거 싫어하잖니. 밖으로 내보내는 게 하늘의 별 따기보다 더 어렵다니까. 그렇다고 온종일 같이 집에 있다가는 내가 답답해 죽을 지경이야."

처음에는 하루로 시작했는데 나중에는 1박 2일, 2박 3일이 되었다. 찾는 전화만 한 통 걸려 오면, 엄마는 곧바로 가방을 챙겨 들고 친구들과 놀러 나가곤 했다. 집에 돌아온 지 얼마 되지도 않았는데 한참 동안 휴대전화를 붙잡고 있다가 또다시 흔적도 없이 사라진 적도 있다. 나와 여동생이 그러지 좀 말라고 몇 마디 했다가 생각지도 못하게 엄마의 화를 돋우고 말았다. "지들은 아침부터 저녁까지 싸돌아다니고 싶은 대로 다녀 놓고, 나는 안 된다고 하네!" 언젠가는 드라마 대사 같은 말을 무심결에 쏟아 낸 적도 있다. "해도 해도 너무 불공평하잖아! 내가 이 집을 위해 희생한 세월만 30년이 넘는데, 아니 나는 이 정도 자유도 누릴 수 없다는 거니?"

알고 보니, 엄마는 남겨진 사람의 기분을 느낄 만큼 느끼고 살아온 터였다. 딸이 커서 결혼을 하자, 엄마는 그때부터 당신의 인생이 다시 시작되었다고, 드디어 당신 자신을 위해서 살 수 있게 되었다고 생각했다. 그런데 딸이라는 게 잔소리를 해대며 사사건건 막아서고 나선 것이다(해도 해도 너무 불공평하잖아!).

나는 거의 인식하지 못했다. 석사 과정을 밟으면서 여성 의식을 논하고 그와 관련된 글을 쓰고 시시때때로 배낭을 메고 여행을 떠났으면서도, 한편으로는 엄마가 나가지 못하게 막아선 사람이 나였다는 사실을.

나는 걸핏하면 집을 나섰으면서도, 엄마는 영원히 집에 남아 있기를 바랐다.

이제 엄마는 종종 나와 여동생에게 전화를 걸어 언제 집에 올 거냐고 물어본다.

친구가 등산을 하러 가자고 했으니 우리 보고 집에 와서 아버지를 좀 돌봐 달라는 것이다.

이제는 우리가 엄마에게 잔소리를 몇 마디 늘어놓지만, 동생도 나도 분주히 짐을 싸서 집으로 돌아가 아버지를 돌봐 준다.

예순이 된 엄마는 수많은 여행 계획을 잡아 놓고 언제든 떠날 준비를 한다. 엄마는 나한테 빌린 그 커다란 배낭에 등산용품을 쑤셔 넣으면서 최근에 또 어딜 갔었는지, 어떤 새 물건을 샀는지, 어떤 친구를 사귀었는지, 하고 싶은 대로 이야기를 늘어놓는다.

휴대전화가 울리기 시작하고, 친구분이 얼른 나오라며 엄마를 재촉한다. 재잘재잘 에너지가 넘치는 엄마가 십몇 년은 더 젊어진 것 같다.

물이 다 빠진 그 커다란 배낭을 메고서 내게 손을 흔드는 엄마를 바라본다. 마음 깊은 곳에서 한기와 온기가 뒤섞인 복잡한 감정이 흐른다.

성큼성큼 집 문을 나서던, 고개 한 번 돌리지 않고 나서던 예전의 나를 보는 것만 같다.

꼼짝도 하지 않고 엄마의 뒷모습을 바라본다. 엄마가 모퉁이를 돌 때까지, 흔적도 없이 사라질 때까지.

엄마가 오는 시간

아버지가 물었다. "네 엄마 너희 집에 간다고 하던데, 갔니?" 여동생이 덧붙였다. "엄마 어젯밤에 나랑 타이베이에서 저녁 먹었어. 저녁 먹고 나서 차에 친구분 태우고 타이중에 갈 모양이더라고. 야경 촬영 같은 거 하러 칭징(清境)에 간다고 했어." 정오가 다 된 시각이었다. 나는 마침 아들 낮잠 재울 준비를 하고 있었다. "엄마 안 왔어." 한 손으로 라인 메신저로 답장을 보내며 다른 한 손으로 대충 잡은 칫솔을 아들의 입에 집어넣었더니, 아이가 필사적으로 팔다리를 버둥거리며 저항했다. 얼마 지나지 않아 요란한 소리와 함께 대문이 열렸다. 등산 배낭을 사선으로 걸쳐 맨 채 손에는 카메라 가방과 태블릿 PC, 크고 작은 비닐봉지를 쥔 엄마가 선글라스를 벗더니 씩하고 웃으며 말했다. "어이, 나 왔어."

엄마가 왔다. 엄마의 차는 틀림없이 아파트 입구 레드 라인이 그려진 곳에 아무렇게나 세워져 있을 테고, 차량 앞유리의 얼룩은 자랑스러운 밤도깨비 여행의 자취를 담고 있을 것이며, 카메라 메모리 카드는 온통 어젯밤 출정해서 찍은 아름다운 야경투성이일 것이다. 엄마는 몸에 딱 붙는 옷들을 벗어 던지고 평상복으로 갈아입었다. 밤새 눈을 붙이지 못한 엄마는 양배추, 표고버섯, 사과 등을 텅 빈 냉장고에 쑤셔 넣은 뒤, 목청 높여 선언했다. "나 일단 가서 좀 자련다."

나는 가족 단톡방에 메시지를 남겼다. "엄마 왔음."

타이중으로 이사한 뒤, 엄마는 대략 한 달 반에 한 번씩 우리 집을 찾았다. 대부분 마침 타이중에 놀러 올 일이 있어 왔다가 다 놀고 돌아가기 전, 온 김에 우리 집에 들러서 나 대신 아이들을 돌보고 삼시 세끼를 챙겨 주는 식이었다. 그러다 며칠이 지나면 또 친구와 함께 곳곳으로 여행을 떠났다.

엄마는 음식 솜씨가 좋다. 내가 채식을 시작한 뒤부터는 특별히 채식 메뉴를 몇 가지 연구했다. 식당에 갈 때면 그 집의 특색 있는 요리를 찬찬히 뜯어본 뒤, 남다른 예민함과 노련한 경험을 바탕으로 눈앞의 음식을 분해해 조리법을 만들었고, 집으로 돌아가서 그대로 재현했다. 엄마의 대단한 점은 냉장고 안에서 절망적 상태에 이른 것으로 보이는, 다루기 힘든 식자재를 새롭게 조합해 맛 좋은 음식으로 재탄생시킨다는 데 있다. 겉으로 보면 냉장고 털이 음식인데, 먹는 사람은 남은 재료를 먹고 있다는 섭섭함과 불쾌함을 절대 느낄 수 없다. 이건 절대적으로 엄마의 능력이다.

강의를 하면서 동시에 아이를 기르다 보니 나의 하루하루는 전쟁과 다를 바 없이 지나간다. 평상시에는 늘 식당에서 서둘러 끼니를 해결하거나 음식을 포장해 오고, 주말에만 짬을 내서 가족들에게 음식을 해 준다. 우리 집 주방이 반짝반짝 깔끔함을 유지할 수 있는 건 절대 부지런히 씻고 닦았기 때문이 아니라 대부분 자주 쓰지 않기 때문이다. 엄마가 집에 오면, 흡사 진정한 주방장께서 납시셨다는 걸 알아채기라도 한 듯, 온 주방 도구에서 존귀하고 영예로운, 신중한 분위기가 흘러넘친다. 요란한 소리가 나는 가스레인지 후드 아래 서서 솥과 주걱을 휘두르는 엄마는 꼭 교향악단을 지휘하는 사람처럼 에너지가 넘치고 기세등등하다.

텔레파시가 통하기라도 한 건지, 엄마는 늘 내가 제일 지쳐 있을 때, 제일 약해져 있을 때 나타난다. 한번은 학교에서 네 시간짜리 강의를 끝내고 연이어 열린 네 시간짜리 회의까지 다 마치고 나서 무거운 발걸음을 이끌고 집으로 돌아왔다. 문을 밀어젖히는데 콧속으로 진한 표고버섯 향이 흘러들더니만, 익숙한 향이 열렬하게 손을 내뻗어 나를 끌어안았다. 머리를 내밀어 보지 않아도 엄마가 왔다는 걸 알 수 있었다. 엄마는 늘 냉장고 구석에서 얼다 못해 표정을 잃고 말라비틀어진 표고버섯과 마늘 혹은 파, 생강을 찾아내서, 방금 사 온 신선한 채소와 두부를 곁들여 빠른 리듬으로 뜨겁게 뜨겁게 볶아 아이들이 좋아하는 요리를 차려 준다. 아이들만 좋아하는 게 아니라, 엄마가 재빨리 볶아 낸 양배추, 두부조림, 카레라이스를 먹고 있으면, 나도 결혼하기 전 딸로 되돌아가, 마음껏 먹으면서 뒷정리도 할 필요 없고, 솥이고 그릇이고 국자고 접시고 설거지할 필요도 없었던, 그 좋았던 시절로 돌아간 듯 내 멋대로 행복을 만끽한다. 죄책감에 손을 쑥 들이밀며 좀 도와 주려 하면, 엄마는 위세를 부리면서 나를 막아서고 명령을 내린다. "네가 좀 느려 터졌어야지. 설거지는 내가 하면 된다니까." "부엌도 좁은데 뭐 하러 두 사람이 갑갑하게 같이 얼쩡거려? 너는 가서 애나 봐!"

나도 이미 엄마가 되었건만, 엄마는 지금도 이런 식으로 말로 전할 수 없는 다정한 마음을 딸에게 표현한다.

엄마의 다정함에는 나를 위한 엄마표 요리를 만들어 주는 것까지 포함된다.

왜인지는 모르겠지만 나는 아이가 생긴 뒤 고추에 중독되었다. 아마 수유를 위해 커피를 끊으면서 생긴 새로운 음식 취향인 듯하다. 하지만 아이들을 데리고 밖으로 나가서 음식을 주문

할 때는 매운 음식은 절대 주문할 수 없다. 후추만 조금 들어가도 아이들이 눈물, 콧물을 줄줄 흘리는 데다 남편도 매운 음식을 먹지 않기 때문에 대부분의 경우 내가 그냥 참는다. 어쩌다가 드물게 '혼자 먹는' 시간이라도 생기면 나는 식당으로 돌진한다. 뜨끈뜨끈한 쏸라탕부터 마라국수, 매운맛을 더한 취두부, 산초를 흩뿌린 몐셴후(麵線糊)[4]까지, 하나같이 다 너무나도 사치스러운 마술의 시간이다. 혼자 조용히 맛을 보면서 조용히 땀을 흘리면, 몸과 마음이 상쾌하고 시원해진다.

이 사실을 아는 엄마도 매운 걸 좋아하는 분이라, 아이들과 남편이 식탁에서 내려가면 그제야 엄마표 특식을 내놓는다. 새빨간 고추에 기름이 반지르르하게 흐르는 더우간(豆干)[5]에 채식 햄을 곁들이면, 재료는 단순해도 성의는 넘치는 우리 두 모녀만의 음식이 된다. 두 여자가 얼굴을 마주하고 앉아, 어떤 말도 할 필요 없이 조용히 음식을 씹는다. 얼얼하고 매운맛이 각자의 목과 위장에서 조용히 지피는 열기를 느낀다.

엄마가 집에 오면, 냉장고를 가득 채우고 또 비워 주는 것 이

---

4 걸쭉한 국물에 면발이 죽처럼 푹 퍼져 있는 국수.
5 일종의 건두부.

외에 전문적인 가사 서비스도 제공된다. 하지만 이 서비스는 보통 어마어마한 잔소리를 동반한다. 이를테면 탕을 끓이다 소금 간을 하면서도 한마디 잊지 않는 식이다. "일본 다시마가 얼마나 비싼데 이걸 그래, 유통 기한 다 될 때까지 그냥 두고 있었네." 온갖 일로 시간이 죄다 꽉 차 버린 탓에, 평상시 나는 최저 기준으로 가사를 해치우고 넘어간다. 접시 두 개로 조리가 끝나면, 절대로 세 번째 접시는 쓰지 않는다. 딱히 필요가 없으면, 내다 말린 옷을 수납하지 않고 바로 빨래 건조대에서 걷어 입는다(이러면 옷에 접힌 흔적이 남을까 봐 걱정할 필요도 없다). 가정주부로 40년 가까이 살아온 엄마 눈에 이건 심각한 낙제 수준이다. 엄마는 이미 엄마가 된 내가 어떻게 아직도 계속 되는대로 살아가는 건지 도무지 갈피를 잡지 못한다.

빨래통에 담겨 있던 옷가지들을 세탁기에 넣기 전, 엄마는 늘 양말과 옷을 분리한다(이걸 같이 빠니까 네가 피부 알레르기가 생기는 거 아니냐). 잔소리를 늘어놓으면서 손을 놀려 내 속옷을 빨고(이걸 매일 안 빨다니 그게 될 일이니), 아이 턱받이를 빤다(목덜미가 이렇게 더러운데 세제에 넣어서 솔로 박박 문지르지도 않으니, 원). 부엌 바닥을 박박 문질러 닦고 깐깐하면서도 부지런하게 유리창을 닦는다. 생각할 수 있는 것부터 생각할 수도 없는 것까지 온갖 집안일을 다 마치고 나면, 아이들 신발 좀 큰 걸 사 주지 않고 뭐 했느냐고 나를 나무라고, 냉장고에 있던 생강과 레몬이 아주 다 말라비틀어졌다고 불평을 늘어놓다가, 애지중지 예뻐 죽겠다는 얼굴로 아이들을 끌고 공원으로 가서 빨갛고 파랗고 푸른 색소가 들어간 사탕을 몇 개 사서 아이들 입을 틀어막아 놓는다. 아이들이 신이 나서 시선 밖으로 뛰어나가기라도 하면 맡은 바 책임을 다하겠다는 듯 고래고래 소리를 친다.

결혼하기 전 엄마와 같이 살 때는 엄마의 끝도 없는 잔소리에 종종 화가 치밀어 오를 때마다, 써먹을 수 있는 가장 가혹한 단어를 동원해 곧바로 맞받아쳤다. 그러면 화가 머리끝까지 치밀어 오른 엄마가 문을 쾅 닫으며 한마디 던지곤 했다. "나 이제 너 상관 안 하련다." 물론 엄마가 나를 상관하지 않고 살기란 불가능한 일이어서, 며칠 지나면 상황은 반복됐다. 옆에 있던 아버지는 일찌감치 옆에 있어도 옆에 없는 것 같은 기술을 습득한 터라 계속해서 태연하게 식사를 하고 텔레비전을 보곤 했다. 그렇다고는 해도 아버지 성질을 건드린 적이 몇 번 있기는 했다. 어느 해 설 전날 밤, 엄마와 내가 대걸레 비틀어 짜는 방식을 놓고 그야말로 머리끄덩이 잡고 싸울 뻔한 적이 있다. 아버지는 간만에 얼굴을 붉히며 큰 소리로 나를 꾸짖었다. "가서 엄마한테 사과해라."

분노, 눈물, 서러움, 불평 등의 감정이 불같이 폭발했던 과거의 장면들이 이제는 비현실적이다 못해 지나치게 과장되고 드라마틱하게 느껴져서 웃기기만 하다. 지금은 어쩌다가 한번 만나는 엄마를 보면서, 능수능란하게 음식을 하고 집안일을 하는 엄마를 보면서, 청산유수로 쏟아지는 엄마의 온갖 불평불만을 들으면서, 나의 자만과 산만함 속에서 능숙하게 흠을 찾아내―예를 들면 색깔 곱게 볶은 동갓 한 접시에서 머리칼 한 가닥을 찾아낸다든가―내게 정확하면서도 치명적이고 통렬한 공격을 날리는 엄마를 보면서도, 너무 지나치지만 않으면 성질을 부리며 맞받아치지 않는다. 오히려 '과연 이래야 엄마답지' 하는 향수가 밀려든다.

엄마가 된 뒤 나도 잔소리라는 모계(母系)의 전통을 어느 정도 이어받았다. 엄마가 사진 촬영과 SNS에 빠진 뒤부터 나는 엄마에게 잔소리를 쏟아부을 충분한 이유를 찾아냈다. 엄마가 이따금 집에 오게 된 뒤로, 나는 인터넷이 엄마의 생활 리듬을 야밤 외출, 야밤 촬영, 야밤 귀가 등 완전히 십 대 소녀의 그것으로 바꿔 놓았음을 알게 되었다. 모처럼 식사라도 좀 하려고 가족끼리 모여도 엄마는 음식이 올라오기 전 틈을 타 페이스북 타임라인을 죽어라 확인한다. 깊은 밤 보채는 아이 때문에 잠에서 깨 젖을 먹여 놓고 화장실에 가다가 손님방 불이 아직 환하게 켜져 있어서 문을 두드리고 들어가 보면, 아니나 다를까 여전히 여행 사진을 업데이트하고 있다. 아니면 눈을 부릅뜬 채 억지로 이야깃거리를 찾아 친구들과 단톡방에서 수다를 떨고 있거나. 그러면 내가 한 소리 한다. "엄마, 주무세요." 엄마는 고개 한번 돌리지 않고 대답한다. "그래."

그럼 내가 성질을 억누르며 말한다. "엄마, 너무 늦었으니 주무세요."

대답이 없다.

"주무시라니까요."

"아이고, 알겠다, 알겠어. 아주 그냥 잔소리를 하고 또 하네."

시간이 흐르고 흘러, 나는 이제 더는 책상 앞에 앉아 참고서 밑에 소설을 숨겨 놓고 열심히 공부하는 척하던 딸이 아니게 되었고, 엄마도 내가 몇 시에 집에 돌아오는지 뚫어지게 지켜보던 엄마가 아니게 되었다. 내가 아이가 장난감 정리도 하지 않고 밥도 다 먹지 않는다고 불평을 늘어놓기 시작할 무렵, 엄마는 컴퓨터나 스마트폰 화면의 은은한 불빛에 흥분한 눈동자를 내맡기기 시작했다. 나는 늙었다는 생각이 들기 시작하는데, 엄마의 인생 후반 청춘기는 이제 막 펼쳐지고 있는 것만 같다.

서로 잔소리를 해도, 심지어 또다시 성질을 부리며 말싸움을 벌이기 시작해도, 엄마는 시시콜콜 따지고 드는 법이 없다. 아침에 일어나서 보니, 엄마가 이를 닦으며 부엌으로 들어가 냉장고를 열고, 가스레인지를 켜 냄비를 달구고 있었다. 얼마 지나지 않아 또 사치스럽고 화려한 아침상이 한 상 차려졌다. 엄마가 올 때만, 아침상은 끝도 없이 펼쳐진 뷔페 차림 상으로 변신한다. 과일잼을 바른 토스트, 채소 볶음 국수, 찐 고구마, 올리브유를 뿌린 푸르른 채소 샐러드, 여기에 견과류, 각양각색의 과일, 그리고 뜨거운 더우장까지. 중식과 양식을 겸비한 것도 모자라 한번은 잣페스토 볶음밥이 나온 적도 있다(지난밤 남은 음식을 완벽하게 재활용한 음식이었다).

이렇게 풍성한 식탁을 보고 있으면, 평상시에 이렇게 많이 안 먹는다는 둥, 급하게 나가야 한다는 둥, 딱히 식욕이 없다는 둥 아무리 많은 이유도 입 밖으로 나오지 않는다. 그저 얌전히 앉아 그릇을 들 수밖에. 엄마는 태블릿 PC를 켜고 인터넷에 들어가서 음악을 검색해 틀어 놓는다.

"엄마, 이제 식사하세요."

"너희 먼저 먹어. 나는 음악 좀 찾아 보게. 텔레비전이 없으니 집이 아주 절간 같잖니. 내가 음악 듣는 게 버릇이라."

"괜찮아요. 기다릴게요." 사실은 엄마가 태블릿 PC를 내려놓으면 좋겠지만.

엄마가 모차르트의 명곡 모음집 같은 걸 골라서 재생한다.

웅장한 음악이 흐른다. 빵과 더우장 위로, 엄마와 딸 위로. 해 봤자 별문제도 되지 않을 말 공격과 방어 사이로. 용인과 불손과 말하지 않아도 서로 아는 그 마음 사이로. 내가 마침내 느슨히 마음을 풀어 놓게 되는 시간, 엄마가 오는 시간.

2011년 여름 키프로스를 여행하던 중, 아이스 블루 빛깔의 호텔 수영장에서 수영을 하다가 문득 여러 해 전 황원링(黃韻玲)이 부른 노래 가사가 훌쩍 머릿속으로 흘러들었다. '파란 맥주의 바다, 아이가 하나 있으면 좋겠어.'[1] 아마 흔히 말하는 '때가 된 것'이었을 것이다. 모호한 느낌은 점차 확고한 갈망으로 변해 갔다. 아이가 하나 있으면 좋겠어. 3개월 뒤, 나는 임신 테스트기에 그어진 두 줄의 선에 기쁨의 눈물을 흘리며, 신의 화답에 감사했다. 나에게 곧 아이가 생기겠구나.

---

1   황원링의 대표곡 〈파란 맥주의 바다(藍色啤酒海)〉의 가사 중 일부.

2013년 여름, 룽이 만 한 살이 되었을 무렵, 또다시 임신 테스트기에서 의심할 수도 없는 빨간색 선 두 줄을 본 나는 곧바로 대성통곡했다. 잠을 자지 못하고, 자유를 박탈당하고, 엄마이자 선생으로서 지속해 온 지난 1년간의 스피디한 삶에 나는 거의 산산조각이 나 있었다. 아이를 하나 더 갖고 싶다는 생각은 전혀 들지 않았다. 하지만 초음파를 통해 아이의 심장 박동 소리를 들었을 때, 그 단호한 박동은 선언했다. '나 여기 있어요'라고. 나는 눈물을 흘렸다.

엄마가 된 뒤로 나는 정말 많은 눈물을, 많고도 많은 눈물을 흘렸다. 감동과 기쁨에 젖은 눈물도 있었고, 분노와 서글픔의 눈물도 있었으며, 뭐라고 이름 붙이고 어떻게 구분해야 할지 모르겠을 눈물은 훨씬 더 많았다. 눈물이 쉽게 터져 나왔다. 우울증을 앓는 학생, 학대당하는 아동에 관한 뉴스 보도, 자살한 사람, 재난, 저체온으로 죽은 사람들…… 많고도 많은 그 이야기들을 보는 것만으로도 나도 모르게 눈물이 흘렀다. 그 양을 재어 보면 틀림없이 파란 바다가 되고도 남았을 것이다.

2015년 여름, 룽이 배와 두 다리에 화상을 입고 2주 넘게 병원에 입원해 두 차례에 걸친 변연절제 수술을 받았다. 그 기간 내 위는 늘 쪼그라들어 있었고, 눈은 축축하게 젖어 있었다. 지금까지도 아이에게 약을 발라 주다 보면, 아이 다리 위를 꿈틀꿈틀 기어가는 그 자홍색 상처가 선의로 일깨워 주곤 한다. 내가 그때 아이를 잃을까 봐 얼마나 두려워했는지, 얼마나 아이에게 미안해했는지. 이번에 원고를 정리하고 교정을 보면서, 내가 딸아이가 다친 일에 관해 쓴 장을 읽지 않고 건너뛰었음을 깨달았다. 그 장을 쓸 때 컴퓨터 옆에 휴지를 한 무더기 가져다 놓고는, 글을 쓰는 내내 눈물을 닦았던 기억이 난다. 하지만 오직 글로 써 내려가야만 내가 나 자신을 용서할 수 있으리라는 걸, 자책을 멈출 수 있으리라는 걸 나는 알고 있었다.

일반 병실로 옮긴 첫날도 늘 기억에 남아 있다. 의사와 간호사 몇 분이 히스테릭하게 울부짖는 딸아이를 누르고 받쳐 주며 달랬다. 이제 갓 만 세 살에 불과했던 딸아이는 낯선 사람이 하반신을 발가벗기자 미친 듯이 손을 휘두르고 발길질을 해 댔다. 눈에는 온통 공포뿐이었다. 드레싱도 거부했다. 나는 병실에서 나와 목 놓아 울었고, 사건이 일어난 식당 여사장이 전화를 걸어 왔을 때 전화기에 대고 고함을 질렀다. 잘 들어요. 저게 내 딸이 드레싱을 받으며 내는 처참한 소리예요. 지옥이 따로 없어요. 당신도 딸이 있죠. 당신 딸이 이런 상황이라고 생각해 보라고요……. 분노에 차 고함치던 목소리는 점차 쇠약해지다 못해 사라져 버렸다. 눈물과 콧물이 줄줄 흘러내렸다. 전화기 저쪽에서는 또 한 사람의 엄마가 흐느꼈다. 드넓은 파란 바다였다. 병원은 이곳저곳을 다친 아이들로 가득했다. 병문안 오는 사람들의 보이지 않는 마음속 깊은 곳도 어쩌면 다 슬픔으로 가득했으리라.

　나중에 딸아이가 말했다. "엄마, 미안해. 내가 차를 엎어서 다쳤어." 아이는 이렇게 말하기도 했다. "엄마, 식당 아줌마 잘못이 아니야. 아줌마가 일부러 그런 게 아니야. 엄마가 아줌마 용서해 줘." 아이를 꼭 끌어안는데 눈물이 솟구쳐 멈추지 않았다. 손수건이 한 장, 또 한 장 젖어 들었다. 난 그분을 벌써 오래전에 용서했다. 사실 내가 용서하지 못한 건 나 자신이었다.

　많은 중생이 고통받는 모습을 지켜보며 관세음보살이 흘린 눈물이 녹색 타라보살[2]이 되었다. 이는 자비의 눈물이요, 힘이 있는 눈물이다. 언젠가는 모든 서러움, 분노, 슬픔의 온갖 눈물 다 흘려 버리고 더는 나 자신을 위해 눈물 흘리지 않게 되기를, 눈물이 감로처럼 맑고 투명하게, 상처 입고 고통받는 와중에도 깊이 파인 상처 하나하나에서 연꽃을 피워 내는 수많은 영혼을 길러 낼 수 있기를 갈망한다.

2　관음보살의 눈동자에서 태어난 보살로, 모든 재난에서 중생을 구원하는 능력이 있다고 전해진다.

아이가 눈을 뜨기 전에

— 엄마의 기쁨과 슬픔

2021년 1월 25일 초판 1쇄 발행

지은이 리신룬 • 옮긴이 우디
펴낸이 류지호 • 상무이사 양동민 • 편집이사 김선경
편집 이기선, 정회엽, 곽명진 • 디자인 박은정
제작 김명환 • 마케팅 김대현, 정승채, 이선호 • 관리 윤정안

펴낸 곳 원더박스 (03150) 서울시 종로구 우정국로 45-13, 3층
대표전화 02) 420-3200 • 편집부 02) 420-3300 • 팩시밀리 02) 420-3400
출판등록 제300-2012-129호(2012. 6. 27.)

ISBN 979-11-90136-37-2 (03820)

★ 잘못된 책은 구입하신 서점에서 바꾸어 드립니다.
★ 독자 여러분의 의견과 참여를 기다립니다.
  블로그 blog.naver.com/wonderbox13 • 이메일 wonderbox13@naver.com